クリスティー文庫
19

愛国殺人

アガサ・クリスティー

加島祥造訳

ONE, TWO, BUCKLE MY SHOE
by
Agatha Christie

Translated by
Shozo Kajima
Published 2023 in Japan by
HAYAKAWA PUBLISHING, INC.
This book is published in Japan by
arrangement with
AGATHA CHRISTIE LIMITED
through TIMO ASSOCIATES, INC.

探偵小説とクリームを愛する
ドロシー・ノースに
クリームのない時にこの作品が
彼女の不満をおぎなう役を
することを願いつつ

いち、にい、わたしの靴のバックルを締めて
さん、しい、そのドアを閉めて
ごお、ろく、薪木《たきぎ》をひろって
しち、はち、きちんと積みあげ
くう、じゅう、むっくり肥っためん鶏さん
じゅういち、じゅうに、男衆は掘りまわる
じゅうさん、じゅうし、女中たちはくどいてる
じゅうご、じゅうろく、女中たちは台所にいて
じゅうしち、じゅうはち、女中たちは花嫁のお支度
じゅうく、にじゅう、私のお皿はからっぽだ……

目次

愛国殺人

登場人物

ヘンリイ・モーリイ……………………歯科医
ジョージイナ・モーリイ………………ヘンリイの妹
ライリイ…………………………………ヘンリイのパートナー
グラディス・ネヴィル…………………ヘンリイの秘書
フランク・カーター……………………グラディスの恋人
アグネス・フレッチャー………………モーリイ家の小間使
アムバライオティス……………………ギリシャ人
メイベル・セインズバリイ・シール……もと女優
レジナルド・バーンズ…………………内務省退職官吏
アリステア・ブラント…………………銀行頭取
ヘレン・モントレザー…………………アリステアのまた従妹
ジェイン・オリヴェイラ………………アリステアの姪
ジュリア・オリヴェイラ………………ジェインの母
ハワード・レイクス……………………ジェインの恋人
アルバート・チャップマン……………セールスマン
シルヴィア・チャップマン……………アルバートの妻
ジャップ…………………………………主任警部
エルキュール・ポアロ…………………私立探偵

いち、にい、わたしの靴のバックルを締めて

1

朝食についたモーリイ氏は上機嫌というほうではなかった。ベーコンにはぶつぶついうし、なぜ家《うち》のコーヒーは泥水みたいなんだろうといぶかったり、オートミールはだんだんまずくなるばかりだ、と文句をつけたりした。

モーリイ氏は小柄な男で、決断力に富んだ口許と、議論ずきらしい顎をもっていた。彼の妹は、家事を切りまわしている大柄な女で、女擲弾兵《てきだんへい》のようだったが、彼の方を注意深く見ながら、風呂の水がまた冷たかったのか、とたずねた。

そんなことじゃないさ、とモーリイ氏はいまいましげに答えた。

彼は新聞にざっと目を通して、政府は無能状態から、ひどい白痴状態に移ったらしい

と批評をした。

ミス・モーリイは太い低い声で、なんて恥しらずなことを、といった。

ごくありふれた婦人である彼女は、どんな政府であろうと、権力を握っている以上、きっと役に立つものにちがいない、と考えるたちの女だった。そこで政府の現在の政策のどこが、不安定でばからしく、無能で、率直にいえば自滅的なのか、はっきり説明して下さいと反問した。

モーリイ氏がこれら得意の題目をすっかり論じつくした頃には、例の泥水みたいなコーヒーの二杯目を飲み終えていて、ここではじめて彼は自分の不機嫌の本当の原因を口にした。

「女の娘《こ》っていうものは、どれもこれも同じだ！」と彼はいった。「無責任で、自分勝手で――どっちみち信用はできない」

ミス・モーリイは不審そうにたずねた。「グラディスのこと？」

「いま通知を受け取ったばかりなんだが、叔母さんが急病なんで、サマセットへゆかなくちゃならないというんだ」

「それは困ったわね。でも、べつにあの娘が悪いんじゃないんですし――」

モーリイ氏は憂鬱そうに首をふると、

「叔母さんが急病だなんてどうしてわかる？　あのいかがわしい青年と出かけるために、二人でたくらんだことじゃないと、いいきれるかね？　もし私が、悪党に会ったとすれば、あの青年こそそれさ！　きっと今日一緒に出かけるんでたくらんだんだ」

「ちがいますわ、グラディスがそんなことをするもんですか。あの娘がいつもまじめなの、知ってるじゃありませんか」

「うん」

「利口だし仕事に熱心な娘だっておっしゃったくせに」

「そのとおりさ、ジョージイナ、しかし、それは、あの不愉快な青年が現われる前のことだ。あの娘はちかごろすっかり変わっちまった――まったく変わったよ――ぼんやりしたり――上の空だったり――いらいらしたりしてな」

大きくため息をついてから、彼女はいった。「なんといおうとね、ヘンリイ、娘って結局は恋におちるものよ。それだけはどうしようもないわ」

モーリイ氏は大声でさえぎった。

「だといって、秘書の役目を怠っていいというわけではなかろう。ことに今日みたいなとても忙しい日に！　特別の患者がくるんだから、よけい困るんだ」

「そりゃあ、ヘンリイ、怒るのも無理ないわね。それはそうと、新しいボーイはどうでして？」

ヘンリイ・モーリイは憂鬱そうにいった。

「あんなろくでなしの子ははじめてだ！　名前ひとつろくに覚えられんし、ひどく行儀も悪い。どうしてもだめなら、別のをさがそう。いまどきの学校なんて、なにをやっているのかさっぱりわからんよ。まるで、ものを覚えるどころか自分にいいつけられたことさえ理解できん半ばかを大量生産しとるようだ」

彼は時計をにらんだ。

「なんとかしなけりゃならん。午前中はいっぱいなんだが、セインズバリイ・シールという婦人が、痛くて我慢できんというからどこかに割りこませなくちゃならない。ライリイに診てもらうようにすすめたのだが、いうことをきかんのだ」

「そりゃそうですわ」とジョージイナはここぞとばかり力をいれていった。

「ライリイはなかなか有能なんだ――実際、有能なんだよ。免状も一流だ。仕事にかけてはまったく新しい方法でやっとる」

「あの人の手、震えるんですわ」とミス・モーリイはいった。「どうもあたしには、あの人、飲んでいるように見えますわ」

モーリイ氏は笑った。例のいい機嫌が戻ったらしい。彼はいった。

「いつものように、一時半にサンドウィッチをたべにくるよ」

2

サヴォイ・ホテルでは、アムバライオティス氏が歯をほじくりながら独り笑いをしていた。

万事がじつにうまくいっていた。

彼はいつもの運をつかんでいたのだった。知恵の足りないオールド・ミスに話しかけたわずかな親切な言葉が、こんなにもうまいことになって返ってこようとは、まったく、〝汝の糧食を水の上に投げよ、多くの日の後に汝ふたたびこれを得ん〟（聖書、伝道の書）だ。

彼はいぜんからとても親切な男だった。そして寛大だった！ むろん将来は、もっと寛大になれるだろう。幸福な幻影が彼の目の前に浮かんでいた。可愛いディミトリよ、そして、けちな料理屋で苦労している、人のいいコンスタントポポラスよ……彼らはどんなに驚き喜ぶことだろう。

うっかり楊枝を深くさしたので、アムバライオティス氏は身をすくめた。ばら色の未来の夢は消え失せて、身近な現実感がとってかわった。彼は手帳をとり出した。十二時、クイーン・シャーロット街五十八番地。

彼はさっきのうきうきした気分をふたたび取り戻そうとしたがだめだった。視界は六つの味気ない言葉にちぢんでしまっていた。〈クイーン・シャーロット街、五十八番地、十二時〉

3

サウス・ケンジントンのグレンゴリイ・コート・ホテルでは朝食が終わったところだった。ミス・セインズバリイ・シールはラウンジに座って、ボライソオ夫人と話していた。二人は食堂のテーブルが隣同士だったので、ミス・セインズバリイ・シールが一週間前にここに着いた翌日から親しくなっていた。

ミス・セインズバリイ・シールはいった。

「ね、あなた、あたしの痛み、ほんとうに止まってしまったのよ！　チクリとさえしないの！　あたし電話かけてお断り――」

ボライソオ夫人がさえぎった。

「ばかをおっしゃいな、あなた。歯医者さんに行って、厄介ばらいなさいませよ」

ボライソオ夫人は背が高く、声が太く、かさにかかった態度の女だった。一方、ミス・シールは四十すぎの女性で、曖昧《あいまい》な色に染めた髪をだらしなくカールしていた。洋服は不恰好でむしろ芸術家風な感じ、そして彼女の鼻眼鏡はたえずずり落ちがちだった。彼女はたいへんなおしゃべりだった。

なおも、彼女は未練ありそうにいうのだった。

「でもね、おかしなくらい、あなた、痛まなくなったのよ」

「なにおっしゃるの。昨夜は一睡もできなかったっていったじゃありませんの」

「ほんと、眠れなかったの——ちっともよ、でも、今はもう神経がすっかり死んでしまったらしいわ」

「それなら、なおさら歯医者へ行かなくちゃいけませんわ」ボライソオ夫人がおしつけるような調子でいった。「誰でもいやなことはのばしたがるものだけど、それは臆病なだけでなんのいいこともありませんわ。決心して厄介ばらいするにかぎりますよ」

ミス・セインズバリイ・シールの口許はちょっと動きかけた。「そうでしょうとも、これはあなたの歯のことじゃないんですからね！」といいたげなところだったのであろう。

しかし実際に彼女がいったのは次の言葉だけであった。

「あなたのいうこと、そのとおりだと思うわ。それに、モーリイ先生はとても注意深い方で、痛いめにあった人は一人もないってことですものね」

4

重役会議は終わった。会議は円滑に運んだし、報告に間違いはないし、調子はずれな雑音もきこえなかった。しかし、敏感なサミュエル・ロザスタイン氏は、あるなにかの影を議長のそぶりに感じた。

一、二度、議長の調子に、すげない、辛辣なものが現われた——議事にはまったく関係なく。なにかひそかな悩みでもあるのだろうか？　しかし、どういうものか、ロザスタイン氏には、アリステア・ブラントとひそかな悩みなどというものを結びつけて考えることはできなかった。ブラントはそれほどものに動じない男だった。したがってごく慎重で平凡な男だった。すなわちしんからのイギリス人だった。

むろん、肝臓という問題がある。ロザスタイン氏の肝臓は、しょっちゅうなにかしら故障をうったえていた。しかし彼は、アリステアの肝臓が悪いなどという話を聞いたことがなかった。彼の健康は、彼の頭脳のごとく、また財界における彼の権力のごとく、健全なものだった。それは健康すぎて自分をもてあますたちのものではなく——ちょうど静かで、平穏な状態だったわけだ。

しかしそれでも、——なにかある——一、二度議長の手は顔のあたりをまさぐっていたが、やがて顎をささえた。みなれない姿勢である。一、二度は確かに——そうだ、上の空というふうにみえた。

一同が会議室を出て階段をおりると、ロザスタインが話しかけた。

「お送りいたしましょうか？」

アリステア・ブラントは、かすかにほほえんだ、そして首をふった。

「車を待たしてあるんだ」彼は時計をのぞいた。「街へ帰るんじゃないのでね」ちょっと言葉を切って、「じつは歯医者へゆかねばならない」

なるほど、それだったか。

5

エルキュール・ポアロは、タクシーをおりて払いをすませ、クイーン・シャーロット街五十八番地のベルを押した。

すこし待たされたがやがて、ボーイが勢いよくドアをあけた。制服を着て、赤毛でそばかすのある顔をしている。

エルキュール・ポアロはいった。

「モーリイ先生は？」

モーリイ先生が往診に呼ばれていればいいが、病気であればいいが、患者を診ない日であってくれればいいがと心にひそかなのぞみをいだいていたのだが……すべてはだめであった。ボーイが身を引いた。ポアロは中に入らざるをえなかった。ドアが取り返しのつかぬ運命の残酷さをもって静かに彼のうしろで閉まった。

「お名前は？」ボーイがたずねた。

ポアロは名前を告げると、ホールの右手の、ドアが開いている待合室に入った。なかなか趣味のいい静かな部屋であった。しかしポアロにはひどく陰惨に思えた。磨きあげられた（模造の）シェラトン・テーブル（十八世紀に流行した家具の様式）には、新聞、雑誌がきちんとおかれている。ヘップルホワイトの飾り棚（これも模造）（十八世紀に同名の会社が盛んに製造した瀟洒優美な家具）には、シェフィールド（イギリス、ヨークシャーの都市、鋼鉄工業の中心）鍍金《めっき》の燭台が二基と、イパーン（食卓中央の飾り皿）がおいてあるし、マントルピースの上には、青銅製の時計と二つの青銅製の花瓶があった。窓には青ビロードのカーテンがかかっているし、椅子は赤い鳥と花々をあしらったジャコビアン風（十七世紀イギリスの建築・家具様式）の設計だった。

その椅子の一つに、いかめしい口髭をはやし、黄色い顔色をした軍人風の紳士が座っていた。彼はポアロを、なにか害虫でも見るような目つきで眺めた。いま手許にあればいいなと彼がねがっているらしいものは彼の鉄砲ではなくて、どうやら殺虫用スプレーらしかった。ポアロは彼を嫌悪の情でみやりながら内心つぶやいた。「まったくときどきは手におえぬほど傲慢なばかくさい態度のイギリス人がいるもんだ、あの連中はきっと生まれ落ちた時のみじめな自分というものをまるきり忘れちまっているにちがいない」

軍人風の紳士は、しばらく彼をにらんだあげく、タイムズ紙をひったくると、ポアロが視線の中に入ってこない方向に椅子をまわして、それを読みにかかった。

ポアロはパンチ誌をとりあげた。

彼は丹念に目を通した。しかしどの冗談もちっともたのしめなかった。

がって出ていった。

ボーイが入ってきて呼んだ。「アロウバムビイ大佐？」そして軍人は彼の案内にした

ポアロが、いったいあんな名前がほんとにあるものだろうか、と考えめぐらしていると、ドアがあいて、三十前後の若い男が入ってきた。

男はテーブルの傍に立つと、落ち着かない様子で雑誌の表紙をパラパラめくった。ポアロは横目で彼を観察した。不愉快で凶暴な顔つきの男だが、まさか殺人犯ではあるまい。とにかく彼は、ポアロがいままでの仕事で逮捕したどの殺人犯よりもずっと人殺しらしい表情の男である。

ボーイがドアを開けると、そっぽを向いたまま叫んだ。

「ピアラーさん、どうぞ」

ポアロは、自分を呼んだのだなと適当に解釈して立ちあがった。ボーイは、ホールの後ろを曲がって小さなエレベーターへ案内し、彼を二階へ連れていった。そこから廊下づたいのドアを開けると、そこは小さな控室で、ボーイはその奥のドアをノックしたが、返事を待たずに開けてあとにさがり、ポアロを通した。

ポアロは水の流れる音の方に足を運び、内側に開いたドアの向こう側へまわると、壁ぎわの洗面台の前に医者らしい物腰で手を洗っているモーリイ氏を見つけた。

6

偉人といわれるような人の生活にもみじめな瞬間があるものなのだ。下男にとれば、彼の主人なぞさっぱり偉くは見えないといわれる。歯医者へ行ったときに自分を英雄だと思える人間もほとんどない、ということもここにつけ加えていいかもしれない。エルキュール・ポアロはこの事実をいま、いやになるほどはっきり意識した。

彼は自分をいつも高く評価している男であった。彼はエルキュール・ポアロ――なにごとにつけ他の人間より優越していると自認している。しかしこの瞬間だけは、どう考えても優越感を維持できそうもなかった。彼の気力はゼロに低下してしまった。彼はただの人間、歯医者の治療台を恐ろしがる世間なみの臆病者でしかなかった。

モーリイ氏は治療の手筈がととのうや、こんどはお定まりの気をひきたてるようなおしゃべりをはじめた。

「いやにゾクゾクしますね、陽気のせいですかな、ほんの少々、寒いように思えますね、例年にくらべましてね……」

彼はもの静かに所定の場所へ案内した……あの椅子へ！　そして手ぎわよく、頭置き台《ヘッドレスト》を上下させた。

エルキュール・ポアロは深呼吸をすると、歩みよって腰をおろし、頭をのせると、モーリイ氏の職業的操作に身をまかせた。

「さあ」モーリイ氏が、誇張した快活さでいった。「これで具合がいいでしょう？　いかがです？」

まったくいい具合です、といったポアロの声は墓場から出てきたようだった。

モーリイ氏は小さいテーブルをひきよせると、鏡とピカピカ光る道具を一つとりあげた。

ポアロは、椅子の腕木をしっかとつかんで、目を閉じ、口を開けた。

「とくに悪いところは？」

口を開けていては、子音の発音が困難なので、すこし不明瞭であったが、べつにたいして悪いところはないと、ポアロは答えた。今日は、規律と清潔とを好む彼のセンスが要求する年二回の厄日なのである。むろん、何事も起こらず検査が終了する場合もありうるのであって……モーリイ氏が、奥から二番目の、前に痛んだことのある歯を見落としてくれないともかぎらない……もしかすると彼は……だがそんなことはありえない――

――なぜならモーリイ氏は非常に優秀な歯科医なのだから。

モーリイ氏は、何かつぶやきながら、ゆっくりと一つ一つ歯を打っては、調べていった。

「この充塡は少しいたんできたようですね――だがべつにご心配はいりませんよ。歯肉の状態はかなりいいようですから安心です」おや、怪しいぞ、ちょいと止まって、ピンセットで一ひねり――ああ大丈夫、こけおどしだった。下側に移った。一つ二つ――三つ目？　いかんぞ―― 〝犬が〟とポアロは妙な格言を思いついた。〝兎をみつけた！〟

「これがちょっとやられていますね。痛みませんでしたか？　フーム、妙ですな」ピンセットは先へ進んだ。

しまいにモーリイ氏は後ろへ引き下がった。満足の様子だった。

「たいしたことはありません。充塡が一、二――上の臼歯に腐蝕のあとがありますが、午前中に治療はすむと思います」

モーリイ氏はスイッチを入れた。機械がひくい音をたてた。彼はドリルをはずすと、大切そうに針をつけた。

「痛かったらおっしゃってくださいよ」彼はそっけなくいうと、はや恐るべき仕事にとりかかった。

手をあげるか、しかめ面をするか、もしなんなら叫び声をあげてもいいという許可を、ポアロが利用する必要はなかった。モーリイ氏は、あわや叫ぼうという瞬間にドリルを止めたのだ。

「うがいをして」簡単な命令があって、綿をあてがい、新しい針をつけると、またつづけた。ドリルの拷問は、苦痛というよりむしろ恐怖である。

やがてモーリイ氏が、充塡の用意をはじめたので、ふたたび会話がはじまった。

「今朝は自分でこれをしなくちゃならないのです」とモーリイ氏は説明した。「あいにく、ミス・ネヴィルが出かけていますのでね、ミス・ネヴィルを覚えておいででしょう？」

ポアロはいい加減にうなずいてみせた。

「親戚に病人があって呼ばれていったのです。とかく忙しい日にかぎってこんなことが起こるものですよ。今朝は、もうこれで仕事がつかえてる始末なんです、あなたの前の方がおそかったものでね。そんなことがあると、午前中はすっかり番狂わせですよ。そこへもってきて、臨時の急患を一人割り込ませなくちゃならんのでしてね。そんなときの用心にいつも、午前中に、十五分ゆとりをとってあるんですがね。そんなことじゃとても間に合いませんよ、今日は」

モーリイ氏はつめものをすりつぶしながら、小さい乳鉢をのぞきこみ、また話をつづけた。

「ポアロさん、私はいつも思うんですよ。偉い人たち、つまり重要な地位にいる人たちはいつも時間が正確です。――けっして人を待たすようなことはしませんな。例えば、皇族方。この方たちはもっとも正確です。それから大実業家たちもそうです。じつは今朝あのえらい有力者であるアリステア・ブラント氏がくるのです！」

モーリイ氏は誇らしげに、その名を口にした。

ポアロは、舌の下でゴロゴロいっているガラス管や、棒にまいた綿のために、口をきくことができないで、ただ不明瞭な音をだしただけだった。

アリステア・ブラント！　現代に轟いている名前である。公爵でもなく、伯爵でも、むろん首相でもない。たんに、一個のアリステア・ブラント氏にすぎない。その顔も世人にほとんど知られていない人物――ごくたまに、ぱっとしない数行の記事にその片鱗を覗かせるだけの男だ。けっして華々しい人物ではない。

話題にすらのぼらないこの温和なイングランド人が、イギリス最大の銀行の頭取なのである。巨大な富をになう人物。政府に対してイエスも、ノーも答えうる人。地味な控え目な生活をしていて、公衆の面前に現われたり、演説したりすることなどけっしてないが、その掌中には、しっかと至上の権力を握っている男なのだ。

充填しながら、ポアロの上にかがみこんでいるモーリイ氏の声には、まだ尊敬の余韻がのこっていた。

「いつでも、ちゃんと、時間どおりにこられるのです。車を返して、オフィスまでよく歩いて帰られますよ。いばらない、おだやかないい方ですね。ゴルフが好きですが、庭造りにも熱心です。あの人ならヨーロッパの半分が買えるっていうんですが夢みたいな話じゃないですか！　あなたや私にとってはね」

この無造作な名前の取り合わせに、瞬間ポアロは、不愉快なものを感じた。モーリイ氏はたしかに優秀な歯医者にちがいない、確かにそのとおり。だがロンドンには、他にもいい歯医者はいる。このエルキュール・ポアロは広い世界にただ一人である。

「うがいをどうぞ」モーリイ氏はいった。

「ヒットラーやムッソリーニやその手合いにこういってやりたいですな、実際」モーリイ氏は二番目の歯に移りながらつづけた。「この国ではから騒ぎはやりません。陛下も女王もあのとおり民主的でいらっしゃる。むろんあなたのようなフランス人は、共和政治の観念になれていらっしゃるでしょうが――」

「わしあフラアアない――ベーギーで――」

「チョッ――チョッと――」と、モーリイ氏はしょげていった。「空洞は完全に乾燥してないといけないのです」彼は、熱い空気を邪険に吹きかけると、またつづけた。

「ベルギーの方だとは少しも知りませんでした。非常に興味深いですね。レオポルド陛下はとても立派な方とか。そう聞いとりますよ。私は、皇室の伝統に対する非常な崇拝者です。あの躾《しつけ》はみごとなものです。皇族方が名前や顔をおぼえていらっしゃるのには驚きました。みんな訓練の結果なんですね――むろん、ある人たちは、生まれつき、そうした才能を持っていますがね。例えば私など、名前はどうも覚えられないのですが、不思議に顔は忘れないのですよ。例えばですね、この間きたある患者さんですが、私はこの方と前に会ったことがあったんです――その方の名前などはなんの記憶もありませんでしたがね――そこで私はすぐこう自問するんです、〝さてと、どこでお会いした方かな〟まだ私はこの方と会った折のことを思い出せんでおりますが――とにかく、もうじき思い出すんですよ――そりゃたしかなものでして。さあ、もう一度うがいして」

うがいがすむと、モーリイ氏は、しげしげと患者の口の中をのぞきこんだ。

「さあ、これでいいでしょう。ちょっと口を閉めて――ごく静かに……具合はどうです？　充塡が気になりませんか？　開けてください。いや、大丈夫、これなら」

うがい台が押しのけられ、椅子が回転した。

エルキュール・ポアロは椅子から降りたった。自由なる身となれり、である。

「では、ポアロさん、お大事に。私の家には、犯罪者などいなかったでしょう？」

ポアロは笑いながら答えた。

「ここにくるまでは、誰も彼もみな犯罪者に見えましたが、どうやら今じゃあ、様子がちがうようですよ！」

「そうでしょうとも、前と後ではたいへんなちがいですからね。私ども歯医者という者は、もう昔のように悪魔ではなくなりましたよ！　エレベーターを呼びましょうか？」

「いや、いや、歩きます」

「ご自由に――エレベーターは階段のすぐわきです」

ポアロが外に出て、戸を閉めるとき、水の流れだす音が聞こえた。

彼が階段を二折れ踏みおりて、最後の曲がり角まできたとき、さっきのインド生まれのイギリス大佐が見送られて出てゆくところだった。そんなに悪い風采じゃないなと、ポアロはおだやかに思い返した。おそらく多くの虎を射止めた名手でもあろう。有用なる人物――大英帝国の外地勤務にはあつらえ向き。

彼は待合室においてきた帽子とステッキをとりに入った。あのそわそわした青年がまだそこにいたのには、ポアロもちょっと驚かされた。もう一人の男の患者は、フィールド誌を読んでいた。

ポアロは青年を、新しく芽生えたやさしい心持ちで観察しなおした。彼はやっぱり凶暴な顔つきにみえた――いかにも人を殺したような――しかし、本当は殺人などできる男ではないとポアロは寛大な気持ちで考えた。疑いもなく、この青年も拷問をすませると、足音も軽く、幸福そうにニコニコして、悪事なんか考えずに階段をおりてくるだろう。

ページ・ボーイが入ってきて、しっかりと明瞭に呼んだ。「ブラントさん」

するとテーブルの前にいた男が、フィールド誌をおいて立ちあがった。中年の中肉中背で、整った服装の、落ち着いた男である。

彼はページ・ボーイのあとについて、出ていった。

イギリスでもっとも富裕な男の一人、イギリスの最高権力者――しかし彼でさえ、歯医者にくれば、疑うまでもなく、皆と同じような気持ちがしているのだ！

こんな考えを心中に思い浮かべながら、エルキュール・ポアロは帽子とステッキをとり、ドアの方へいった。歩きながら振りかえって、青年を見たとき、ひどく歯が痛んでるらしいな、という感じをうけて、ちょっと驚いた。

広間で、ポアロは、モーリイ氏の治療中いくぶん乱れた口髭を直そうとして鏡の前で立ちどまった。

彼がすっかりなでつけ終わったとき、エレベーターがまた降りてきて、ページ・ボーイが広間の後ろから、調子はずれの口笛を吹きながら出てきたが、ポアロの姿をみつけると、あわてて口笛をやめドアを開けた。

ちょうどタクシーが一台、家の前で停まって、中から、片足がすっとあらわれるところだった。ポアロは物好きな興味でその足を観察した。

形のいい踝、上等な靴下、悪い足ではない。しかし、彼はその靴が気に入らなかった。新しいエナメル靴に、ギラギラ光る大きなバックル。彼は首をふった。

不粋だ——まるで田舎風だ！

婦人はタクシーからおりかけたが、そのとき、残った方の足をドアにひっかけたので、バックルがちぎれて舗道の上にチャリンと落ちた。慇懃な態度で、ポアロは前に出て拾いあげると一礼して手渡した。

おや！　四十どころか、五十近い。鼻眼鏡、バサバサの黄味がかった灰色の髪——似合わない服——それは品の悪い、不自然なグリーンだった！　彼女はお礼をいった。と次には、鼻眼鏡を、さらにはハンドバッグまで落とした。

ポアロは、いまや慇懃というわけにはゆかぬが、礼儀正しい態度で落ちたものを拾いあげた。

彼女は、クイーン・シャーロット街五十八番地の階段をあがっていった。ポアロは、ケチなチップにしかめ面をしている運転手に呼びかけた。

「きみ、あいてますか？」

運転手は陰気に答えた。

「ええ、から《ヽヽ》ですよ」

「私もだ」とポアロはいった。「心配ごとは空にしたよ！」

運転手は怪訝な顔つきをした。

「いや、きみ、酔っているのではありません。歯医者の帰りなんですよ。これであと半年ゆかなくてすむと思うと、まったくありがたい」

さん、しい、そのドアを閉めて

1

電話がかかってきたのは、三時十五分前だった。エルキュール・ポアロは安楽椅子に腰かけて、上等なランチの消化を幸福そうにたのしんでいた。

電話のベルがなっても動こうとはせず、忠実なジョージがきて取り次ぐのを待っていた。

「少々お待ちください」ジョージが受話器をおろすとポアロはそれを受けた。

「あの、ジャップ主任警部からでございます」

「やあ！」

ポアロは受話器に耳をあてた。

「やあ、きみ」彼はいった。「なんですかね？」

「ポアロさんですか？」

「さようです」

「今朝、歯医者へ行ったそうですが？　そのとおりですか？」

　ポアロはささやいた。

「スコットランド・ヤードは全能ですな」

「モーリイという名の医者でしょう。クイーン・シャーロット街五十八番地の」

「そのとおり」ポアロの声は変わっていた。「なぜです？」

「ただの訪問だった、でしょう？　なんかかきまわしに行ったんじゃないだろうという意味なんですが」

「そうじゃありませんとも、知りたければお教えしますが、三本の歯を充填しに行ったんです」

「あの医者はどんなふうに見えました——いつものようでしたか？」

「ええ、そう思いましたがね。なぜです？」

　ジャップの声はひどく無感動な調子だった。

「なぜって、あれからまもなく彼が自殺したからです」

「なんですと？」

ジャップが切り返すようにいった。

「驚いた、ですか？」

「正直なところね」

ジャップがいった。

「私もあんまりいい気持ちじゃありませんよ、あなたとちょっと話をしたいんですが、こちらへくるのはおいやでしょう」

「どこにいるんです？」

「クイーン・シャーロット街」

ポアロがいった。

「すぐまいりましょう」

2

五十八番地のドアを開けたのは巡査だった。礼儀正しくたずねた。

「ポアロさんで？」

「さよう、私です」

「主任警部は上におられます。二階──ご存じでしょうか？」

ポアロがいった。

「今朝、私はここにおりました」

部屋の中には三人の男がいて、ジャップは入ってきたポアロを見つめた。

「やあ、おいでなさい、ポアロさん。いま、死体を動かすところです。さきに見ますかね？」

カメラをもって、死体の傍にひざまずいていた男が立ちあがったので、ポアロは前に出た。死体は暖炉のかたわらに横たわっていた。

モーリイ氏の顔は死後も生前とほとんど変わりがなかったが、右のこめかみのすぐ下に黒ずんだ穴があいていた。投げだされた右手の近くの床に小さい拳銃が落ちていた。

ポアロが静かに首をふると、ジャップはいった。

「よし、動かしてもよろしい」

彼らが、モーリイ氏を運んでいったので、ジャップとポアロは取り残された。

ジャップがいった。

「調べはいちおうすみましたよ、指紋やその他」

ポアロは腰をおろすと口を開いた。

「話してください」

ジャップは口をとがらせ、そしていった。

「彼が自分を撃ったという状況は成り立つ。たぶん自殺したのでしょう。拳銃には彼の指紋しかない——しかしどうも私は満足できない」

「というと、なにが気がかりなんです？」

「そのですね、まず第一に、彼がなぜ自殺しなければならなかったか、その理由が見当たらない……健康状態はいいし、金は持っているし、調べたかぎりではなんの心配ごともありません。女出入りもない——しかも」

とジャップは用心深くいいなおした。

「わかった範囲でのことですがね。今朝は、不機嫌でもないし、ふさいでもいず、ふだんと変わったところはなかったそうです。あなたの話がぜひ聞きたいというのも、なかばそういう理由からなんです。あなたは今朝会ったばかりですから、なにか気づかなかったかと思いましてね」

ポアロは首をふった。

「なんにもありませんね。あの人は——なんといったらいいか——そう、まったく平常そのものでしたよ」

「そこがへんだと思うんです、そうでしょう？　なんていったって、男がいわば仕事の最中に自殺するとは考えられんでしょう。なぜ、夜まで待たなかったのだろう？　それなら自然なんだが」

　ポアロは同意した。

「悲劇はいつ起こったのです？」

「はっきりいえんのです。誰も拳銃の音は聞いてないようなのです。もっともそれは無理ないといえましょう。ここと廊下との間にはドアが二つあるし、しかもドアのふちにはラシャが張ってある――治療台の上にいる生贄《いけにえ》の叫びを消すため、というわけでしょう」

「まあ、そんなところでしょう。ガスをかけられた患者は、だいぶ騒ぎますからな」

「まったくです。それに表は道路で交通が激しいから、そこからは聞こえないでしょう」

「いつ発見されたのです？」

「だいたい一時半ごろ――アルフレッド・ビッグズというページ・ボーイが見つけました。あれはどう見てもあまり溌剌《はつらつ》とした少年じゃあない。なんでも十二時半の患者が、待たされたんでブツブツいいだしたらしいのです。一時十分ごろ、そのページ・ボーイが二階へ上がってノックしたが、返事がなかったんで、中へは入らなかった。前にモーリイから小言を喰ったことがあるので、びくびくしていたんですね。彼はまた下へおりたが、一時十五分には、患者は怒って帰ってしまった。無理もないですね、その婦人は四十五分も待たされたので、おなかでもすいてしまったのでしょう」

「その婦人は誰です?」

ジャップはニヤリと笑った。

「ページ・ボーイのいうところによると、ミス・シャーティ——しかし予約名簿にはカービイとなっています」

「次の患者を案内するには、どういう手筈になっているのです?」

「次の患者の仕度ができると、モーリイはあそこにあるブザーを押す、するとあのページ・ボーイが患者を案内するというわけです」

「モーリイが最後にブザーを鳴らしたのは?」

「十二時五分。ページ・ボーイは待っていた患者を案内した。その患者はアムバライオティス氏、サヴォイ・ホテルと記入してある」

かすかな笑いがポアロの唇に浮かんだ。彼はつぶやいた。

「あのページ・ボーイが、その名前をどう呼んだか、知りたいもんですな」

「そうとうなもんです。ひと笑いしたければ、もう一度やらせてもいいですよ」

ポアロはいった。

「そのアムバライオティス氏は何時に帰ったのです？」

「ページ・ボーイは送り出さなかったから知らないようです。そうとう大勢の患者がエレベーターを呼ばずに、勝手に階段をおりてゆくらしいのでね」

ポアロはうなずいた。

ジャップはまたつづけた。

「で、私はサヴォイ・ホテルを呼び出して聞いてみました。アムバライオティス氏は正確に知っていましたよ。彼は玄関のドアを閉めるとき、時計を見たそうで、それが十二時二十五分すぎ」

「その人はなにか参考になることを申しませんでしたか？」

「いやなにも。彼のいえたことといえば、歯医者はまったく普通で、態度も平静だったということだけです」

「それで結構《エ・ビアン》」とポアロはいった。「これでいちおうはっきりしたわけだ。十二時二十五分から一時半までの間に事件が起こったということになるね――それもたぶん、先の時間に近い頃でしょう」

「そのとおり。さもなければ――」

「さもなければ、次の患者を呼んでブザーを押すはずですからね」

「そうです。検屍の結果もその点を立証しています。警察医は二時二十分に検屍しましたがね。彼ははっきり断定しなかった――このごろじゃああの連中はみんなはっきりいいません――あまりいろいろな体質があるのできめかねる、というわけです。だがとにかくモーリイは一時以後に撃たれたはずはないというのです――おそらくそれよりもかなり前の時間というのですが――どうもはっきりいいきらんのです」

ポアロは考え深くいった。

「では、十二時二十五分にはあの歯医者はいつものとおり、快活な、都会風の、有能な歯医者であった、というわけだ。それからあとは？　絶望、悲惨――なんかそんなことができて、自殺したということになる」

「おもしろいじゃありませんか」とジャップはいった。「あなただってこりゃあおもしろいと思うでしょうな」

「おもしろいは適当な言葉じゃありませんね」とポアロがいった。

「もちろんほんとにおもしろいとは私も思いませんよ――ただこんなときにはちょっと

使いたい言葉ですよ。なんなら奇妙といってもいいですがね」

「拳銃は自分のものでしたか？」

「いいや、彼は拳銃を持っていたことはない。いままで一度も持たんのです。妹の話では、そんなものはこの家にはなかったそうです、たいていの家にはありませんがね。もちろん自殺しようと決心したのなら買ったかもしれない。もしそうなら、すぐ調べあげられますよ」

ポアロがたずねた。

「ほかにあなたの気にいらない点がありますか？」

ジャップは鼻をこすった。

「そうですね、死体が横たわっている状態です。そりゃ人間はこんなふうに倒れないともかぎらない——が、どうも気にいらん！　それに一、二カ所絨毯のうえにあとがついているんです——なにかが引きずられたような」

「それはたしかに参考になりますなあ」

「ええ、あのろくでなしのページ・ボーイがやったんじゃなければね。私はあのページ・ボーイが死体を見つけたとき、それを動かしたのかもしれないという気がするんです。もちろんやつは否定しましたが——しかしやつはすっかりおじけづいていましたからね。

あれはうすらばかな少年ですよ。あの連中ときたら、いつも首をつっこんでみちゃ、怖くなって思わず嘘をつくもんです」

ポアロは考え深げに部屋を見まわした。ドアの背後の壁についた洗面台、ドアの反対側にある重い書類棚、治療椅子、窓の傍にある丸い付属機具。それから暖炉を眺め、ふたたび死体の方へ目を移した。暖炉の近くの壁には二番目のドアがあった。

ジャップはすでに彼の視線のあとを追っていた。

「小さな事務室があるだけですよ」彼はドアをバタンと開けた。

彼がいったとおりで、小さい部屋、机が一つ、アルコール・ランプやティー・セットがのっているテーブルと椅子が二、三脚あった。ほかにドアはない。

「ここは秘書の仕事部屋です」ジャップが説明した。「ミス・ネヴィルです。今日は出かけているらしい」

彼の目とポアロの目が合うと、ポアロが口を開いた。

「そういえば医者がそんなことをいっていましたっけ。それも――やはり、自殺説反対の理由になるかもしれませんな」

「犯人が彼女を追っぱらっといいたという理由でですか？」

　ジャップは口をつぐんだ。しばらくして彼はいった。

「もし自殺でなければ、彼は殺されたわけでしょう。だがなぜ？　これも前と同じくらいありそうにないことです。彼はまるっきりおとなしくて害になりそうもない男だった。誰がこんな男を殺したいなんて思うでしょうね、いったい？」

　ポアロはいった。

「彼を殺し得るのはいったい誰だった、でしょう」

　ジャップが答えた。

「その答はすなわち——ほとんど誰も彼もだ！　彼の妹は住まいの方からおりてきて撃てる、召使の誰かが入ってきて撃つこともできる。彼の同僚の医者ライリイも撃てたはずだ。あのページ・ボーイ、アルフレッドもやれたかもしれないし、患者のうちの誰かかもしれない」彼は息をつぎ、そしていった、「そうだ、アムバライオティスは撃つことができたにちがいない——一番やりいい立場だ」

　ポアロはうなずいた。

「しかし、その場合——その動機を見つけ出さなければね」

「そうです。あなたはまたもとの問題にまい戻りましたね。なぜかの問題ですよ。アムバライオティスはサヴォイなんて豪華なホテルに泊まっている。なぜギリシャの金持ちが罪もない歯医者を殺したりするでしょう？」

「まったくこいつが邪魔ものになりそうですよ――動機がね！」

ポアロは肩をすくめた、そしていった。

「死神が、まごついて、罪もない男を選んだというふうですな。謎のギリシャ人――富裕な銀行家――有名な探偵――このうちの誰かが撃たれたのならいかにも自然ですね。素性のしれない外国人はスパイ関係があるかもしれませんし、金持ちの銀行家には遺産を狙っている人物がある、有名な探偵は犯罪人にいつも狙われていますしね」

「ところが、かわいそうなモーリィは誰にも狙われそうな人物ではなかったわけです」

ジャップが憂鬱そうにいった。

「そうでしょうかね？」

ジャップはくるりと彼の方に振り向いた。

「というとなにかあるっていうんですか？」

「いやなにも。ただ偶然耳に入ったことはありますよ」

彼はモーリィ氏がいったとりとめもない話、人の顔を記憶するとか、ある患者の噂話などをジャップにくり返した。

ジャップは納得のいかぬ顔つきであった。

「それはありそうなことでしょうね。だが少し気をまわしすぎやしませんか。誰か名前を知られたくない人がいたかもしれませんがね。そのほかに、今朝、目にとまった患者はいませんでしたか？」

ポアロはつぶやいた。

「待合室で、いかにも殺人犯といった顔つきの青年を見ました！」

ジャップはびっくりしてたずねた。

「なんですって？」

ポアロは微笑した。

「いえ、あなた《モン・シエル》、それは私がここへちょうど着いたときの話ですからね。私はびくびくしていたし、上の空で――要するに《アンファン》少しへんだったのです。なんでも陰惨に見えました。待合室、患者たち、階段の絨毯までもね。ほんとうのところ、その青年はひどい歯痛であんな顔をしていた、それだけのことですよ！」

「まあそういうこともあるでしょうね」ジャップはいった。「だが、いちおうあなたのいう殺人犯っていうのをあたってみようじゃあないですか。いや誰も彼も全部あたってみましょう、自殺か否かにかかわらずね。第一に、もう一度、ミス・モーリイと話そうと思っています。まだほんの二言、三言しか話していないのです。もちろん彼女には大打撃だったと思いますけれど、それでまいってしまうタイプじゃありません。で、これから行って、会ってみようじゃありませんか」

3

背が高くがっしりしたジョージイナ・モーリイは、二人の話を聞くと、質問に答えた。彼女は声を強めた。

「わたしには信じられませんわ——ほんとに信じられない——兄が自殺するなんて！」

「ほかの手段のことをお考えになってるわけですね、お嬢《マドモワゼル》さん？」

「とおっしゃいますと——人殺し」と彼女は言葉をきった。それからゆっくりいった。

「ほんとに、どちらにいたしましても、あり得ないことですわ」

「しかし、まったくあり得ないことではないでしょう？」

「いいえ、そのわけは——ああ、はじめに、あたしの知っていることをお話ししますわ——と申しますのは兄の心理状態ですの。あたしよく知ってますけどあの人はなんにも気にかけることなどありませんでしたわ——なんの理由もないんですわ——あの人が自殺しなくちゃならない理由なんてほんとにないんですの！」

「今朝お仕事の前にお会いになられたのでしょう？」

「ええ、朝食のときに」

「で、いつものとおりでしたか――取り乱したようなところは？」

「ええ、取り乱していましたわ――でもあなた方がおっしゃるような意味ではなく、ただ当惑してましたの！」

「なぜでしょうか？」

「今朝は忙しいはずでしたのに、秘書を兼ねている助手が出かけたものですから」

「その方が、ミス・ネヴィルなのでしょう？」

「そうですの」

「何をなさっている人です？」

「手紙の整理は一切やっていました。それから予約時間の記入とカルテの整理。それに器具の消毒もしましたし、診療中は、充塡を用意して兄に手渡す仕事もいたしますの」

「こちらへきてからよほどになりますか？」

「三年です。あれは、とても信用できる娘で、あたしたちは、たいへん可愛がっています――いましたの」

ポアロがいった——

「親戚に病人があって呼ばれていったとお兄さまからうかがいましたが」

「そうですの。叔母さんが急病だという電報を受け取ったものですから、早い汽車で、サマセットに発ちました」

「そんなわけで、お兄さまはひどく当惑してたのですね？」

「そ、そうですわ」ミス・モーリイは返事をちょっとためらったが、少し咳こんでつづけた。

「兄に、思いやりがないとは考えないでくださいな。兄はただ——ほんのちょっと——

——」

「ちょっとなんですか？」

「ええ、あの娘がなまけるためのこしらえごとじゃないか、と思っただけなのですわ。ああ！　誤解なさらないで——グラディスはけっしてそんなことをするはずがありませんわ。あたしがよく知ってますわ。あたしはヘンリイにそういいましたわ。でも、じつは、あの娘は、あまりふさわしくない青年と婚約しましたの——ヘンリイはそれでたいへん腹を立てましたの——そんなわけで、兄は、あの娘が一日の休暇をとったのも、あの青年にそそのかされたんじゃないかと思ったんですわ」

「そうらしかったんですか？」

「いいえ、そんなことけっしてないと思います。グラディスはとても良心のある娘ですわ」

「しかし、その青年は、そういうことを、いいだしそうでしょうか？」

ミス・モーリイは、鼻をフンと鳴らした。

「いかにもやりそうですわ」

「なにをしてるんです、その青年は——とにかく名はなんというんです？」

「カーター、フランク・カーターですの。保険会社の事務員ですわ——というより、そうだったんですの。数週間前に失業して、まだ職がないようですわ。ヘンリイがそういってました——あたしも兄のいうとおりだと思います。あの青年はほんとにろくでなしなんです。グラディスが貯金の中から立て替えてやっているので、ヘンリイは、とても気にしていました」

ジャップが鋭くたずねた。

「婚約を破るように、お兄さんがすすめたことはありませんでしたか？」

「兄は、よくそうすすめてました」

「では、このフランク・カーターはお兄さんをきっと恨んでますね」

女擲弾兵はたくましく答えた。

「ばからしいこと——カーターがヘンリイを撃ったとでもおっしゃるおつもり。たしかに、ヘンリイはあの娘に、カーターのことを忠告しましたけれど、あの娘はその忠告をきかなかったんですわ——すっかりフランクに惹きつけられているのです」

「お兄さんを恨んでいると思われる人が、ほかにありますか？」

ミス・モーリイは首をふった。

「パートナーのライリイ氏とはうまくいっていましたか？」

彼女は皮肉な調子で答えた。

「アイルランド人とでは、あれ以上のことはできませんわ」

「それはどういう意味です？」

「アイルランド人は怒りっぽくて、喧嘩ずきですもの。ライリイさんは政治のことで議論するのがお好きなのですわ」

「それだけ？」

「それだけです。ライリイさんは、いろんな方面で不満な点はあるが、仕事の点では優秀だって兄が申しておりました」

ジャップが追及した。「どんなところが不満なのですか？」

ミス・モーリイがためらっていたが、苦々しくいった。

「あの人は飲みすぎるのです――ですけど、これ以上お聞きにならないで」

「あの人と、お兄さんとのあいだで、その問題で、ごたごたがありませんでしたか？」

「ヘンリイはそれとなく――、二度申しました」ミス・モーリイは、知ったかぶった調子であとをつづけた。「歯科医には、しっかりした腕が必要です。酒臭い息では、信頼を高めるわけにはまいりませんもの」

ジャップはなるほどというふうに頭をさげた。それからいった。「お兄さんの、経済状態をお話しねがえませんか？」

「ヘンリイには、よい収入がありましたし、貯えもかなりございました。あたしどもは二人とも、父親の遺産からそれぞれ別にすこし収入がございますの」

ジャップは軽く咳ばらいしながらつぶやいた。

「お兄さんが遺言書をつくっておいたかどうかご存じですか？」

「ございます――内容も申しあげられます。グラディスに百ポンド、残りは全部あたしにまいります」

「わかりました。じゃあ――」

誰かがドアを激しく叩いた。そしてアルフレッドの顔が現われ、目で、二人の訪問客のすみずみまでキョロキョロ見まわしていたが、声をはりあげた。

「ネヴィルさんです。帰ってきました——びっくりしちゃってます。入ってもいいでしょうかって？　様子を知りたいんですって」

ジャップがうなずいたので、ミス・モーリイがいった。

「アルフレッド、ここへくるようにいっておくれ」

「はーい」アルフレッドはそういうと、姿を消した。

ミス・モーリイはため息をつき、わざと一語ずつ強めた口調でいった。

「あの子は手におえませんわ」

4

ミス・グラディス・ネヴィルは背が高く、色白でいくらか貧血症、年頃は二十八ぐらいだった。見るからに、気が転倒しているにもかかわらず、彼女は有能で利口らしいことがすぐに察せられる女だった。

モーリイ氏の書類を調べるという口実で、ジャップは、彼女をミス・モーリイのところから連れだして、階下の、治療室につづく小さい事務室へ行った。

彼女は再三くり返した。

「あたしにはまるで信じられません！　先生がそんなことをなさるなんて、信じられないわ！」

彼女は、先生が困った様子も、心配してた様子もなかったと強調した。

そこでジャップがはじめた。

「ネヴィルさん、今日あなたは、電報を受け取って出かけましたね――」

彼女は、つとさえぎった。

「ええ、でもみんな意地の悪いいたずらだったんですもの。あんなことをするなんて、なんて悪い人たちなんでしょう。ほんとにひどいわ」

「どういうわけです？」

「なぜって、叔母さんには変わりなかったんですの。良くもありませんでしたけど。あたしが突然行ったので、びっくりしてました。もちろん、あたしは安心したのですけれど――でもすっかり腹が立ってしまいましたわ。あんな電報をよこしてあたしをあわてさせたり、なにもかもごたごたにするなんて」

「その電報をお持ちですか？」

「停車場で捨ててしまいましたわ。たしか、それはただ、〈オバ、キュウビョウ、スグコラレタシ〉これだけでしたわ」

「ところでですね――ええと――」ジャップは思わせぶりに咳ばらいをした。「電報を打ったのは、あなたのお友だちの、カーターさんじゃなかったのですね？」

「フランク？　いったいなんのためにですの？　ああわかりました。あなたのおっしゃるのは――あたしたちがなにかたくらんだっていう意味ですのね？　とんでもない、警部さん――あたしたちはどっちもそんなことやれはしませんわ」

彼女の怒り方が、いかにも自然だったのでジャップはなだめるのに少々手をやいた。しかし今朝の患者たちに関する質問で、ようやく彼女は平静な態度に返った。

「全部この名簿に記入してあります。もうご覧になったと思いますけれど、たいていの方のことは知っております。十時、ソオムズ夫人、新しい義歯のため――十時半、グラント令夫人、年輩のご婦人でラウンズ・スクエアにお住まいです――十一時、エルキュール・ポアロさん、きまってこられる方です――あら、ここにいらっしゃるわ。失礼しました、ポアロさん。すっかりまごついてるもんですから。十一時半、アリステア・ブラントさん、例の銀行家ですわ――すぐすんだはずです。なぜってブラントさんはこの前の時に充塡の準備をすませてありましたから。それからミス・セインズバリイ・シール——この方は特別に電話をかけてきたのです——とても痛むというので先生が書き入れたのです。ひどいおしゃべりで、とめどがなくて——それにから騒ぎする方ですの。それから十二時、アムバライオティスさん、新患者で、サヴォイ・ホテルから電話でお約束なさいました。先生にはかなりたくさんの外国人や、アメリカ人の患者があるのです。十二時半、ミス・カービイ、ワージングからいらっしゃいます」

ポアロが質問した。

「私がきたとき、背の高い軍人がおられましたが、あれはどなたです？」

「ライリイ先生の患者でしょう。あの先生の名簿を持ってまいりましょうか？」

「おねがいします」

彼女はちょっとの間いなくなったが、すぐにモーリイのと同じような名簿を持って戻ってきた。

彼女は読みあげた。

「十時、ベティ・ヒース。九つになる女の子ですわ。十一時、アバアクラムビイ大佐」

「アバアクラムビイ！」ポアロはつぶやいた。「そうでしたか《セテサ》！」

「十一時半、ハワード・レイクスさん。十二時、バーンズさん、これで今朝の患者は全部です。もちろんライリイ先生には、モーリイ先生ほど、患者さんはついていませんの」

「ライリイ先生の患者について、なにか話していただけませんでしょうか？」

「アバアクラムビイ大佐は古くからの患者ですし、ヒース夫人のお子様方は、みんなライリイ先生のところへいらっしゃいます。レイクスさんとバーンズさんのことはなにも知りません。お名前は聞いたことがあるように思いますわ、電話の取り次ぎはあたしがいたしますから」

ジャップがいった。

「ライリイ先生に私たちから聞いてみましょう。できるだけ早くお会いしたい」

ネヴィル嬢が出てゆくと、ジャップはポアロにいった。

「アムバライオティス以外は全部モーリイの古い患者です。これからすぐアムバライオティス氏と話し合うのもおもしろいでしょう。いままでのところ、彼がモーリイの生きた姿を最後に見た男ということになる。そして、彼が最後に会ったとき、モーリイはまさに生きていたということをたしかめなくちゃならんですよ」

ポアロは首をふりながらゆっくりいった。

「それにしても、動機をたしかめなくちゃなりませんよ」

「そりゃそうです。それがどうも面倒になりそうな点なのだが、本庁にゆけば、アムバライオティスのことはなにかわかるでしょう」彼は鋭くつけ加えた。「ポアロさん、あなたはなにかひどく考えこんでいられますね？」

「ちょっとしたことですよ」

「なんです？」

ポアロはかすかに笑った。

「ジャップ主任警部がなぜ？」

「えっ？」

「ジャップ主任警部がなぜ？　っていったのです。あなたのような幹部が——自殺事件などに呼び出されるものなのでしょうかな？」

「じつをいうと、ちょうどこの近所にいたというわけです。ウィグモオ街のラヴィンハムのところに。なかなか巧妙な詐欺事件でした。そこへ電話がかかって呼ばれたってわけですよ」

「だが、なぜあなたに電話をかけたのでしょうね？」

「それは簡単です。アリステア・ブラントですよ。地元署の警部が今朝ここにブ、ブ、ブラント、い、い、いがきていたことを知りましてね、本庁に知らせたんですよ。ブラント氏は、この国の重要人物ですからね」

「というと彼は誰かに——まあ、狙われているとでもいうわけなんですか？」

「もちろんです。まず赤の連中、次がわれらの黒シャツ党員（黒シャツを制服としたイタリアのファシスト党の異称）。今の政府をがっちり押さえているのはまじめで保守的な実業家のブラントとその仲間ですからね。それだから今朝の事件も、ブラントを狙う計画だったんじゃないかという仮定で、徹底的に洗っているんです」

ポアロはうなずいた。

「私が考えてるのも、まあその辺のことですよ。そこらあたりに、たぶん——」彼は意味ありげに手をふった——「なにかひっかかりがありますね。本当の犠牲者はたぶんアリステア・ブラントのはずだった。いやそれとも、これはほんの序の口——恐るべき事件の序幕というもんですかな？　どうも臭い」彼は鼻をくんくんさせた——「この仕事には莫大な金の匂いがしますよ！」

ジャップはいった。「あなたは相変わらず、よく気をまわしますね」

「私の考えじゃあ、気の毒な《ス・ボーヴル》モーリイ氏は、このゲームではたんなる駒にすぎないですよ。おそらく、彼はなにかを知っていたのでしょう——そしてブラントになにかいった、あるいは、彼が、ブラントになにかいうかもしれぬと彼らが恐れ——」

不意に、ミス・グラディス・ネヴィルが戻ってきたので話はとぎれた。

「ライリイ先生は、抜歯でお忙しいので、十分ほどしたらお暇になりますが、それでよろしいでしょうか」と彼女はたずねた。

ジャップはけっこうと答え、その間に、もう一度アルフレッド少年と話したいとつけ足した。

5

アルフレッドは、すでに起こったすべてのことに煽《あお》られて、不安と喜びと気味悪さをいちどに味わっていた。彼はほんの二週間前、モーリイ氏に雇われたにすぎず、ひっきりなしにへまばかりしていたので、絶えざる叱責が彼の自信をなくしてしまっていた。

「あの方は、いつもより少し怒りっぽいみたいでした」アルフレッドは質問に答えた。「でも他にはぼく、なんにもおぼえてません。あの人が自分であんなことをするなんて、夢にも思わなかった」

ポアロが口をはさんだ。

「今朝のことで、思い出せることはなんでもいわなくてはいけないよ。きみはとても大事な証人なのだから、きみの話は私たちにはとても役に立つと思うんだ」

アルフレッドは顔を真っ赤にし、胸をふくらませた。じつはその朝の出来事は、もうジャップに手短に話してしまっていた。が、彼はいま、うんとしゃべってやろうと思いはじめていた。重要な役に立つのだという心地よさが身体に浸みわたった。

「きいてくれれば、なあんでもいいます」と彼はいった。

「まずはじめに、今朝はなにか変わったことが起こったかね？」

アルフレッドはちょっと考えたが、それから少し悲しそうにいった。「起こったなんていえないです。いつものとおりでした」

「誰か見なれない人はこなかった？」

「いいえ」

「患者さえこなかったわけか？」

「患者さんのことは考えてませんでした。患者さんも約束のない人はきませんでした。皆、名簿に書いてありました」

ジャップはうなずいた。ポアロがたずねた。

「誰か外から入ることができるかね？」

「いいえ、できません。誰も鍵を持ってませんもの、そうでしょう？」

「だけど、家から出ていくのは誰にだってできるね？」

「そりゃそうです。ドアの取っ手をまわして外へ出てから、ドアを閉めればいいからね。さっきいったとおり、たいていの人はそうします。ぼくが次の人をエレベーターであげているまに、よく階段をおりてゆくんです」

「そう、では今朝誰が一番早かったか、次は誰だったか話してごらん。もし名前をおぼえてなければ、その人の様子をね」

アルフレッドはちょっと考えてからいった。

「小さい女の子を連れた女の人でライリイ先生の方。それからソープ夫人とかいう人は、モーリイ先生へ」

ポアロがいった。

「そのとおりだね。それから？」

「それから、ほかに一人年とった婦人が、ちょっといばって、高級車できた。その人が行っちゃうと、背の高い軍人さんがきて、それからそのあと、あなたがきました」彼はポアロの方にうなずいてみせた。

「そのとおり」

「それからアメリカ人がきて」

「アメリカ人？」ジャップの声は鋭かった。

「そうです。若い人。たしかにアメリカ人ですよ——声でわかります。あの人は早くきすぎちゃったんです。十一時半じゃなきゃあの人の番じゃないのに——おまけに、その時間になったら、もうどこにもいなかったんですよ」

ジャップは声をとがらせた。

「なんだって？」

「その人がいなかったんです。十一時半——それとも、十二時二十分前頃だったかもしれないんですが、ライリイ先生のブザーが鳴ったんで呼びにきたらいなかったんです。怖くなって逃げちゃったんですよ」彼は知ったかぶりでつけ加えた。「よくあるんですよ」

ポアロが口を出した。

「では、私のすぐあとで帰ったのですね？」

「そうです。あなたは、ぼくがロールスできた偉い人を二階へ連れてったあとで帰ったんです——ブラントさんの車はすてきでしたよ。それからぼくがおりてきてあなたを送り出すと、女の人が入ってきた。ミス・サム・ベリイ・シールとかなんとかいったっけ。それからぼくはちょっと台所へとんでいってじつは一口ほうばってた。そして階下にいたら、ブザーが鳴ったんです――ライリイ先生のブザーでした――それで上へきてみたら、さっきいったようにアメリカ人は帰っちまってたんです。ライリイ先生のところへ行ってそういったら、ブーブーいってました」

ポアロがいった。「つづけたまえ」

「ええと、それから、どうなったっけかな。ああ、そうだ、ミス・シールを呼ぶブザーがモーリイ先生のところから鳴ったとき、あの偉い人がおりてきました。そしてぼくがなんとか嬢をエレベーターにのせてる間に帰りました。それからおりてくると紳士が二人きてました――一人は妙な震え声の小さい人でしたけど名前を忘れちゃいました。その人はライリイ先生の患者、もう一人は、モーリイ先生の方で、肥った外国人。シールさんはあまり長くなくて、十五分もかかりませんでした。その婦人を送り出してから、その外国人を案内しました。その前に、もう一人の人を、来た時にすぐライリイ先生のところに連れて案内しときました」

ジャップがたずねた。

「それで、アムバライオティスさんという外国人が帰るのを見なかったかね？」

「ええ、見ません、自分でドアを開けて出たんでしょう。その二人とも帰るのを見ませんでした」

「十二時以後はどこにいたかね？」

「いつでもエレベーターの中に座って、正面のドアのベルか、どっちかのベルが鳴るのを待ってるんです」

ポアロがたずねた。

「そこで、きみはいつも本を読んでるんでしょう？」

アルフレッドはまた赤くなった。

「それでも、べつに仕事をさぼっているわけではありません。ほかの仕事をしている、というわけではないですから」

「そのとおりだ。ところで、なにを読んどるのかね？」

「『十一時四十五分の死』っていうアメリカの探偵小説を読んでたんです。そりゃすごいんですよ！　みんな拳銃をバンバン撃つんです」

ポアロはかすかに笑っていった。「きみの座ってるところで、表のドアの閉まるのが聞こえますかね？」

「誰か帰った時にかっていう意味ですか？　まず聞こえないですね。エレベーターはホールの一番奥で、角から少し曲がったところにあります。ベルはちょうどそのうしろで鳴るし、ブザーもそうなんです。うるさいったらないんですから」

ポアロがうなずくと、ジャップが質問した。

「次になにが起こったね？」

アルフレッドは顔をしかめた。思い出すために大変な努力をしてるらしい。

「残った婦人はシャーティさんでした。ぼくはモーリイ先生のブザーが鳴るのを待ってたんですけれど、鳴らなかった。とそのうち、一時になっちゃって、その婦人が怒りだしたんです」

「その前に、上へ行って、先生の用意がいいかどうか見てこようとは思わなかったのかい？」

アルフレッドは勢いよく首をふった。

「思いません。いつもぼくはそんなこと、まるで考えたりしないんです。最後の人がまだいるとばかり思ってたんですから、ブザーが鳴るのを待っていただけなんです。もちろん、もしモーリイ先生が自殺したと知ってたら――」

アルフレッドは気味悪そうに首をすくめた。

ポアロがたずねた。

「ブザーは、普通、患者がおりてくる前に鳴るのかい？　それともその反対かね？」

「そのとき次第です。普通、患者が階段をおりてくると鳴るんです。もしも患者がエレベーターのベルを押せば、ぼくがその人たちをおろしているときにブザーが鳴ります。でもべつにきまっていません。ときには、ベルを鳴らして次の患者を呼ぶ前に、モーリイ先生の方が二、三分、間をおくこともありますし、先生がいそいでいると、患者が部屋を出るか出ないうちに鳴らすかもしれません」

「そうだね――」ポアロはちょっと間をおいてつづけた。「アルフレッド、きみはモーリイ先生が自殺したんでびっくりしただろうね？」

「とてもびっくりしました。ぼくはよく知らないけれど、でもあの人は自殺するような様子、ぜんぜんみえなかった」アルフレッドの目が大きく、まるくなった。「ああ――あの――殺されたんじゃないんですか？」

ジャップが話しださぬうちに、ポアロが口を入れた。

「もしそうだとすると、そんなに驚かないかね？」

「さあ、ぼくはわかりません。ほんとです。誰かがモーリイ先生を殺したがってるなんて考えられません。先生は――あの、先生はごく当たり前の紳士ですよ。ほんとに殺されたんですか？」

ポアロは重々しくいった。

「私たちはあらゆる場合を考えなくてはならないのです。ですから、きみはとても大事な証人かもしれないっていったんですよ。今朝起こったことはなんでも思い出していただかなくてはならない」

彼は語気を強めた。するとアルフレッドは絶大な努力で、記憶をたどろうとして顔をしかめた。

「これ以上思い出せません。本当にだめです」アルフレッドの調子は悲しそうだった。

「けっこうだ。今朝は、患者以外は誰もこの家にこないというのはたしかだね？」

「い、いい、知らない人は誰も。ただ、ネヴィルさんの男友だちがきたんですけど、彼女がいなかったんでガッカリしてました」

ジャップが鋭くいった。

「それは何時だ？」

「なんでも十二時少しすぎだったと思います。ネヴィルさんは今日は外に出てますといったらとても怒った様子で、モーリイ先生に会うんだといいました。先生はお昼までずっと忙しいといったんですが、待ってるからいいといってました」

ポアロはたずねた。

「そして待っていたかね？」

びっくりした表情がアルフレッドの目にあらわれた。彼はいった。

「ああ、そのことを忘れてた！　あの人は待合室に入りましたが、あとで見るとそこにはいませんでした。待ち疲れて、またあとでこようと思ったんでしょう」

6

アルフレッドが部屋から出ていってしまうとジャップが鋭い口調でいった。

「あの子供に、殺人なんて考えをふきこんでも大丈夫でしょうかね？」

ポアロは肩をすくめた。

「たぶんね——そう、刺激を与えれば、自分でも見たり、聞いたりしたことを思い出しますよ。それに、ここで起こる事柄にはなんでも抜け目なく気を配るようになるでしょう」

「それにしても、あまり早く洩れるのは、まずいでしょう」

「まあ、まあ、大丈夫。アルフレッドは探偵小説を読むし、犯罪に憧れているんです。アルフレッドから洩れることはすべてアルフレッドの病的な犯罪的空想の結果だと片づければよいでしょう」

「まあ、あなたのいうとおりでしょう。さてと、今度はライリイ君のいうことを聞く番ですよ」

ライリイ氏の治療室と事務所は二階にあった。両方とも、三階のものと同じくらいの広さだが、少し暗くて、それほど豊かには装飾されてなかった。

このモーリイ氏のパートナーというのは、背が高く、色の浅黒い青年で、額ぎわに一房の髪をぱらりと下げていた。彼は気持ちのいい声と、抜け目のない目を持っている。

ジャップは自己紹介をすますと話しだした。

「ライリイ先生、われわれは、この事件について、なにか光明を与えていただけると期待しています」

「それは思いちがいですね。ぼくには、そんなことはできませんよ。ただこれだけはいえますよ——ヘンリイ・モーリイは、人間のうちでも一番自殺なんかやりそうにない男です。ぼくならやりかねませんが——彼はやりそうもなかった」

「なぜあなたは、自分ならやりかねないとおっしゃるのです?」ポアロがたずねた。

「なぜって、ぼくはね、心痛の大洪水で溺れそうなんです」とライリイがいった。「第一に金の心配! まだ一度も収入が支出に釣り合ったためしがないんですから。一方、モーリイは用心深い男だったので、借金はなし、貸した金もなしですからね。たしかなことですよ」

「恋愛は？」とジャップがほのめかした。

「モーリイのですか？　彼は生きる喜びをまったく味わわない男ですよ！　妹にすっかり押さえつけられて生きてるんです、かわいそうな人物」

ジャップは今朝の患者についてたずねた。

「ああ、みんなはっきりしてますよ。ちいさいベティ・ヒース、いい子です――家族全部がかわるがわる来ます。アバアクラムビイ大佐だって古くからの患者です」

「ハワード・レイクス氏はどうです？」ジャップがきいた。

ライリイはニヤニヤ笑った。

「逃げだした人ですね？　はじめてです。彼のことは何も知りません。電話をかけてきて、とくに今朝というんです」

「どこからかけてきました？」

「ホウバン・パレス・ホテル。アメリカ人だと思います」

「アルフレッドもそういってました」

「アルフレッドはわかるはずです」とライリイ氏はいった。「あれは映画ファンですから」

「その他の患者は？」

「バーンズですか？　妙にきちょうめんな小男で、イーリング通りに住む退職官吏です」

ジャップはちょっと言葉をきってからいった。

「ミス・ネヴィルについてなにか？」

ライリイは眉をあげた。

「あのきれいな金髪の秘書ですね？　なんにもありゃしませんよ！　モーリイとの関係はまったくきれいなものです。ぼくが保証しますよ」

「なにもそんなことを聞いたわけじゃないんだ」ジャップが少し赤くなっていった。

「そりゃすみません」とライリイがいった。「どうも早まって失礼しました。ぼくはまた、〈女を探せ《シェルシェ・ラ・ファム》〉というのが、あなた方の常套手段だと思ったもんですから」それから彼はポアロの方に向いて特別につけ加えた。「あなたのお国の言葉をつかって失礼ですが。すてきなアクセントでしょう？　尼さんに教育されたおかげですよ」

ジャップはこうした軽薄さが嫌いだった。彼はまたたずねた。

「ミス・ネヴィルが婚約しているカーターという青年のことをなにか知ってませんか？　彼の名前はカーターというはずです。フランク・カーターです」

「モーリイはあまりよく思ってなかったようで、ネヴィルをあの男から引き離そうとしていました」とライリイは答えた。

「それでカーターは困ったでしょうな？」

「どうやら、えらく困ったらしいです」ライリイ氏は陽気な口ぶりで同意した。それからちょっと口を休め、いった。「失礼ですが、調べておいでなのは、自殺事件であって、殺人の件ではないんでしょうね？」

「もし殺人だとすると、なにか心あたりがありますか？」ジャップが鋭い口調でいった。

「ぼくじゃありませんよ！　ぼくとしたらジョージイナがやってくれたらとねがいますね！　脳味噌に禁酒っていう字のこびりついた恐ろしき女たちの一人。もっとも彼女は道徳的感情に溢れてますから、人殺しなんかやりそうにはない。もちろん、ぼくが二階に忍びこんでやっつけるのは簡単ですが、ぼくはやらなかった。実際のところ、モーリイを殺したがってる連中がいるなんて想像もつきませんね。しかし、それかといって、自殺も是認できませんよ」

彼は調子のちがった声になってつけ加えた。「本当をいうと、ぼくは彼をとてもかわいそうに思ってるんです。ぼくの態度から判断しないでください。ぼくはすこし興奮してるもんですから。ぼくはモーリイが好きでした、淋しくなりますよ」

7

ジャップは受話器をおいて、ポアロを振り返ったが、彼の顔は少し暗かった。

「アムバライオティス氏は、『お加減がよくございませんから、今日は誰にもお会いしない』とさ。しかしいずれ会わずにゃおかないですよ——それにまたこっちの手から抜けるわけにもゆかない！　彼が逃げだそうとしたって、こっちはもう尾行用に一人、サヴォイ・ホテルに張りこませてあるんだから」

ポアロは考え深げにいった。

「きみはアムバライオティスがモーリイを撃ったと考えている？」

「どうですかね。しかし、彼はモーリイの生きているのを見た最後の男ですからね。それに彼は新患者です。彼の話によれば十二時二十五分には、達者で生きているモーリイと別れたといっているんですが、本当かもしれないし、またそうじゃないかもしれません。もしその時モーリイが元気だったとすれば、われわれはその次に起こったことを新たに組み立てなくちゃなりません。次の約束時間までに五分の余裕がある。その五分間に誰が入ってきて、彼と会ったか？　例えば、カーター？　それともライリイか？　何が起こったのか？　ともあれ十二時半までか、あるいは遅くとも一時二十五分までには、たしかにモーリイは死んでいた――そうでなければ、彼はブザーを鳴らしたか、もしくはミス・カービイに、都合が悪くて治療できぬと、伝言したはずです、そのどちらでもない。彼は殺されたのか、あるいは、誰かが彼の気持ちをすっかり転倒させるようなことをいって、自殺させたにちがいありません」

彼はちょっと話をきった。

「私は、今朝の患者の一人一人と話してみようと思います。もしかしたら彼は、そのなかの誰かに、なにかをいったかもしれません。なにか手がかりがつかめるでしょう」

彼は時計をちらと見た。

「アリステア・ブラント氏は、四時十五分に、面会してくれるということです。まず彼のところへ行きましょう。あの人の家は、チェルシイ・エンバンクメントにあります。そこからアムバライオティスを訪ねる途中でセインズバリイ・シールなる女をつかまえるとしましょう。私はあのギリシャ人と取り組む前にできるだけ情報を集めておこうと思います。そのあとで、あなたのいう〝人殺しみたいな顔つき〟のアメリカ人と一言、二言しゃべってみたいんです」

エルキュール・ポアロは首をふった。

「人殺しではありません──歯痛ですよ」

「どっちだってかまいませんが、とにかくそのレイクス氏に会わなければなりません、少なくとも彼の行動は不審です。ミス・ネヴィルの電報、叔母さん、それから彼女の青年をも調べあげましょう。いや、あらゆる人間をなにからなにまで洗い出してやるんだ！」

8

アリステア・ブラントは公衆の目には大きく映じていなかった。おそらく、彼自身が非常に静かで地味な人間だったせいだろう。たぶんそれも彼が皇帝としてでなく、皇太子として長いことつとめてきたせいだろう。

アーンホルト家出身のレベッカ・サンセヴェラートは、四十五歳の失意を胸にひめてロンドンに現われた。その一方、彼女は資産家の一族の出で、母はヨーロッパのロザスタイン家の相続人だったし、父はアメリカの大銀行家のアーンホルト家の家長だった。

レベッカ・アーンホルトは、航空事故で、二人の兄弟と一人の従兄を失ったため、巨大な富の唯一の相続人となった。彼女はヨーロッパの貴族として名のとどろいたプリンス・フェリペ・ディ・サンセヴェラートと結婚した。札つきの貴族出の悪党とのみじめな二年間。結婚後三年目で離婚し、結婚によって得た一子は自分のものとしたが、しかし数年後にはその子も死んでしまった。

不幸に傷めつけられたレベッカ・アーンホルトはその明晰な頭脳を、経済界の事業に傾注した——その方面への才能は彼女の血の中に流れていたのだ。彼女は父親と提携して銀行経営をはじめた。

父親の死後も彼女はその巨大な資力で、経済界に確固たる地位を保っていた。彼女が、ロンドンにきた時、ロンドン支店の若い助役が、種々な書類を持ってクラリッジ・ホテルにやってきた。六カ月後、レベッカ・アーンホルトが、二十歳も年下のアリステア・ブラントと結婚すると聞いて、世上は電気に打たれたように驚き湧きたったものである。おなじみの野次や微笑があった。レベッカは、と友だちはいう、男に関するかぎり、救い難いばかだ！　はじめにサンセヴェラート——そしてまたこんな若い男。もちろん彼は、金が目当てで彼女と結婚するんだ。彼女は二度目の破滅に足を踏みこんだね！　しかし、皆が驚いたことに、結婚は成功だった。アリステア・ブラントが彼女の金を他の女に使ってしまうだろうという予想はまったく裏切られた。彼はおとなしく、自分の妻につかえた。十年後、彼女が死んだとき、遺産相続者となった彼は、その莫大な財産を湯水のごとく使うだろうと思われたのに、再婚もしなかった。彼は同じように静かな、簡素な生活をしていた。金融上の才能において彼は妻に劣らなかった。彼の判断力と手腕はたしかだった——清廉さという点は疑惑の余地なし。彼はアーンホルト&ロザスタインの産む莫大な利得を彼自身の持つ才能でとりさばいたのだ。

彼は社交界にはほとんど顔を出さず、ケントに一つ、ノーフォークに一つ家を持っていて、週末をそこで過ごした。華やかなパーティではなく、地味な、無口な二、三の友人と一緒だった。彼はゴルフが好きだったが、たいして上手ではなく、造園に趣味をもっていた。

こういう男に、いまジャップ主任警部と、エルキュール・ポアロとは、がたがたタクシーにゆられて面会に急いでいるのだ。

このゴシック・ハウスは、チェルシイ・エンバンクメントでは有名な建物だった。内部は金のかかった、しかし簡素な様子を示して、たいして現代的ではないがいかにも住み心地がよさそうだった。

アリステア・ブラントは二人をほとんど待たさなかった。すぐに彼らの前に現われた。

「ジャップ主任警部ですか？」

ジャップは進み出て、エルキュール・ポアロを紹介した。ブラントは興味深げに彼の方を見た。

「ポアロさん、お名前はよく存じています。いやそれに、たしかどこかで——たしか最近——」彼は口ごもって顔をしかめた。

ポアロが答えた。

「今朝です。あの気の毒な《ス・ポーヴル》ムッシュー・モーリイの待合室で」

アリステア・ブラントは眉を晴々とさせて、

「そうでしたね、どこかでお目にかかったと思いました」彼はジャップの方へ向いた。「なにかお役に立つでしょうか？　私はモーリイ氏のことを聞いて、じつにお気の毒に思っています」

「ブラントさん、びっくりなさったでしょう？」

「とても驚きました。もちろん、あの人のことはよく知らないのですが、自殺なんかするような人だとは考えられませんのでね」

「あの人は、今朝、丈夫そうで、元気もよさそうに見えたわけですね？」

「さようですなあ——ええそんなふうでしたよ」アリステア・ブラントは言葉を切って、

それから、ほとんど少年のような微笑を浮かべながら、「じつのところ、私は歯医者へ行くのにはまったく臆病でね。あの不愉快なドリルをかけられると、もうぞっとしてしまって、あんまり他のことには気がつかないんですよ。終わるまではまるで上の空というところです。しかし、モーリイはあの時まったく自然でした、愉快で忙しくて」

「あそこへはたびたびおいでになられますか？」

「たぶんこれで三回か四回目でしょう。昨年まであまり歯の故障など、ありませんでしたよ。老いぼれてきたというんですかね」

エルキュール・ポアロがたずねた。

「最初は、どなたがモーリイ氏に紹介なさったのですか？」

ブラントは思い出そうと努めて眉を寄せた。

「さあ——一度ひどく痛みましてね——誰かに、クイーン・シャーロット街のモーリイがよいと聞かされて——いや、誰でしたか、どうしても思い出せません。残念ですな」

ポアロはいった。

「もしも思い出されましたら、私どもにお知らせくださるでしょうか？」

アリステア・ブラントは不思議そうにポアロを見た。

彼はいった。「そうしましょう——たしかに。でも、なぜです？　そんなに重要なのですか」

「考えていることがありまして」ポアロがいった。「非常に重大なことになるかもしれません」

二人がその家のステップをおりてゆくと、一台の車がちょうど正面に停まった。スポーツ型の車――部品の山の中から出たハンドルの下をくぐらなければ外に出られぬ型の車である。

おりようとしていたのは若い女で、両腕と脚だけがにゅっと下から出ていた。彼ら二人が舗道におりて歩きだそうとしたとき、彼女はやっと車から出てきた。

その若い女は舗道に立って二人を見送っていたが、だしぬけに、大きな声で叫んだ。

「ハイ！」

二人は自分たちが呼ばれたとは思わず、どちらも振り返ろうとしなかったので彼女はまた呼んだ。「ハイ！　ハイ！　そこにいらっしゃる方！」

二人が立ちどまって、不思議そうに見まわしていると、彼女は二人の方へ向かって歩いてきた。まず印象に残ったのはその両腕と両脚だった。彼女は背が高く痩せていた。顔は知的で活き活きとしており、それが容貌の美しくない点を補っていた。陽に焼けて浅黒い肌をしていた。

彼女はポアロに向かって話しかけた。

「あたし、あなたがどなただか知ってるわよ——私立探偵のエルキュール・ポアロ！」

その声には暖かさと深みがあり、アメリカ風のアクセントがあった。

ポアロがいった。

「なにかご用でしょうか、マドモワゼル？」

彼女の目は彼の連れに移った。

ポアロがいった。

「こちらは、ジャップ主任警部です」

彼女の目は大きくなった——まるでおびえたとも思われるまなざし。しゃべる時には少し息をはずませていた。

「この家でなにをしてらしたの？　なにかアリステア伯父さまに起こったんじゃないの？」

ポアロがすばやくいった。

「どうしてそうお思いになられましたか、マドモワゼル？」

「そうじゃないの？　よかった」

ジャップがポアロの質問を取りあげた。

「なぜ、ブラントさんになにか起こったんだとお思いになるんです、ミス……」

彼は問いただすように口をとめた。

若い女は機械的に答えた。

「オリヴェイラ、ジェイン・オリヴェイラですわ」それからかすかに得心いかぬげに笑った。

「飼い犬は、屋根裏の爆弾を嗅ぎつけるわ、そうじゃなくって？」

「ブラントさんには何事もありません。そう申しあげられるのは嬉しいです、ミス・オリヴェイラ」

彼女は正面からポアロを見た。

「伯父の方からなにかの用であなた方をお呼びしたんでしょうか？」

ジャップがいった。

「私たちが伯父さまを訪問したのです。今朝起こった自殺事件について何かヒントを与えていただけるかと思ったものですから」

彼女は鋭くいった。

「自殺？　誰が？　どこで？」

「モーリイという男です。クイーン・シャーロット街五十八番地の歯科医です」

「まあ！」とジェイン・オリヴェイラは放心したようにいった。「まあ！」彼女は自分の前方を眉をひそめながらじっと見つめていたが、不意にいった。

「まさか、そんなばかなこと！」くるりと振り向くと、無遠慮に、彼らを残したまま、ゴシック・ハウスのステップを駈けあがり、鍵を回して中へ入ってしまった。

「やれ、やれ！」彼女の後ろ姿をにらみながらジャップがいった。「ひどいことをいう！」

「なかなかおもしろい」ポアロがおだやかにいった。

ジャップは気を変えて、時計を見た。そして近寄ってきたタクシーを呼びとめた。

「サヴォイへ行く途中、セインズバリイ・シールにあたってみる時間がありますよ」

9

ミス・セインズバリイ・シールは、暗い照明のグレンゴリイ・コート・ホテルのラウンジでお茶を飲んでいた。

彼女は会見を申しこんだ警察官が私服の者だったのに、やや失望したらしい。彼女の興奮は退屈しのぎの嬉しさのためだ、とポアロは観察した。彼は、彼女がまだ靴のバックルを縫いつけていないのを見とめて、少々悲しく思った。

「ほんとに、警察の方？」とセインズバリイ・シールは周囲を見まわしながら笛を吹くような声でしゃべった。「どこへ行ったら、あたしたちだけになれるのかまったく見当がつかないんですのよ。とても難しいわ――ちょうどお茶どきで――でも、およろしかったらお茶を――あの、お連れの方は？」

「こちらは、エルキュール・ポアロ氏」

「あら、ほんと？」ミス・セインズバリイ・シールはいった。「じゃあ皆様は――どちらもお茶を召しあがりません？　おいや？　では、食堂へ行ってみましょう。あそこもよくいっぱいなんですけど。あら、あそこの隅があいてますわ――あの引っこんだところ。ひとが出てゆくところですよ。あそこへまいりましょう――」

彼女は、ソファと、椅子が二脚ある、比較的静かな場所へ案内した。ポアロとジャップは彼女の後について いったが、ポアロは歩きながら彼女が撒きちらしたスカーフやハンカチを拾いあげた。

彼は、彼女に渡してやった。

「あら、ありがとうございます――あたしとてもぼんやりで。さあ、どうぞ、警部――

いいえ、主任警部さんでしたわね――さあ、なんでもお好きなことをきいてください、なにもかも。ほんとうにたまらないことですわ、お気の毒な方――なにか心の中に考えていらっしゃったんでしょうか？　なんていやな世の中でしょう！」

「彼はなにか心配してるように見えましたか？」

「さあね――」ミス・セインズバリイ・シールは考えこみ、しまいには残念そうにいった。

「あの人が心配してたかどうか、どうもはっきりいえませんの。でもたぶん、あたしには気づかなかったんでしょうね――あんな環境のことですから。あのね、あたしはとても歯医者さんが怖いたちなんですの」ミス・セインズバリイ・シールはくすくす笑って、鳥の巣のようなカールにさわった。

「あなたがおいでになったとき、待合室には他に誰がいたか、いっていただけませんか？」

「そうですねえ――あたしが入ったときには若い男が一人いたきりです。その人はとても痛がっていたんだと思いますわ。なぜって、ぶつぶつひとり言をいってましたし、怖い顔をして、手当たり次第雑誌をめくってましたわ。それから急に、飛びあがって出てゆきました。たしかにひどい歯痛だったにちがいありません」

「部屋を出たといっても、あの家から出たかどうかわかりますか？」

「ぜんぜんわかりませんわ。あたしは、あの人がもう待っていられなくて、どうしても先生に会わなくちゃと思ったにちがいない、と想像したんですの。でも、あの人はモーリイ先生の方に行ったんではありませんよ。ボーイがきて、そのすぐ後であたしを二階へ連れていきましたからね」

「帰るとき、また、待合室へ入りましたか？」

「いいえ、なぜって、あたしは、モーリイ先生の部屋ですっかり、帽子もかぶり髪もなおしてしまいましたから。他の人は」ミス・セインズバリイ・シールは、この話に夢中になりはじめた。「階下の待合室で帽子をとるんですが、あたしはけっしてそうしませんのよ。あたしの友だちがそうやって、とてもたいへんなことになっちまったんですの。その方、新しい帽子だったので、大切に、椅子の上に置いといたのですけれど、おりてきてみたら、子供がその上に座ってたんですって。ぺちゃんこにつぶしちまったのよ。だいなしになっちまった、まったくだいなしにね！」

「それは悲惨なことです」ポアロがいった。

「みんな母親の罪ですわ」ミス・シールは、いかめしい態度でいった。「母親というものは、子供に気をつけていなければならないもんですよ。子供には悪気はないんだから、母親が目を放しちゃいけないのよ」

ジャップがいった。

「じゃあ、その痛がってる若い男が、クイーン・シャーロット街五十八番地で、あなたが気がついた、唯一の患者ですね？」

「ちょうど私がモーリイ先生のところへあがっていったとき、男の方が一人階段をおりてきて、帰ってゆきました――ああ！　それから思い出しましたわ――あたしがちょうど着いたとき、とても妙な顔をした外国人が一人出ていきました」

ジャップは咳ばらいをしたし、ポアロは威厳をもって口を出した。

「マダム、それは私でございました」

「あら、まあ！」ミス・シールは彼を覗きこんだ。「そうでしたの！　ごめんなさいね――とても目が近いもんで――それにここはとても暗いでしょう？」彼女は曖昧に語尾を引っ張った。「でも、ほんとはあたしとてもよく人の顔を覚える自信があるんですよ。ただここの電気はとても暗くってね、そうでしょう。とんだ失礼をしてしまって！」

二人がかりで彼女を慰めてから、ジャップがたずねた。

「モーリイ先生はこんなふうなことをいったりしませんでしたか――例えば――今朝は嫌な用件で人に会うはずだとか、なにかそんなことですが？」

「いいえ、先生はなにもおっしゃいませんでした」

「彼は、アムバライオティスという名前の患者のことをいいませんでしたか？」

「いいえ、先生はほんとに何もおっしゃいませんでした。──ただし、歯医者がいわなければならないことはおっしゃいましたけどね」

ポアロの頭の中を、いくつかの言葉が閃きすぎた。「うがいをして、少々、広く開けて、さあ、静かに閉めて」

ジャップは次の段階へ進んだ。おそらく、検屍審問のときには、ミス・セインズバリイ・シールに、証言をしてもらわなくてはなりません。

最初は狼狽して叫び声をあげたが、ミス・シールはその考えが好きになったらしい。試験的な尋問で、ジャップはミス・セインズバリイ・シールの身の上ばなしを、引き出した。

話の様子では、六カ月前に、インドからイギリスへきたらしく、いろいろなホテルや、下宿に住んでいたのだが、最後にこのグレンゴリイ・コートへきた。彼女は、ここの家庭的な雰囲気が気に入ったのだ。インドではおもにカルカッタに住み、そこで伝道の仕事をしたり、また、発声法を教えたりしていた。

「純粋で、正しい発音の英語、これがもっとも大切なことですわ、主任警部さん、ね、そうでしょう――」ミス・セインズバリイ・シールは、気取った笑い方をして、そり身になった――「若い時はステージに立ってました。ああ！　つまらない役でしたの、どさまわり！　でもあたしは大きい野心を持ってましたの。公演種目をいくつか貯めてそれから、あたしたちは世界巡演に出ました――シェイクスピア、バーナード・ショー」彼女はため息をついた。「あたしたち憐れな女の困った問題はハートですよ――そのハートのおかげで、あわてて結婚に飛び込んじまったんです。ああ！　あたしたちはほとんど、すぐに別れました。あたしはだまされたのです。あたしはふたたび娘時代の名前にかえり、友だちが資金を都合してくれましたので、発声法の学校をはじめました。それから素人演劇会を創るのを手伝いました。そうそうあたしたちの広告をごらんに入れなくちゃね」

　ジャップ主任警部は、その危険を早くも察知した！　彼はそれをうまくはずした。それでミス・シールの最後の申し出だけをしるすと――「それではもしも、あたしの名前が新聞にのるような場合――審問の証人としてという意味でね――名前の綴りを間違えないようにしてくださらない？　メイベル・セインズバリイ・シールですの。メイベルはM・A・B・E・L・L・Eで、シールはS・E・A・L・Eです。ああそれから、そうですわ、もし新聞が、オックスフォード・レパートリイ劇場であたしが上演した

『お気に召すまま』のことをのせるのなら――」

「ええもちろん、もちろんですとも」とジャップ主任警部は巧みに逃げた。

タクシーの中で、彼はため息をつきながら額の汗を拭いた。

「もし、必要なら、彼女のことをもっと調べあげるぐらい、わけはありませんが、そんな手数はいらんでしょう」彼は意見を述べた。「もっとも彼女がまるっきり嘘をついた、というのなら別だが――しかし私はそんなこと信じませんな！」

ポアロは首をふった。

「嘘つきというものはね」と彼はいった。「あんなに余計なこともしゃべらんし、あんなにちぐはぐなしゃべり方もしませんよ」

ジャップはつづけた。

「私は彼女が公判の時にウジウジしやしないかと心配しましたよ――中年の独身女なんてたいていそうですからな――だが、女優だとなれば、かえって熱心にしゃべるでしょうな。ちょっとばかり芝居気分が出せますからね！」

ポアロがいった――

「あなたは本当に彼女を公判に出すつもりですか？」

「たぶんそんなことはないと思いますが。まあそのとき次第ですね」彼はちょっと間をおいていった。「ポアロさん、私にはますます確信がついてきましたよ、これは自殺じゃない」

「そして動機は？」

「〝神よ助けたまえ〟です。例えばモーリイがかつて、アムバライオティスの娘を誘惑したというのはどうです？」

ポアロは黙っていた。彼は、うるんだ目のギリシャ娘を誘惑する役のモーリイ氏を想像しようとしたが、どうもうまくゆかなかった。

それで彼はジャップに注意をうながした。ライリイがいってたではないですか、彼のパートナーなるモーリイは生の喜びを知らないと。

ジャップは曖昧ないい方をした――

「ああ、でもね、ロマンティックな遊覧船の上ではどんなことが起こるかわかったもんじゃありませんからね」そして彼は満足そうにつけ加えた。「まあ、これから会う人物と話してみれば、ちっとはことがはっきりするでしょう」

彼らはタクシーの料金を払うとサヴォイ・ホテルの中へ入った。

ジャップは、アムバライオティス氏に面会を申しこんだ。フロント係は妙な顔をして彼らを見やり、そしていった。

「アムバライオティス氏ですって？　お気の毒ですがお会いになれません」

「いや、会えるんだよ、きみ」ジャップは怖い顔でいった。彼はフロント係をそばへ引っ張って警察手帳を示した。

フロント係はいった。

「じつはアムバライオティス氏は三十分前に亡くなられました」

一枚の扉がそっと、しかもどっしりと閉じられたようにエルキュール・ポアロは感じた。

ごお、ろく、薪木《たきぎ》をひろって

1

二十四時間後、ジャップはポアロを電話に呼んだ。ジャップの声は勢いがよかった。

「洗い出しましたよ！　すっかり！」

「どういう意味ですか、きみ？」

「モーリイは立派な自殺だったんですよ。動機を突きとめました」

「なんでしたか？」

「アムバライオティスの死因について医者の報告を受け取ったところなんですが、専門用語は抜きにして、簡単に申しますとね、彼は、アドレナリンとノボカインの過量投与で死んだんです。心臓にけいれんを起こしてまいったんだそうです。彼は昨日の午後気分が悪いっていってましたね。ありゃ本物だったんですね。おわかりでしょう。アドレナリンとノボカインは歯科医が歯肉の中に注射する薬物で局部麻酔薬だが、モーリイは間違えたんですよ、適量を。それでアムバライオティスが帰ってから自分のやった誤りに気づいていさぎよく撃っちまったというわけなんです」

「彼が所持してなかったのが判明しているピストルでですか？」ポアロが質問した。

「しかし、持ってたかもしれないんです。家族の者はなんでも知ってるってわけじゃありませんからな。ちょいちょい彼らの知らないことがあるのに驚かされますよ！」

「そりゃたしかにそのとおりですね」

ジャップはいった。

「そうでしょう。これで完全に、すべてのことが理論的に説明づけられますよ」

ポアロがいった。

「いいですか、そういわれても私にはどうも満足できないのです。病人が局部麻酔に有害な反応を示すということは事実です。それにアドレナリンの特異体質はよく知られています。プロカインの併用によっては、ごく少量の使用も有害反応を伴うことがありま す。しかしですね、それを使用する医師とか歯科医とかはまさか自殺までするほどの責任を通常とらないものですよ！」

「そうです。だが、それは麻酔使用のノーマルな場合であって、そういう場合には関係医師はなにも個人的責任は問われません。その患者の特異体質が死因なのですからね。しかし、今度の場合は、過量投与の事実はかなり明白なんです。正確な分量はまだわかっていませんが――こういう分析の仕事は、日曜日がひと月もつづかなくっちゃできないものらしいですから――しかし、適量以上だということはたしかです、これはモーリイの過失を意味するものですよ」

「それにしたところで」とポアロはいった。「それはたんなる過失であって犯罪じゃないでしょう」

「そうじゃありませんが、彼の職業にしてみれば、あまり歓迎することではないでしょう。ないどころかかなりひどいことになりますからな。少しぐらい気が散ったというだけの理由で、致死量の劇薬を注ぎこむような歯医者へは誰も行かなくなりますからね」

「たしかに妙な間違いをしでかしたもんですな」

「ときには起こる間違いですよ――医者たちにだってあるし――薬剤師だってやる。長年、慎重にやっていて――それでいて一瞬の不注意で――悪運にとりつかれてしまう。悪魔の仕業ですよ、まったくそれは。モーリイは感じやすい男だったんですよ。医者の場合だと、普通、薬剤師とか、調剤師とかがいて、罪を分け合うか――あるいは全部しょいこんでくれるのだが、この事件じゃ、モーリイが全責任者ですからね」

ポアロはつつましかった。

「なにか書いたものでも残してなかったでしょうか、自分のやった失敗についてなにか？　結果を見るに堪えられないとか？　つまりそんなものを妹宛にね？」

「なにもありませんが、私の考えじゃ、なにが起こったかとっさに気がついて、ただもう理性をうしなってしまって、もっとも手っ取りばやい方法を採ったんだと考えられますね」

ポアロは黙りこんだ。

ジャップがつづけた。

「あなたの気持ちはわかりますよ。あなたは一度殺しとにらんだ事件はあくまで殺しにしてゆきたい、いたちですからね。それに今度の事件じゃ、私の方からあなたをその方へ引っ張りこんだんだから私の責任は認めます。ただ、今度は私の間違いだったんです。私は率直に認めますよ」

ポアロはいった。

「なにかもう一つほかの説明がありはしないかと、私は考えてるんですよ」

「それは一つどころかほかに説明はたくさんある、とあえて申します。私もそれらを考えてみました――だがどれもこれもあまりに空想的なものばかりです。アムバライオティスがモーリイを撃ったとしてみましょうか。彼は帰宅して、自責の念に駆られ自殺する。モーリイの治療室からおあつらえの代物をもってきてね。もしあなたの方がそれらしいとのお考えなら、私の方はまるっきりそれらしくない、という立場をとれるんです。アムバライオティスの記録が本庁にありますが、なかなかおもしろいですよ。振り出しはギリシャのちっぽけなホテル業者、後、政治の世界にかかわったりもしてます。ドイツとフランスでスパイをやってたのです——それで小金をこしらえたらしいが、しかし、そんなことじゃ金持ちになれない、それで、一、二ヵ所ゆすって歩いたらしい。われわれのアムバライオティス君は、善良な男とはいえませんね。去年、インドにとんで、向こうの皇子の一人をかなり自由に動かしたということもいわれてますが、これもたしかな証拠があるというわけではない。鰻みたいにヌラヌラしてやがるんですよ！　そこでですが、ここにもう一つの可能性があります。彼は、ほかのことでモーリイをゆすってたかもしれません。モーリイは、もってこいのチャンスとばかりアドレナリンとノボカインの過量を注ぎこんだとします。不幸なる過失ってなことになるんだろうと予期して——アドレナリンの特異体質——まあそんなところですね。さて、やつが帰ってしまうと、モーリイに自責の発作が起こる、そして自殺したと、ざっとこんなわけですかね。それはもちろん可能ですが、しかし、私は、どっちかというとモーリイが殺人犯人だとは思いにくいんです。いや、私は、一番最初にあなたにいった推理をかなり確信してます――過労の午前に起こった自然な過失だというふうにですね。私はもう検事総長に話しましたが彼も納得していましたよ」

「そう」ポアロはため息をついた。「そうですか……」

ジャップは調子を柔らげていった。「ポアロさん、あなたがどんなお気持ちかわかりますがね、だが興味深い殺人なんてそういつでもあるものじゃないですね！　そこでですが、私のおわびの言葉ってのは使い古しの言葉ですが――ご苦労さまでした！」

彼は電話を切った。

2

エルキュール・ポアロは自分用の、形のよいモダンな机を前に腰をおろしていた。彼は現代風の家具を好んだ。その直截な線と堅固な感じは古い型の家具が持つ柔らかな輪郭よりも好もしかった。

机上には、きちんと、ノートがおかれ、はっきりした書体で人名とその説明とが記載してあった。中には疑問符がついているのもある。

冒頭に……

　アムバライオティス。諜報行為。同じ目的のため渡英？　前年、暴徒蜂起期間中
　インドに滞在。コミュニスト、党員の可能性あり。

空白があって次の見出し……

　フランク・カーター？　モーリイのおぼえ不可、最近失職した。なぜか？

次にきた名前には疑問符がついているだけ。

　ハワード・レイクス？

次の行は引用した文章が一つ。

——まさか、そんなばかなこと！——？　？　？

エルキュール・ポアロの頭はいぶかしげに傾いていた。窓の外では小鳥が巣を作ろうと小枝を運んでいる。ポアロが、卵のような形をした頭をかしげている様子は巣をどう作ろうかと考えている小鳥に似ていないでもない。

少し先の方にもう一つ書きこんだ。

バーンズ氏？

ちょっと休んだがまた書いた。

モーリイの事務室？　絨毯の汚点、可能性。

彼はしばらくそれを眺めていたが、やがて立ちあがると、帽子と、ステッキを持ってこさせて外に出た。

3

四十五分後、エルキュール・ポアロはイーリング・ブロードウェイの地下鉄に姿をみせた。そして五分もすると、目的地に着いていた——カースルガーデンズ・ロード八十八番地。

それは小さい家で、一部だけ母屋から離れていた。正面の庭の整った美しさに、エルキュール・ポアロは感嘆し、首をうなずかせた。

「美しい均斉だ」ポアロはひとり言をいった。

バーンズ氏は家にいた。ポアロが小さいがよく整った応接間に通されると、バーンズ氏はすぐに会いに出てきた。

バーンズ氏というのは小柄な男で、キラキラする目を持ち、頭はほとんど禿げていた。ポアロが女中に渡しておいた名刺を左手でまわしながら、眼鏡越しに訪問客を見た。

彼は、小さな、謹直げな、ほとんど裏声に近い声で話した。

「ポアロさんですか？　光栄のいたりと存じます」

「こんなぶしつけなお訪ねのいたし方は、はなはだ失礼とは存じますが」ポアロがそくざにいった。

「かえってけっこう」バーンズ氏はいった。「それに時間もはなはだけっこうです。七時十五分前――この節の陽気では、自宅で人をつかまえるのには、はなはだ適宜な時間ですよ」彼は手をふった。「おかけください、ポアロさん。お互いに話し合うことはたっぷりあるはずです。クイーン・シャーロット街五十八番地でしょう？」

ポアロはいった――

「しかし、どういうわけで、その方面のことだとお考えになりました？」

「そりゃあね」バーンズ氏はいった。「私は内務省から退いてしばらくになります――しかし、まだ、まったくの老朽《おいぼれ》にはなってはおらん。極秘事件が起こったときには警察は使わないにこしたことはない。世間の注意を引きますからな……」

ポアロがいった。

「もう一つ別な質問をいたしたい。なぜ、これを極秘事件といわれるのです？」

「ちがいますかな」相手は逆にたずねた。「もしそうでないとしたら、私の考えでは、そうあるべきだというわけですよ」彼は身を乗り出して、鼻眼鏡で椅子の腕木を軽く叩いた。「秘密警察の任務は小物ではなく、上の方にいる大物です――しかし大きいやつを捕えるためには、小さな蝿をおどかさないように気をつけなくっちゃならない」

「どうも、あなたの方が私よりよく知っていらっしゃるように見えますね」とエルキュール・ポアロがいった。

「なんにも知りませんよ」相手は答えた。「ただ、二と二を加えてみるだけ」

「といわれますと？」

「アムバライオティス」バーンズ氏はてきぱきといった。「あなたは、私があの待合室で、ちょっとの間あの男と向かい合って座っていたことを忘れておいでだ。彼は私に気がつきませんでした。私はいつでも目立たない存在です。それも時には悪くない。しかし私はあの男をよく知っておるので、私は彼が何のためにあそこにきていたか想像がついたのです」

「それは？」

バーンズ氏の目はいっそうきらきらと光った。

「われわれは、この国では、じつに退屈な人間です。そうでしょう。骨の髄まで保守的です。愚痴は大いにこぼす。しかし、この民主的政府を粉砕してまで新規な実験を試してみようと本気で思っているわけではないのです。この事実は、つねに絶えず活躍しつづけているところの外国の煽動者たちを、ひどくがっかりさせているのです！　面倒なる問題とは——彼らの見地からすれば——国として、われわれが実際に支払能力があるという事実です。現在、ヨーロッパのどこの国もほとんどそうではない！　イギリスを覆すことは——ほんとうに覆すには——この資力と最後の戦いを闘わなくちゃならない——それこそ要点ですよ！　そしてアリステア・ブラントのような男に舵を取られたんじゃ、その資力と最後の戦いをすることは不可能だ」

バーンズ氏は間をおいてまたつづけた。

「ブラントという男は、私的生活では、つねに自分の勘定書を払って、彼の収入の中で暮らすような男です——おまけに年に二ペンス稼ごうが、幾百万得ようが変わりはない。彼はそういったタイプの人間です。そして、彼は、ただ、ごく自然に国というものも、そうやってゆくもんだと考えているんです！　費用のかかる実験はしない。わからぬユートピアのために度外れな支出をするでもない、それだからこそ——」彼はちょっと休んだ。「それだからこそ、ある種の人たちは、ブラントを亡きものにしようと決心してるんです」

「ああ」ポアロがいった。

バーンズ氏はうなずいた。

「そうですとも」彼はいった。「私は自分が何を話しているか知っています。彼らのいく人かは非常によい人間です。長くのばした髪、熱心な目つき、そしてよりよい世界への理想にわくわくしています。また別の連中もいるが、これはあまりよくない。じつのところ、少しむさくるしい、こそこそした小鼠どもで、顎鬚と外国なまりとをもっている。そして残りの大部分ときたら大きい牡牛のタイプですよ。ところで彼らはどれもこれも同じ理想をもっている。ブラントを打倒せよ！」

彼は椅子を静かにゆすった。

「古い制度を拭い去れ！　トーリー党、保守党、頑固な保守主義者、石頭で猜疑心の強い資本家どもを一掃しろ、それが理想なのです。そういう人たちが正しいかもしれない——私にはわからない——しかし、これだけはいえる、古い制度にとって替わるためには、それに替わる何か確実なものが必要です、よさそうに聞こえるだけのものではなしにね。われわれはこれ以上踏みこまんでもよいのです。われわれは具体的な事実を扱っているので、抽象的な理論ではない。つっかい棒を取ってごらんなさい。建物は倒れてくるでしょう。ブラントは現存する事態を支えるつっかい棒の一本ですよ」

彼は身を乗り出した。

「彼らは、ブラントがいなくなったら、きっと出てきます。そのことは私も知ってます。そしてこれは私の意見ですが昨日の朝、彼らはブラントをもう少しでやっつけるところだったんです。私はあるいは間違ってるかもしれぬ——しかし前にもやろうとしたことがあったんですからね。そのやり方から考えて、という意味ですよ」

彼はしばらく言葉を切ったが、また、静かに、用心深く、三つの名前を挙げた。じつに敏腕だった大蔵大臣、積極的で目先の利く工業資本家、世間大衆の人気を一手にさらった若い政治家。第一の人は、手術台で死亡した。第二は、発見がおくれた原因不明の病気でたおれ、三番目は自動車に轢《ひ》き殺された。

「ごく手軽にやれるのです」バーンズ氏はいった。「最初のは、麻酔医が、麻酔剤を間違えた――よろしい、よくあることだ。第二の場合には、徴候がはっきりしなかった。その医者は、ただ、気がいいというだけのホーム・ドクターだったので、発見できたのにと思うほうが無理なのさ。三番目は、病気の子供のところへ駆けつけるので夢中だったある母親が、車を運転していた――泣き落とし――陪審は彼女に無罪の判決を下しました！」

彼はちょっと言葉をとめた。

「すべてはまったく自然。そしてたちまち忘れられてしまった。しかしそこで私はあなたにいいたいんですよ、現在この三人の人たちがどうしているか。あの麻酔医は第一流の研究所を持って独立しています――貯えもなかったのにね。あのホーム・ドクターは仕事から引退しています。ヨットを買って、いい場所に小さいきれいな家を建てた。例の母親は子供たちに一流の教育をさせ、日曜ごとに皆で遊べる小馬を持ち、田舎に、恰好の家があって、そこには大きな庭と牧場がある」

彼は頭をゆっくりうなずかせた。

「どんな職業の中にも、また、どんな生活の歩みの中にも、誰かしら、誘惑に弱い人があるものでしてな。今度の場合、モーリイがそうじゃなかったことで厄介がもちあがった」

「ことはそんなふうだったとお考えになるのですか？」エルキュール・ポアロはいった。

バーンズ氏がいった――

「そうですとも、こうした偉い人には、誰にだってそうたやすく近づくわけにはいかないもんですよ、かなりよく護衛されていますからな。車の妨害は危険だし、いつも成功するとはかぎらない。しかし、歯医者の椅子の上では、誰でも無防備ですからな」

彼は鼻眼鏡をはずし、磨いてからまたかけなおした。

「これが私の推論です！　モーリイ氏はその仕事をしたがらなかった。しかし、あまりにも知り過ぎた。それで彼らはモーリイを取り除かなければならなかった」

「彼らと申しますと？」ポアロがたずねた。

「私が彼らという時には――この事件の背後にある秘密組織の意味です。もちろん、やったのはその中の一人です」

「どの人です？」

「そう、想像はできる」バーンズ氏はいった。「ただし、まったくの想像ですから、間違ってるかもしれません」

ポアロは静かにいった。

「ライリイですか？」

「そのとおり！　彼は明らかにそうです。たぶん組織はモーリイ自身にその仕事をしろとは頼まなかったでしょう。彼は最後の瞬間に、ブラントを自分のパートナーに引き渡すことを頼まれた。急病とか、なんとか、口実をつけてね。ライリイが実際に手を下すはずだったんですよ——かくてまた、また一つ、遺憾なる出来事が起こったでしょう。著名なる銀行家の死——法廷でみじめに震えている不幸な若い歯科医、それで彼は軽い扱いですむでしょう。歯科医の看板は消えてしまうが——どこかに、年に数千のよい収入で落ち着くでしょう」

バーンズ氏はポアロを見つめた。

「小説めいているとお思いにならないでください」彼はいった。「こうしたことは起こるんです」

「それはそうです。そんなことが起こるのも私は想像できます」

バーンズ氏は手もとのテーブルにある毒々しいカバーの本を指で叩きながら、話をつづけた。

「私はこうしたスパイ物の本を、かなり読みました。あるものは空想的です。しかし、非常に奇妙なことには、それらの本も現実の出来事の異常さにくらべればずっと空想的でないのですね。そこにはロマンチックな冒険もあります。色の黒い外国なまりで人相の悪い男もいました。ギャング、国際的結社、前代未聞の不正行為！　私の知っていることのいくぶんでもが、本にでも出たら、私は赤恥をかくでしょうな——誰もそれをちょっとでも信じないでしょうから」

ポアロはいった。

「あなたのお考えでは、アムバライオティスはどういうことになるのでしょうか？」

「確実とはいえないが、彼は裏切りの見せしめだったと思うんです。彼は再三、二枚舌を使ってきた。あえていえばそれで仕返しされたんでしょうかね。ただしほんの思いつきです。そのおつもりで」

ポアロは静かにいった。

「あなたのお考えが正しいと仮定して——この次なにが起こるでしょう？」

バーンズ氏は鼻をこすった。

「彼らはもう一度ねらいますよ」彼はさらにいった。「そうですとも、また他の方法でやりますよ。時は短い。もちろん、ブラントは護衛を持っている。それで彼らはよっぽど注意深く、ことを運ばなければならない。藪《やぶ》の中にピストルをかまえて待ってるなんていう古い手じゃない。そんなにみっともないものではない。むしろ信用できそうな人たちに気をつけろといっておやりなさい――親類の者、年とった召使、かかりつけの薬剤師の助手、ポートワインを買う酒屋などね。アリステア・ブラントを除くことには、数百万の値打ちがある。そして誰だって、それをやれば、まあ――年収四千というちょっとすてきなものにありつけるんですからね」

「そんなものですか」

「たぶんもっと多いでしょう」

ポアロは一瞬沈黙したがやがていった。

「私ははじめからライリイを考えにおいていました」

「アイルランド人？　I・R・A（アイルランド共和国軍）？」

「その点は、それほどでもないのですが、絨毯に汚点がありました。いかにも死体を引きずったような。しかし、もし、モーリイが患者の一人に治療室で撃たれたものなら、死体を動かす必要はなかったと思います。それだからこそ私ははじめから、彼は治療室ではなしに、事務室――隣の部屋――で撃たれたんだと推察したのです。そのことは、彼を撃ったのは、患者ではない、むしろ、彼の家庭内の誰かを意味するのです」

「おみごと」バーンズ氏は感心したようにいった。

エルキュール・ポアロは立ちあがって手を差し出すといった。

「ありがとうございました。非常なご助力をいただきました」

4

帰途、ポアロは、グレンゴリイ・コート・ホテルを訪ねた。

その訪問の結果として、彼は翌日の早朝、ジャップを電話に呼び出した。

「おはよう。きみ、検屍審問は今日でしたね？」

「そうです、出席しますか？」

「そのつもりはありませんが」

「ええ、どうせたいしたことありませんからね」

「あなたは、ミス・セインズバリイ・シールを証人として呼んだのですか？」

「美しきメイベル——なぜ彼女はメイベルっていう簡単明瞭な名を使わんのですかね。こういうご婦人はまったく閉口ですよ。いいや、呼びません。その必要はないです」

「彼女からなにかいってきましたか？」

「いいえ、どうしてです」

エルキュール・ポアロはいった。

「なに、ちょっとしたことですよ、たいしたことじゃない。そういえば、あなたにもおもしろいと思うのですが、ミス・セインズバリイ・シールは、一昨日の夕食前に、グレンゴリイ・コート・ホテルから出ていったのです——そしてそのまま帰ってきませんよ」

「なに？　逃げたんですって？」

「そういった方が当たっていますね」

「だがなぜでしょうかね？　彼女はなんでもないのに。ちっともへんなところはなかったし、公明正大だったはずです。彼女については、カルカッタへ問い合わせておいたんです——アムバライオティスの死因を知る前でしたが。そうでもなければ、そんな手数はしませんが——昨夜受け取った返事では、万事O・K、彼女は人に知られていたし、あの話もみんな本当でしたよ——自分の結婚をごまかしている以外はね。彼女はヒンズーの学生と結婚したが、その後、彼に以前少しばかり女があったのがわかった。それで、結婚前の名前にかえって、善良な仕事をはじめたんだそうです。彼女は宣教師たちと親密で——発声法を教え、素人演劇のショーを手伝ったりしましてね。まあそのへんのところを、私は恐ろしい女といったわけですが——とにかく彼女は殺人事件に関係している疑いなどまったくありゃしません。そこへもってきて逃げたなんていわれちゃ皆目見当がつかなくなるばかりです」彼はちょっと、間をおいたが、疑わしそうにつづけた。「おそらく彼女は、あのホテルにうんざりしたんではないですかな、私だったらたちまちですからね」

ポアロは答えた。

「荷物はおいてあるし、なに一つ持ち出していないのですよ」

ジャップはなにか口の中でののしった。

「何時です、出てったのは？」

「七時十五分前ごろ」

「ホテルの連中はどんな様子です？」

「大騒ぎですよ、女支配人はひどくうろたえている様子です」

「なぜ、警察に報告しないのです？」

「なぜって、ねえ、あなた《モナミ》、婦人がかりに外泊したとすれば、——どうもあの婦人じゃあ、そんな情事をしそうに見えませんがね——もし帰ってきて、ホテルが警官を呼んだと知ったら、どんなに困惑しないでもないじゃありませんか。ハリスン夫人は——今いった女支配人ですが、事故の場合を考えて、方々の病院をたずねてみました。私が行ったとき、警察に知らせたものかどうか迷っているところでした。私の出現は彼女にとって願ったりかなったりだったのです。私は全部引き受けて、ものわかりのよい警官を一人連れてきましょうと約束したんですがね」

「そのものわかりのよい警官が早速あなたのお招きに応じます、ということでしょうな？」

「ご推察のとおりです」

ジャップは唸った。

「わかりました。検屍審問がすんだら、ホテルでお会いします」

5

ジャップは女支配人を待ちながら、ブツブツこぼした。

「なんのためにあの女は消え失せたんです？」

「奇妙だね、あなたも認めるでしょう？」

彼らはそれ以上話すひまがなかった。ハリスン夫人、すなわちグレンゴリイ・コート・ホテルの持ち主が現われたのである。ハリスン夫人はベラベラしゃべって、ほとんど泣かんばかりだった。ミス・セインズバリイ・シールのことがひどく心配だ。いったいなにが起こったのだろう。彼女は口早に、あらゆる事故を並べたてた。記憶の喪失、急病、貧血、バス事故、盗難、襲撃――彼女は最後に息を吐くために一休みしてからつぶやいた。

「感じのいい方でしたわ、ここでは、とても幸福そうで、居心地よさそうに見えましたのに」

ジャップの要求で、彼女は失踪した婦人が住んでいた、男気のない寝室へ二人を案内した。すべてのものはきちんと整頓されていた。衣類は衣裳戸棚にかかっていたし、寝衣は寝台の上に畳んで用意してあった。すみにはミス・セインズバリイ・シールの質素なスーツケースが二個あったし、靴は化粧台の下に並んでいた――実用向きのオックスフォード型がいくつか。革の蝶結びの飾りと、小さいヒールがついてけばけばしく光った派手なのが二足、あっさりした黒いサテンのイヴニング用の新品、そして鹿皮《モカシン》の靴が一足。ポアロはそのイヴニング用の靴が昼間のものより一サイズ小さいことに気がついた——これは足のまめが原因か、ないしは虚栄心か。彼は、ミス・セインズバリイ・シールは出かける前に、バックルを靴に縫いつける暇があったろうかといぶかしんだ。そうだったらいいと彼はのぞんだ。服装のだらしないのが彼は嫌なのだ。

ジャップは、化粧台の引出しにあった幾通かの手紙を見るので忙しかった。エルキュール・ポアロは箪笥の引出しをおざなりに開けてみていた。下着類でいっぱいだった。ミス・セインズバリイ・シールは、肌へじかにウールを着るものだと思っているらしいとつぶやきながら、おとなしくその引出しを閉め、また、靴下の入っている他の引出しを開けた。

ジャップがいった。

「なにかありましたか、ポアロさん？」

ポアロはその中の一足をぶら下げながら悲しそうにいった。「十インチ、安物のピカピカ絹、代価はおそらく二シリング十一ペンス」

ジャップがいった。

「ねえ、品物を値ぶみしてるときじゃありませんよ。インドからの手紙二通、一、二枚の慈善団体の受け取り、請求書なし。尊敬すべき方だね、われわれのセインズバリイ・シールは」

「ただし、服装の趣味はよくありませんな」悲しげにポアロがいった。

「たぶん、まだたっぷり色気があったんでしょうよ」ジャップは二カ月前の日付のついた手紙の発信名を書き取っていた。

「この人たちがなにか彼女のことを知ってるかもしれませんね」彼はさらにいった。

「ハムステッド通り。親しい間柄のようですね」

グレンゴリイ・コート・ホテルではミス・セインズバリイ・シールは出ていったとき、興奮していたとか心配していたとかいうふうには少しも見えなかったという事実以外にはなにも集められなかった。おまけにホールで友だちのボライソオ夫人に、「晩餐の後で、お話ししてたひとり占いをお教えしますわ」といったからには、彼女はたしかに帰ってくるつもりだったらしい。

しかも、グレンゴリイ・コートでは、食事に戻らないつもりなら、食堂に書きとめておく規約だったがミス・セインズバリイ・シールはそれもしていなかった。彼女は、七時三十分から八時三十分までの晩餐には帰るつもりだったのは明白だったようだ。

しかし、彼女は帰ってこなかった。彼女は、クロムウェル・ロードへ出てそれから消えてしまったのだ。

ジャップとポアロはウェスト・ハムステッドの家を訪ねた。そこは発見された手紙にあった住所だった。

それは気持ちのよい家だった。アダムズ家は家族が多く、気持ちのよい人たちだった。彼らは長年インドに住んでいたので、ミス・セインズバリイ・シールのことは好意をもって話した。しかし参考にはならなかった。

彼らは最近彼女には会っていなかった、ひと月ほども。事実、彼らが復活祭の休みから帰って以来会っていないのだ。彼女はその当時、ラッセル・スクエアのそばのホテルに滞在していた。アダムズ夫人はポアロに、そこの番地と、ミス・セインズバリイ・シールの友だちでストレタムに住んでいる数人の英印混血人たちの宛名も教えてくれた。

しかし、二人はその両方の場所でなにもうるところがなかった。ミス・セインズバリイ・シールは、問題のホテルに滞在していたこともあったのだが、そこでは彼女のことをほとんどおぼえておらず、役に立ちそうなことはなにもなかった。彼女はおとなしくてよい婦人であり海外に長く住んでいたということだけ。ストレタムの人々も役に立たなかった。彼らは二月以降ミス・セインズバリイ・シールに会っていない。

もう、なにかの事故でも起きたのだと考える以外にみちはなかった。ところがその可能性も追いちらされた。どの病院でも、まわされた人相書に該当する死傷者を見出しえなかった。

ミス・セインズバリイ・シールは空間に消えてしまったのだ。

6

次の朝、ポアロはホウバン・パレス・ホテルへ出かけて、ハワード・レイクス氏をたずねた。

その時にはもう、ハワード・レイクス氏もある夕方出かけたきり帰ってこない、と聞かされたところで彼は驚きもしなかったろう。

しかし、ハワード・レイクス氏はまだホウバン・ホテルにいて、朝食中だということだった。

エルキュール・ポアロが朝食のテーブルに顔を出したことは、レイクス氏の機嫌をよくしたように見えなかった。

ポアロの混乱した記憶の中に浮かぶその顔ほどに人殺しめいてはいなかったが、それにしても彼の怒気はものすごかった。彼は招かれざる客をにらみつけると無愛想にいった。

「いったい、何用です？」

「失礼させていただきます」

エルキュール・ポアロは別のテーブルから椅子を引き寄せた。

レイクス氏はいった。

「おかまいなく！　座って勝手にくつろいでください」

ポアロは微笑して、椅子にかけた。

レイクス氏が無愛想にいった。

「で、なんの用です？」

「レイクスさん、私をぜんぜんおぼえていらっしゃいませんか？」

「きみなんか見たこともない」

「それは思いちがいでいらっしゃる。三日前、少なくとも五分間、あなたは私と同じ部屋に座っておられました」

「くだらないパーティかなんかで会った人間を一人一人おぼえちゃいられないよ」

「パーティではなかったです」ポアロがいった。「歯医者の待合室でした」

さっとなにかの感情が若い男の目の中に閃いたがそれはたちまち消えてしまった。彼の態度は変わった。それはもはや、性急でも、でたらめでもなかった。突然用心深くなった。彼はポアロを正面から見つめていった。

「それで？」

ポアロは返事をする前に彼を注意深く観察した。危険なタイプ、彼ははっきり感じた。痩せた、飢えた顔、戦闘的な顎、狂信者の目。その顔は、しかし、女には魅力的だと思われるかもしれない。服装はだらしなく、むしろむさくるしい。そしてなによりあたりかまわぬそのガツガツした喰いっぷりが、見ている人間に、ただならぬものを感じさせた。

ポアロはひそかに彼を見つもってみた。

「理想を持った狼……」

レイクスはあらあらしい声でいった。

「どういうつもりなんです——こんなふうにここへやってきたりなんかして？」

「私がまいったことは不愉快でしょうか？」

「ぼくはきみが何者だかさえ知らないんだぜ」

「それは失礼いたしました」

手際よく、ポアロは名刺入れを取り出した。一枚引き出してテーブルの向こう側に渡した。

ふたたび、彼にはまだ見きわめのつかない感情がレイクス氏の痩せた顔に現われた。それは恐怖ではない――それどころか攻撃的でさえある。そのあとでまったく予想どおり怒りがやってきた。

彼は名刺を投げ返した。

「これがきみという人間か？　噂は聞いている」

「たいていの方はご存じです」エルキュール・ポアロは謙遜《けんそん》していった。

「きみは私立探偵だ、そうだろう？　金のかかるやつさ。金に糸目をつけないときに人がたのむやつだ――けがをせずにすむならいくら払っても惜しくないというときにな！」

「コーヒーをお飲みにならないと冷たくなりますよ」

エルキュール・ポアロは親切に、威厳を持っていった。

レイクス氏は彼をにらみつけた。

「おい、きみはいったいどういう種類の虫ケラだい？」

「それはともかく、この国のコーヒーはまったくまずいですな——」ポアロがいった。

「それはそうだ」レイクス氏はうっかり同意した。

「しかし、冷やしてしまうとなおさら飲みづらくなってしまいますよ」

若い男は前の方に乗り出した。

「何を狙ってるんだきみは？　こんなところまで出かけてくるのはいったい全体どういう了見からなんだ？」

ポアロは肩をすくめた。

「お会いしたかったのです——あなたに」

「ふうん」レイクス氏は疑い深そうにいった。

彼は目を細めた。

「見当ちがいだぜ、金が欲しいとでもいうんなら。ぼくんとこじゃ欲しいものも買えない始末だ。帰ったがいいぜ。きみに俸給を払ってくれるやつのところへ」

ポアロはため息をついた。

「私に何か払ってくれた方は一人もありませんでしたよ。今までのところでは」

「嘘つけ」レイクス氏がいった。

「それは本当ですよ」エルキュール・ポアロがいった。「報酬などというものはまったくなしに貴重な時間を浪費しています。たんに、まあいってみますと、自分の好奇心を満たすためです」

「そして、この間、あの歯医者の野郎のところでも、きみはその好奇心を満たしていたんだろう」

ポアロは首をふった。

「あなたは、歯医者の待合室にいるための一番平凡な理由を見落としておられます。それは自分の歯を治してもらうために待ってたということですよ」

「そうだったのかい？」レイクス氏の調子はいかにも人をばかにした響きがあった。

「きみでも患者だったのかい？」

「そうですとも」

「失礼ですがね、ぼくにはそれが信用できないんだ」

「ではね、レイクスさん、あなたはあそこで何をしていらっしゃったかと、私にたずねさせていただけましょうか？」

レイクス氏は突然にやりと笑った。

「ご同様さ、こっちも歯を診てもらうんで待ってたんだ」

「あなたも歯が痛かった？」

「そのとおりさ」

「しかし、それはそうとして、あなたは歯を診てもらわずに帰られましたね？」

「それがどうした？　きみの知ったことか」

彼はちょっと言葉を切った——それから早口で、ふてくされたような調子でいった。

「おい、やめろ、そのべちゃべちゃしゃべりを。どうせ資本家どもの用心棒じゃないか。おい、あいつは大丈夫だったんだろ？　きみのだいじなアリステア・ブラント氏はさ。ぼくんとこへきたって儲からねえよ」

ポアロはいった。

「待合室からあんなふうに突然出ていってどこへいらっしゃったんです？」

「あの家から出たんだよ、もちろん」

「ああ！」ポアロは天井を見あげた。「しかし、レイクスさん、あなたが出てゆくのを誰も見なかったんですよ」

「それがどうした？」

「どうかするかもしれません。ある人があれから間もなく死にました。知ってるでしょう」

レイクスは無造作にいった。

「ああ、あの歯医者か?」

ポアロの調子はきびしかった。

「そうです、あの歯医者のことです」

レイクスは目をみはった。彼はいった。

「きみは、それをぼくにおっつけようってのか? それがたくらみなのかい? それはだめだよ。ぼくは昨日の検屍審問の報告を読んだばかりだ。あの哀れな男は、局部麻酔剤を間違えて、患者を殺しちまった、そして自殺したんだ」

ポアロは無感動につづけた。

「あなたは自分で出たといった時間にあの家を出たことを証明できますか? 十二時から一時までの間にあなたがどこにおられたか明確にいえる人がどなたかいますか?」

相手は目を細めた。

「そんなふうに、きみはぼくにおしつけるんだね? ブラントの差し金だろう」

ポアロはため息をついていった。

「失礼ですが、あなたには固定観念がつきまとっているようです——そうしつっこく、アリステア・ブラント氏のことをくり返されるところをみるとね。私はあの人に雇われてなどおりません。かつて雇われたこともありません。べつにあの人の安全を心配しているわけでもないのです。選ばれた職業の中で、立派な仕事をした人の死のことなのです」

「お気の毒さま」レイクスは首をふった。「信じられないよ、きみはたしかにブラントのおかかえ探偵だ」彼はこわばった表情になって、テーブルごしに乗り出した。「しかし、きみにはあの男を助けられないよ。やつは片づけられねばならん、そしてやつが代表する一切のものもな。新しい政策が行なわれなくてはならんのだ――古い腐敗した財界のシステムは片づけられなくちゃならん――蜘蛛の巣のように世界中に拡がった銀行家の呪われた網。彼らは一掃されなくちゃならん。ぼくは個人的にはなんらブラントに怨みはない――しかし、彼はぼくの嫌いなタイプの男だ。彼は凡庸な俗物だ、彼はダイナマイトを使わなくちゃ動かせない種類の男なのだ。彼は〝文明の基礎をうち砕くことはできない〟なんていう種類の男だ。そうだろう？　まあ、彼の好きにさせておくさ。どうせ彼は進歩のためには邪魔者なんだ。だから取り除かなくちゃならないのさ。今日の世界には、ブラントのような人間たちをおく場所はない――過去にのみ耳を傾ける人間ども――彼らの父親たちのごとく、否、むしろ彼らの祖父たちのごとくにさえ生きたいという人間ども！　ああいうのは、イギリスにはいっぱいいるんだ――古風な頑固者だ――退廃《たいはい》した時代の象徴的無用物だ。どうしても消えてもらうほかない。新世界がやってくるんだ。わかるかね――新しい世界が、ええ？」

ポアロはため息をついて立ちあがった。

「わかりました、レイクスさん、あなたは理想家《アイデアリスト》でいらっしゃる」

「そうだったらどうなんだ？」

「一介の歯医者の死に興味を持つにしては、あなたはあまりにアイデアリスト過ぎます」

レイクス氏は嘲《あざけ》るようにいった。

「哀れな歯医者が一人死んだってたいしたことじゃないじゃないか？」

エルキュール・ポアロはいった。

「あなたにとってはたいしたことではないでしょうが、私にはたいしたことなのです。これが二人の間の相違なんです」

7

帰宅したポアロはジョージから婦人が待っていると告げられた。

「その方は――どうも少々いらいらして」とジョージがいった。

その婦人が名前をいわないので、ポアロは、勝手に想像してみた。彼の想像は当たらなかった。彼が部屋へ入ったとき、ソファから、慌ただしく立ちあがったのは、死んだモーリイ氏の秘書ミス・グラディス・ネヴィルであった。

「ああ、ポアロさん、こんなふうにお騒がせして申し訳ございません――本当にここへはうかがいにくかったんです――あたしのことさぞ大胆だとお思いになりますでしょう――それに、お邪魔になってはいけないと思って――忙しいお仕事の方には時間が大切なことは知っております――でも、あたしとても心配だったもので、きっとあなたはむだなことだとお思いになるでしょうけれど」

イギリス人に接した長い経験から、ポアロは紅茶はいかがです、といってみた。ミス・ネヴィルには予想どおりの反応があった。

「ほんとにご親切でいらっしゃいますのね、朝の食事からずいぶん時が経っていますから、いいえ、それでなくても、一杯のお茶は結構なものですわ、ねえそうじゃありませんか？」

べつにお茶がなくても結構だったが、ポアロは表面だけ賛成した。ジョージがこの場の様子に感づいたので、ポアロと彼の訪問客とは、奇蹟的なほど短時間のうちに、お茶の盆をはさんで向かい合うことができた。

「おわび申しあげなくちゃなりませんわ」ミス・ネヴィルは、お茶を飲んだので、いつもの落ち着きを取り戻しながらいった。「じつは昨日の検屍審問で私の気持ちはすっかり転倒しちゃったんですの」

「そうでしょうね」ポアロは親切にいった。

「あたしはべつに証言するという問題もなかったし、また、それに近いこともございませんでした。でも誰か、ミス・モーリイについていくべきだとあたしは感じました。もちろんライリイ先生がいらっしゃいます。でもあの方は男です。その上、ミス・モーリイはライリイ先生が好きじゃないんです。それであたしが行くのが自分の務めだと思いまして」

「それはたいへん親切なお気持ちでした」ポアロは励ますようにいった。

「いえ、ただ、そうしなければならないと感じたのです。あたしはずいぶん長い間モーリイ先生のところで働いておりましたもの――なにもかもあたしには大きなショックでした――いうまでもなく、検屍審問でますますその気持ちがひどくなりました」

「そうかもしれませんね」

ミス・ネヴィルは乗り出した。

「でも、皆間違ってますよ、ポアロさん、本当に皆間違ってます」

「何が間違いなのです、マドモワゼル?」

「それはね、そんなことがあるはずないんです——皆が考え出したようなことはないはずです——患者の歯肉に注射する時に薬が過量だったなんて、という意味です」

「そうお考えですか」

「その点ではあたし、たしかです。ときどき副作用を訴える患者もいます——でも、それは、その人たちが生理的に不適質なのです——その人たちの心臓が普通でないからです。過量などということはごく稀なことですわ、開業医には、まったく機械的に適量を与える習慣ができていますわ——みんな自動的に正しい分量を与えるものなのです」

ポアロは同意するようにうなずいた。

「それは私自身も考えたことです、そのとおりです」

「それはすっかり機械的にされていますもの。薬剤師などでしたら別ですけれど、薬剤師は、しょっちゅうちがった分量を計りますし、また、配剤を増したりします。その場合には、つい不注意に乗じて、過失がしのびこまないとはかぎりません。または、非常に多種類の処方箋を書く医者もね。でも歯科医はそういうのとはちがいます」

ポアロはたずねた。

「あなたは、検屍法廷で今のような陳述をさせてもらえるよう申請なさいませんでしたか？」

ミス・グラディス・ネヴィルは首をふった。彼女はためらうように指をねじった。

「おわかりでしょう」彼女は思いきって口を切った。「あたしは心配になったのです――ことをいまよりもっと悪くするんじゃないかと。もちろん、あたしは、モーリイ先生がそんなことをなさるはずがないのを知ってます――でも、それが人にこう思わせやしないかと、つまり先生はそれを故意にやったというふうに」

ポアロはうなずいた。

グラディス・ネヴィルはいった。

「それだからこそ、あたしはあなたのところへ来たのですわ、ポアロさん。あなたなら――どっちみち、表向きにならずにすむでしょう。でも、あたしはどうしても誰かに、どんなに――どんなにこの事件全体が信用できないものかを知っていただきたいと思います」

「知りたがる人は一人もありませんね」ポアロがいった。

彼女は解《げ》しかねて彼を見つめた。

ポアロはいった――

「私は、あの日にあなたを呼び出した電報のことについてもう少し知りたいのですが」

「正直なところ、あたしはあのことをどういうふうに考えていいのかわかりませんの、ポアロさん。じつに不思議なんです。あたしのことを全部知っている人が打ってよこしたのにちがいないんですものね――そして叔母――叔母がどこに住んでいるかも、その他のあらゆること」

「そうです、まるであなたのごく親しい友だちかまたは、あの家に住んでいて、あなたのことを全部知っているものからよこしたのにちがいないというように見えます」

「ポアロさん、あたしの友だちは誰もあんなことをするはずがありません」

「その件についてあなたはまるで見当がつかないんですか？」

彼女はためらった。そして、ゆっくり口を開いた。

「一番はじめ、あたしはモーリイ先生が自殺なすったと知ったとき、先生が打ったのかもしれないと疑いました」

「あなたのことを考えて、邪魔にならないようにという意味ですか？」

彼女はうなずいた。

「でも、それはまったく根も葉もないこととしか思えません。たとえ、先生がその朝自殺する考えを持っていたとしてもね。そんなこと本当にとてもへんです。フランク――

あたしの友だちですわ、ご存じの――彼は電報のことではじめ、とてもわからず屋でした。あの人は、あたしが誰か他の人とあの日外出したかったのだといってあたしを責めました――あたしがさもそんなことをするかのように」

「誰か他の人がいるんですか？」

ミス・ネヴィルは赤くなった。

「いいえ、もちろんいやしません。でも、フランクは最近とても変わってしまいました――とても気難しくて疑り深く。でも、あの人は職を失ってそして他の職にありつけないためだったのです。ただブラブラしているのは男の人のためにとても悪いものですわ。あたしはフランクがとても心配なんです」

「彼は、あの日あなたが行ってしまったのを知って、すっかり腹を立てていたんじゃないのですか？」

「ええ、そうなんです。だってあの日、あの人は新しい職を得たのであたしにいいに来たのです――すばらしい仕事――週に十ポンドの職だもんですから、あの人は待ちきれなかったんです。あたしにすぐにも知らせたかったんです。それにモーリイ先生にも知らせたかったんだと思います。なぜって、モーリイ先生に評価されなかったんで、とても気持ちを傷つけられたんです。あの人は、モーリイ先生が、あの人のことを悪くいってるんだと疑ってました」

「それは本当だったのでしょう?」

「まあそうです、ある意味では。もちろん、フランクはよい仕事を何度も失ったし、それに、誰にでもしっかり者と呼ばれたわけではなかったのです。でも、これからはちがうわ。人は環境次第でどんなにでもなれますもの、そうでしょう、ポアロさん。もしも、男の人がある女から多くの期待をかけられていると感じれば、その人は、必ずその理想に近づこうと努力するものですわ」

ポアロはため息をついた。しかし、彼は議論しなかった。女の愛の力が人を救うという、同じような楽しい信仰を持って、数百人の女が同じ議論を製造するのを聞いたことがある。千に一度は本当かもしれないと彼は皮肉に考えた。

彼は簡単にいった。

「そのあなたのお友だちにお目にかかりたいものですね」

「ポアロさん、ぜひ、会っていただきとうございます。でも、いまのところ、日曜だけしか彼の自由になれる日はありませんの。週の間はずっと田舎へ行っておりますから」

「ああ、新しい仕事のためですね。ついでですが、そのお仕事はなんです?」

「さあ、くわしいことは知らないんですの。なにか秘書のようなことだと想像しております。でなければ、政府のどこかの省です。手紙はフランクのロンドンの住所に送って回送してもらうことになっているんです」

「それは少々へんではありませんか？」

「そう、あたしもへんだと思ったんです——でもフランクが、このごろはよくそんなふうにすることがあると申しますので」

ポアロは、黙って、一、二分間彼女を見つめた。

それから、彼は考え深くいった。

「明日は日曜でしたね？　お二人そろって私と昼食をしてくださいませんか——ローガンズ・コーナー・ハウスで？　私はこの悲しい事件をあなた方二人と話し合ってみたいのです」

「そう——ありがとうございます、ポアロさん。あたし——ええ、あたしたちはきっと喜んでまいりますわ」

8

フランク・カーターは色白で中背の青年だった。いかにも安っぽいスマートな風采だった。話し方は、ごくなめらかであったが、彼の目は両方がややくっつき気味で、眼球は、当惑したときキョロキョロ左右に不安そうに動くふうがあった。

彼は疑わしげにかすかな敵意をもってポアロの方に身を乗り出していた。

「あなたとご一緒に食事をするってこと少しも知りませんでした。グラディスはぼくになにもいわなかった」

彼はそういって、彼女の方に、いくらか、不愉快な視線をなげた。

「昨日きまったばかりなもので」とポアロはほほえみながらいった。「ミス・ネヴィルはモーリイ氏の死に方について、大変気持ちが転倒しておいでなので、もしや三人一緒になって話し合ってみたらと考えたのですが――」

フランク・カーターが粗暴な態度でいった。

「モーリイの死？　モーリイの死にはあきあきしたな、グラディス。きみはなぜあの人が忘れられないんだ？　ぼくの知ってるかぎりでは、あの人なんかべつに魅力らしいものなんかなかったじゃないか？」

「でもフランク、そんなこといっちゃいけないわ、あの方あたしに百ポンド残してくださったのよ。昨夜、そのことで手紙を受け取ったの」

「そりゃあよかったね」フランクはいまいましそうにいった。「でも、当然だろう？　彼はきみを黒人のように使ったんだ——そして甘い汁を吸ったのは誰だ？　彼じゃないか！」

「そうしたって——あの人はあたしによい報酬をくれましたわ」

「そうとは思えないね！　きみはあんまり人がよすぎるよ。ねえ、グラディス、だまされていたんだよ。ぼくのモーリイ観に間違いはない。彼が、きみをぼくから離そうって全力をつくしたことは、きみもぼくと同じくらい知ってるじゃないか」

「あの人はよくわからなかったのよ」

「よくわかってたんだ——あの男は、いまは死んでしまったが——そうでなきゃあ、彼を面詰してやるところだった」

「あなたは、事実、彼が死んだ朝、そうしようと思って出かけていったのではありませんでしたか？」エルキュール・ポアロはおだやかに質問した。

フランク・カーターは怒った。

「そんなこと誰がいってるんですか？」

「あなたは実際いらっしゃったのでしょう？　そうじゃありませんでしたか？」

「もし、そうならどうなんです？　ぼくはあそこで、ミス・ネヴィルに会いたかっただけなんです」

「しかし、みんなが、彼女は留守だといったでしょう」

「そうです。それでかえってぼくは怪しいという気になったんだといえます。ぼくは、あの赤毛の阿呆に、モーリイにぼく自身が会おうといったんです。グラディスをぼくにそむかせようという仕業は、もうたくさんだった。ぼくは、モーリイに、もう職なしのろくでなしじゃない、ぼくはいい仕事にありついたんだ、だからグラディスも、暇をもらって、彼女の嫁入り仕度を考えるのにちょうどよい時だといってやる心づもりだったんです」

「しかし、あなたは、彼に実際そうだとはいわなかったでしょう」

「いや、ぼくはあの薄暗い待合室で待ちくたびれた。ぼくは帰ってしまった」

「何時に帰ったんです？」

「覚えていない」

「じゃあ、何時に着いたんです？」

「わからない。十二時すぎて間もなくだったでしょう」

「それで、あなたは三十分いて――つまりもっと長くか短く？」

「わかりませんね、ぼくは始終時計を見てるようなへんな趣味は持ってないからね」

「あなたが待合室にいるとき、誰か他の人がいましたか？」

「ぼくが入っていったとき、太った脂っこいのが一人いたが、そいつは長くはいませんでした。その後はぼく一人だった」

「それではあなたは十二時半前に帰ったにちがいない――なぜなら、そのときには婦人が一人着いた」

「たぶんそうでしょうよ。ぼくはもうあの家には、いたたまれなかったんだから」

ポアロは考え深そうに彼を見た。

カーターの空いばりは、落ち着きのないものだった――いかにも本当らしく聞こえなかった。だが、それも、たんなる不機嫌だと説明されないこともない。

ポアロはうちとけた親しげな態度でこういった。

「ミス・ネヴィルがいってましたが、あなたはなかなか運がよくて、たいへんよい仕事を見つけられたそうですが」

「報酬はいいよ」

「週に十ポンドとかいうお話ですが？」

「そのとおり。悪くないでしょうね？　その気になりさえすれば、こっちのもんだってことですよ」

彼は少々空いばりしてみせた。

「そうですな、まったく。お仕事はあまり大変ではないのですか？」

フランク・カーターは短く言葉を切った。

「たいしたことはない」

「そしておもしろい？」

「ええ、じつに。仕事のことっていえば、ぼくはいつでも知りたいと思っているが、あなたのような私立探偵はどんなふうに仕事をするんです。シャーロック・ホームズみたいなことは本当にはあまりないんでしょうね？　近頃はおもに離婚？」

「私は離婚には関係いたしません」

「ほんとですかね。それじゃ、どうやって生活できるのかぼくにはわからんな」

「まあ、どうにかこうにかやっておりますよ」

「でも、あなたは、とっても高級な探偵だそうじゃありませんの、ポアロさん？」と、グラディス・ネヴィルが口をはさんだ。「モーリイ先生がよくそういっておいででしたわ。あなたは、皇室か、でなければ、内務省や公爵夫人方が招聘するような方だって」

ポアロは彼女の方へほほえみかけた。

「あなたはすっかり私を嬉しがらせますね」

9

ポアロは人通りのない通りを、考えに沈んで家まで歩いて帰った。

家へ着くとジャップを電話口に呼んだ。

「ジャップ君、面倒かけてすまんがね、あなたはグラディス・ネヴィル宛の電報の件で、なにか調査をしましたか？」

「まだあの事件にひっかかっているんですね？　ええ、じつはやったんです。あの電報ですがね――相当巧妙なんです――叔母ってのはサマセットのリッチボーンに住んでいるのに、あれはリッチバーン――あなたもご存じでしょう、ロンドンの近郊のね、あそこで打電したものなんです」

エルキュール・ポアロは思い当たったふうな口ぶりでいった。

「それは巧妙ですね――そう、じつにうまい。受信者が発信地を読んでみても、リッチバーンならうっかり見まちがえるだろうからね」

彼は間をおいてからいった。

「私が何を考えているかわかりますか、ジャップ君？」

「というと？」

「この事件には知能犯の徴候がありますよ」

「エルキュール・ポアロ氏が殺人事件にしたがる以上、それはどうしたって殺人事件にならなくちゃおさまりがつきませんかな」

「あの電報をどう説明しますね？」

「偶然の一致ですよ。誰かがあの女の子をかついだんですよ」

「なぜやったのでしょう？」

「いやですね、ポアロさん、なぜ人は物事をするかですって？　悪ふざけですよ。たんにいたずらですよ。ユーモアを勘違いしちゃいけません」

「よりによってモーリイが注射を間違えるはずのその日に、誰かが腹をかかえて笑いたくなったのかな」

「そりゃあ、そこにいくらか因果関係はあったのでしょうよ。なぜって、ミス・ネヴィルがいなければモーリイはふだんよりずっと忙しくなります。その結果、過失をおかす可能性だって増すというわけになります」

「私は、どうも満足しませんね」

「わかっています——だがあなたのお考えの帰する点がおわかりですかな？　もし誰かが、あのミス・ネヴィルを追っ払ったとすればそれは、おそらくモーリイ自身ですよ。それは、彼がアムバライオティスを殺したのはアクシデントではなくて故意にやった証拠になりますよ」

ポアロが沈黙したので、ジャップはつづけた。

「おわかりでしょう？」

ポアロがいった。

「アムバライオティスは他の方法で殺されたのかもしれません」

「冗談じゃありません。サヴォイには誰も会いには来ませんでしたし、彼は部屋に閉じこもっていました。そして医者は、例の代物がたしかに注射してあったといってます、口からじゃない——胃にはなかったんです。ねえ、事件は明白ではありませんか」

「と、そうわれわれが考えるようにしむけたのでしょうな」

「検事総長もともかく、満足してます」

「そして、彼は失踪した婦人の件についても満足しているのですか？」

「シール失踪事件ですか？　いやそのことはまだ調査中なんですよ。あの女はどこかにいるはずです。誰だって町中へ出たきり見えなくなるなんてことはできませんからな」

「彼女はそれをしたらしいじゃありませんか」

「いまのところでは。ですがね、生死にかかわらずどこかにいるはずです。だが、死んでるとは思われませんな」

「どうして？」

「なぜって、まだ死体を発見してないですからね」

「しかし、ジャップ君、死体というものは、そんなに早く明るみに出るものでしょうか？」

「あなたは、彼女がいまじゃ殺されて、ラックストン夫人のように、こまごまに切られているのを、われわれが石切場で発見するだろうっておっしゃりたいのですか？」

「ともかくね、まだ発見されない失踪者があることはたしかなのですよ」

「めったにそんなことはあることじゃありません、ポアロさん。女はたくさん見えなくなります。そりゃそうです。しかし、いつもちゃんと探し出せるものですよ。十中の九まではおきまりの痴情沙汰で、どこかに男と一緒にいるのが相場です。ただ、どうもあのメイベルが男と雲がくれするとは思えませんがね、あなたはどうです？」

「人間のすることはわからんですがね」ポアロは用心深くいった。「だが私も、そうらしくはないと思います。で、あなたは彼女を探し出す自信があるのですね？」

ら」

「きっと探し出しますよ。新聞に人相書を掲載したし、BBCにも連絡してありますか
「ああ」ポアロはいった。「じゃあ少しは調べもはかどることでしょう」

「心配なさいますな、ポアロさん。あなたの失踪したかわいい人は探して差しあげます
――ウールの下着もなにもかも」

彼は電話を切った。

ジョージがいつもの静かな足どりで部屋に入ってきた。小さいテーブルに、湯気の立ったココアのポットと甘いビスケットをおいた。

「他にご用は？」

「すっかり頭が混乱しちまってるよ、ジョージ」

「さようで？　それはさぞお困りでしょう、旦那さま」

エルキュール・ポアロはココアをついで深い考えに沈みながらかきまわした。

ジョージは様子を察して、うやうやしい態度で立っていた。エルキュール・ポアロは時に、彼の下僕と事件を論議することがあった。彼はつねにいっていた。ジョージのいうことが不思議に参考になると。

「お前は歯科医の死んだことを知っているね」

「モーリイ先生のことで？　はい、まことにお気の毒なことで、自殺なさったようにうけたまわりましたが」

「それが一般に信じられていることだ。ただし自分で撃ったんじゃなければ殺されたのだ」

「はい、さようで」

「問題は、もしも彼が殺されたのなら、誰が殺したのか？」

「そのとおりで」

「彼を殺すことのできた人間は、かぎられた数人である。ということは、当時、実際あの家にいた人間、ないしは、いたにちがいない人間ということだ」

「そのとおりで」

「その人間というのは、料理女、それから女中、気だてのよい召使でそんな種類のことはいかにもやりそうにないんだ。献身的な妹、これもまたとてもやりそうもない。しかし、この人は、今、当然のことだが兄さんの財産をそっくり相続する人なのだ——経済的事情はけっして軽視できないものだよ。有能で活動的なパートナー——これは動機がはっきりしない。安物の犯罪小説に凝っているいくらか頭の鈍いページ・ボーイ。それから最後に、少し素性の怪しいギリシャ紳士」

ジョージは咳ばらいをした。

「そういう外国人というものは、旦那さま――」

「たしかに、私も同意見だ。そのギリシャ紳士も、はっきりマークされていた。だがね、ジョージ、そのギリシャ紳士も死んでしまった。そして殺したのは明白にモーリイ氏なのだ――そのつもりだったのか、または、不幸な過失だったのかわからないのだがね」

「お互いに殺しあったんじゃないでしょうか。というのは旦那さま、両方の旦那方が相手をやっつけようと思っておいでだった。もちろん、お二人とも、相手方にその意向があるのは知らないでというんでございますよ」

ポアロは満足気にのどを鳴らした。

「ジョージ、たいへん自然だ。歯医者が、治療台の上にいる不幸な紳士を殺すが、その医者の方は今いった犠牲者がピストルをいつ突き出したらいいか考えていたことは知らなかった。もちろん、そんなこともありうるだろうが、私にはそうとは、どうしても思えない。ジョージ、それからね、私たちはまだリストの終わりまでいっていないのだ。まだ二人の人間がその時にたしかにあの家にいたはずだ。アムバライオティス氏より前の患者たちはみんなあの家を出ていくのを実際に見られている。ただ例外として一人――アメリカの若い紳士。その人は、待合室をおよそ十二時二十分前に出たが、しかし、誰も彼があの家を出たのを実際に見た人がない。そこで、私たちはその人を一応リストにのせなければならない。もう一人いる。患者ではないのだが、フランク・カーター。彼は、十二時ちょっと過ぎに、モーリイ氏に会うつもりであの家にきた。しかし、誰も彼が帰るのを見たものがない。ね、ジョージ、以上が事実なんだ。お前はその人たちをどう思う？」

「殺人は何時に行なわれたんでしょう、旦那さま？」

「もしも殺人がアムバライオティス氏の犯行とすれば、それは、十二時から十二時二十五分過ぎまでの間だ。もしも他の人がやったのなら、十二時二十五分過ぎに行なわれたことになる。そうでなければ、アムバライオティス氏は死体に気がついたろう」

彼はジョージの方を励ますように見た。

「ね、ジョージ、お前はこの事件をどう思うね？」

ジョージは考えこんでいたが、いった。

「こんなこと考えつきましたのですが、旦那さま――」

「なんだいジョージ？」

「今後あなたさまの歯を診ておもらいになるのに、誰か他の医者をおさがしにならなければなりませんよ、旦那さま」

エルキュール・ポアロはいった。

「今までにないできばえだよ、ジョージ。その方面のことは、私にはまだ思い浮かばなかったよ！」

満足してジョージは部屋を出ていった。

エルキュール・ポアロはココアをすすりながら、今、アウトラインのできた事実を考え直してみた。彼は、それが自分で述べたとおりであるので満足した。この圏内の人々の中に、あの行為を実際にやった手があるのだ。インスピレーションは誰からきたものであってもかまわない。

その時、そのリストは不完全だと気がついて彼の眉はつりあがった。彼は一人の名前を忘れていた。

誰一人忘れてしまってはならないのだ——もっともそれらしくない人物でも。

犯行の時間に、もう一人の人間があの家にいたのだ。

彼は書き加えた。
バ、バ、バーンズ氏、

10

ジョージが知らせてきた。

「ご婦人からお電話でございます、旦那さま」

一週間前、ポアロは訪問客の鑑定を誤ったがこんどの推定は正しかった。

彼は声をすぐ聞きわけた。

「エルキュール・ポアロさん？」

「さようでございます」

「あたし、ジェイン・オリヴェイラ――アリステア・ブラントの姪ですわ」

「はい、ミス・オリヴェイラ」

「ゴシック・ハウスに来ていただけません？　お知らせしなければならないようなことがありますの」

「承知いたしました。いつがご都合よろしいでしょう？」

「六時半にどうぞ」

「おうかがいいたしましょう」

ちょっとの間、おしつけがましい調子はためらった。

「あの——お仕事のお邪魔してるのじゃないかしら？」

「いいえ、けっして。電話をお待ちしておりました」

彼はすばやく受話器をかけ、微笑しながら電話から離れた。ジェイン・オリヴェイラはいったい、彼と面会するのに、どんな口実を見つけたのだろう、とポアロは思った。

ゴシック・ハウスに着くと、彼はまっすぐに、川を見おろす大きい書斎に通された。

アリステア・ブラントがぼんやりした様子でペーパーナイフをもてあそびながら、書き物机の前に座っていた。彼は女どもに手を焼いたらしいうんざりした顔つきで座っていた。

ジェイン・オリヴェイラは暖炉の傍に立っていた。肥った、中年の女が、ポアロが入っていったとき、イライラした調子で話していた——「そして、このことでは、あたくしの気持ちも考えてくださらなければと思いますわ、アリステア」

「そうですとも、ジュリア、もちろん、もちろん」

アリステア・ブラントはポアロに挨拶するために立ちあがりながら、慰め顔にそういった。

「それで、あなた方がもしも恐ろしい話をするというのならあたくしはこの部屋を出ていきますよ」その婦人はつけ加えた。

「それがいいことよ、お母さま」ジェイン・オリヴェイラがいった。

オリヴェイラ夫人は、ポアロには目もくれずツンとして部屋から出て行った。

アリステア・ブラントはいった。

「よくおいでくださいました。ポアロさん。ミス・オリヴェイラをご存じだと思いますが？　あなたをお呼びしたのはこの人です——」

ジェインは唐突にいった。

「新聞一面に書きたててある、あの失踪した婦人、ミス・セインズバリイ・シールについてですの」

「ミス・セインズバリイ・シールのことですか？　それで？」

「あまりものものしい名前なので、おぼえましたの。あたしが話しましょうか、それとも、アリステア伯父さま？」

「ああお前、そりゃあお前の話だよ」

ジェインはふたたびポアロの方へ向きなおった。

「まったくつまらないことかもしれません——でも、あたしは、あなたが知っていらっしゃらないことだと思って」

「なんでしょう、お嬢さん」

「アリステア伯父が最後に歯医者へ行った時のことです——あの日のことじゃなく——三月《み》ほど前のことなのです。あたしはロールスに乗ってクイーン・シャーロット街に行きました。あたしはリージェント・パークの友だちのところへ行くので伯父をのせていき、帰りにまた寄るというわけだったの。五十八番地に着いて、伯父が車をおりたんです、ちょうどそのとき、女の人が五十八番地から出てきました——モジャモジャの髪で、妙に凝った服装の中年の人でしたわ。その婦人は伯父の方へまっすぐ駆けよってきて話しかけましたの（ジェイン・オリヴェイラは気取った震え声をまねた）。『まあ、ブラントさん、きっともうあたしを忘れていらっしゃるでしょうね！』もちろん、伯父の顔つきであたしは伯父がまるきり憶えていないのがわかりました」

アリステア・ブラントはため息をもらした。

「私はぜんぜんだめだ。皆がいつもそういうが……」

「伯父はよそ行きの顔をしました」ジェインはつづけた。「あたしはよく知ってるんです。一種の丁重な、信頼させようとする顔。赤ん坊だってだませないわ。伯父は、ひどく頼りない声でいいました。『ああ——ええ——もちろん』その女の人が話しつづけたんですの、『奥さまの親友でしたの、ねえ、ご存じでしょう？』って」

「みんな、いつもそれをいうのだがね」アリステア・ブラントはいっそう沈んだ陰気な声でいった。

彼はいくらか悲しそうにほほえんだ。

「最後はいつも同じだ！　なにかしらの寄付。そのときも、インド婦人伝道会《ゼナナ・ミッション》かなにかに五ポンド寄付して逃げましたよ。安いものです！」

「その女の人はほんとうに奥さまを知っていたのでしょうか？」

「まあね、あれがゼナナ・ミッションに関心を持っていたので、そうも思えますが、もしそうなら、インドででしょう。私どもは十年ほど前に向こうにおりました。しかし、もちろん、親友というはずはありません。そうであれば私も知っているはずです。たぶん、宴会ででも一度くらい会ったのでしょう」

ジェイン・オリヴェイラがいった。

「レベッカ伯母さまに会ったことがあるなんて信じられないわ。伯父さまに話しかける口実よ、あれは」

アリステア・ブラントは咎《とが》めない調子でいった。

「そう、それはまったくありそうなことだね」

ジェインがいった。「あたしのいうのはね、伯父さま、あの方があなたに近づきになろうとする方法が奇妙だということなのよ」

アリステア・ブラントは相変わらず寛容にいった。

「あの人はただ、寄付金が欲しかったんだよ」

ポアロがいった。

「彼女はその後、やはり何かを求めにきたりしましたか？」

ブラントは首をふった。

「その後は、彼女のことを考えてもみませんでした。私は、ジェインが新聞に出ているのを教えてくれるまで名前さえ忘れていました」

ジェインは少し腑に落ちない面持ちでいった。

「で、あたしは、ポアロさんにいっておかなくちゃと思ったんですの！」

ポアロは丁寧にいった。

「ありがとうございました。マドモワゼル」

彼はつけ加えた。「長居は失礼でしょう、ブラントさん。あなたはお忙しい方でいらっしゃるから」

ジェインがすばやくいった。

「ご一緒に階下へまいりましょう」

エルキュール・ポアロは口髭の下で人知れずほほえんだ。階下に降りると、ジェインは急に立ち止まっていった。

「こちらへいらっしゃって」

彼らはホールの端の小さい部屋にはいった。

彼女は振り返って彼の正面に立った。

「あたしがあなたをお呼びするのを待っていた、と電話でおっしゃったのはどういう意味？」

ポアロは微笑して両手を拡げた。

「それだけのことですよ、マドモワゼル。私はあなたからの電話がかかりはしないかと思ってました――するとかかってきたのです」

「あなたは、あたしがこのセインズバリイ・シールっていう女のことでお電話するのを、知っていたとおっしゃるの？」

ポアロは首をふった。「それはたんなる口実。あなたは、もっと他のことを発見していらっしゃるはずです」

ジェインはいった。

「いったいなんだってあたしがあなたに電話をかけるわけがあるの？」

「あなたは、ミス・セインズバリイ・シールに関するこの小さな情報を、私にではなくて、スコットランド・ヤードに渡すべきではありませんか。そうするのが筋道のように思えますな」

「じゃあよろしいわ、博識家さん。どのへんまではっきり知っていらっしゃるの？」

「あなたは、この間、私がホウバン・パレス・ホテルへ行ってからというもの、私に興味を持っていらっしゃいますね」

彼女は彼がびっくりするくらい青くなった。彼にはあれほど濃く陽焼けした肌が、こうまで緑がかった色に変化するとは信じられなかった。

彼は静かに、しかし力強くつづけた。

「あなたは、私にかまをかけてみたかったのでここへ呼んだのでしょう——そのような顔つきをしていらっしゃる。ちがいますか？——そうでしょう、ハワード・レイクス氏のことで私にかまをかけようとなさった」

ジェイン・オリヴェイラがいった。「いったい誰、そのレイクスって？」

それはあまりうまいとぼけ方ではなかった。

ポアロはさらにつづけた。

「私にかまをかける必要はありませんよ、マドモワゼル。私が知っている——というより、むしろ推察したことを全部申しあげましょう。あのはじめての日、ジャップ警部と私がきたとき、私たちを見てあなたはびっくりなさって、いや恐れていらした。あなたは伯父さまになにかあったとお思いになった、なぜです？」

「それは、伯父にきっとなにか起こることだって考えられるんですもの。先日など、郵便で爆弾が届きました——チェコスロヴァキア公債の後でした。そして、伯父は脅迫状をたくさん受け取っております」

ポアロはつづけた。

「ジャップ主任警部がいいました。歯科医、モーリイ氏が撃たれたと。そのときのあなたの答を思い出してごらんなさい。〝まさか、そんなばかなことが〟とあなたはおっしゃった」

ジェインは唇をかんだ。

「そうでしたかしら？　そうだったら、あたし、ばかなことといったものですわね」

「奇妙ない い方ですよ、マドモワゼル。それはあなたが、モーリイ氏の存在を知っていたこと、そして、あなたがなにか起こることを予期していた。それも、彼に起こるのではなく——おそらく彼の家で何事か起こるかもしれないのを予期していらっしゃったことを暴露しています」

「作り話を一人でしゃべるの、たいへんお好きらしいわね、そうでしょう？」

ポアロは気にもとめなかった。

「あなたは予期していらっしゃった——いや、むしろ、恐れておられた——なにかモーリイ氏の家で起こりそうなことをです。あなたは、ご自分の伯父さまになにか起こったんじゃないかと恐れた。しかし、もしもそうなら、あなたはわれわれの知らない、なにかを知っていらっしゃるにちがいない。私はあの日のモーリイ氏の家にいた人たちを思い起こしてみました。それで、私は、あなたと関係がありそうな人物をすぐに見つけました——それは、若いアメリカ人、ハワード・レイクス氏です」

「まるで連載小説みたいね？　次回のお楽しみはなに？」

「私はハワード・レイクス氏に、会いに行きました。彼は危険なそして魅力ある青年です——」

ポアロは意味ありげに間をおいた。

ジェインは考えに沈みながらいった。

「そうよ、彼は魅力的だわ。ねえ、そうじゃない？」彼女はほほえんだ。「いいわ！　あなたの勝ちよ！　ほんとに驚いたわ」

彼女は身を乗り出してきた。

「あたし、話してしまいます、ポアロさん、あなたのような人には、気を張りつめてもむだなのね。あなたにコソコソ探りまわられるよりしゃべった方がましだわ。あたし、あの人、ハワード・レイクスを愛してます。あの人に夢中なの。あたしの母はあの人からあたしを引き離すために、ここへあたしを連れてきたのです。一つにはそれ、また一つには、アリステア伯父があたしを好きになって、死んだ時に彼のお金をあたしに残してくれるようにという希望があったからです」

彼女はつづけた。

「母は伯父の義理の姪です。母方の祖母はレベッカ・アーンホルトの妹なのです。だから彼は私の大伯父になるの。彼には自分の近親がないので、母はあたしたちが伯父の遺産相続人になれないわけはないと思っているのです。母はかなりあからさまに伯父にねだっています。

ねえ、ポアロさん、あたしはあなたに隠しだてはしませんわ。あたしたちはこういう人間なんです。現在のところ、あたしたちはかなりのお金を持っています――ハワードの考え方に従えば体裁の悪いくらいの金額だそうですけどね――でもあたしたちはアリステア伯父の階級には入っていませんのよ」

彼女は言葉を休めると、椅子の腕木を烈しく手で打った。

「どうしたら、わかっていただけるでしょう？　あたしがそう信じるように育てられてきたすべてのものを、ハワードは忌み嫌って、捨てさせたがるのです。たまにはあたしもあの人のような考えになりますの。あたし、アリステア伯父は好きなんですが、ときどき、あたしの神経に障るんです。彼は、あんまり重っくるしくて――あんまりイギリス式――とても用心深く、保守的です。あたしはときどき感じるんですの。彼や彼の一党は一掃されてしまうべきだ、あの人たちは進歩を妨害する――あの人たちがいなくなれば、ことは完成する！」

「あなたはレイクス氏の思想にかぶれましたね？」

「そうです――そして、そうでもないんです。ハワードは――あの人は、あの仲間でも一番烈しいんです。ほかの人たちは一定のところまでしかハワードと同意してないんです。だからアリステア伯父やその一党が賛成でもしないかぎり、なんにもことを起こそうとしない人たちなんですわ。なにひとつやれっこないわ、あの人たちは！　座ったままで、首をふっていうにちがいないわ、〝われわれにはそんな危険は冒せない〟とか、〝それは経済的とは思われまい〟とか、〝われわれの責任を考慮しなければならない〟そして〝歴史を見るがいい〟――です。でもあたしは歴史を見てはならないと思います。

それは後ろを見ることです。人はいつでも前を見なければなりませんわ」

ポアロはやさしくいった。

「それは魅力のある幻想です」

ジェインは彼を嘲笑的に見やった。

「あなたもそうおっしゃる！」

「たぶん私が年寄りだからでしょう。かの老人たちは夢を描いている――ただ夢だけですよ」

彼はしばらく間をおいて、それから実際的な口調でいった。

「なぜ、レイクス氏は、クイーン・シャーロット街であの約束をしたのです？」

「それは、あたしがアリステア伯父に会って欲しいといったからです。あれより他の方法は思いつかなかったからです。あの人はアリステア伯父に対してひどい反感を持っていました、嫌悪でいっぱいでしたわ、本当に。あたしはもしあの人が伯父に会いさえすれば――会ってみて、なんてよい、親切な、いばらない人だろうということになれば――そうすればあの人の考えも変わるだろうと思って……ここで会うことはできないのです、なぜって、母――母がみんなめちゃめちゃにしてしまいますもの」

ポアロはいった。

「しかし、そのように取りはからってから、あなたは怖くなられたのですね」

彼女の目は大きく、そして暗くなった。

「ええ、だって——だって、ときどき、ハワードはカッとなるんですもの。あの人は——

——」

エルキュール・ポアロがいった。

「どうもあの人は近道をとりたがっておる。撲滅するには第一に——」

ジェイン・オリヴェイラは叫んだ。「いわないで！」

しち、はち、きちんと積みあげ

1

時は過ぎていった。モーリイ氏が死んでからひと月以上も経ってしまった。が、ミス・セインズバリイ・シールについてはなんのニュースもなかった。ジャップはこの事件でますます怒りっぽくなっていた。

「とにかくね、ポアロさん、あの女はどこかにいるはずですよ」

「そのはずですとも、きみ《モン・シエル》」

「死んだにしろ、生きてるにしろです。もし死んでるとすれば、死体はどこだ？　例えば自殺したとする――」

「また自殺ですか？」

「もうあの話はよしましょう。あなたはまだモーリイが殺されたんだっていっていますが――自殺ですよ、あれは」

「あなたは拳銃を調べませんでしたか？」

「調べましたよ、外国製です」

「それではなにかあるはずですね？」

「ないです、あなたのいうような意味ではね。モーリイは外国へ行ったことがある。彼は遊覧船で行ったんです、妹と一緒にね。イギリス人はみな遊覧船を利用しますからな。それで外国で手に入れたんでしょう。外国にいるとみんな拳銃が欲しくなるもんです。生命の危険を感じてみたいんですな」

彼はちょっと間をおいていった。

「横槍を入れないでくださいよ。私はいいかけていたんですよ、もし――ほんの仮定ですよ――あの失意の女が自殺する、例えば溺死です、とすれば死体はもう岸に着いてるはずですね。殺されたとしても同じことですよ」

「そうともかぎりませんね、体に重りをつけて、テムズ川にでも沈めれば」

「ライムハウスの地下室からでしょう！　あなたは、まるで女流作家のスリラー小説みたいなしゃべり方をなさる」

「知ってます――承知していますとも。こんなことをいえば私だって赤面しますよ！」

「そして、彼女は、国際的ギャングに殺されたんでしょう?」

ポアロはため息をついていった。

「実際そういうのがあるということを最近聞きました」

「誰がいいました?」

「レジナルド・バーンズ氏、イーリングのカースルガーデンズ・ロードに住んでいる」

「そうですか、彼なら知っているかもしれません」ジャップが半信半疑でいった。「彼は内務省にいたとき、外国人係だったんですからね」

「じゃあ、あなたも私の考えに同意しますかね?」

「私の畑じゃありませんからな、まあそりゃあ、そんなこともあり得るでしょうよ——しかし、概して、たわいないものですよ」

しばらく沈黙がつづき、ポアロは口髭をひねっていた。

ジャップがいった。

「一つ二つ情報の追加があるんですよ。彼女はアムバライオティスと同じ船でインドから帰国している。しかし彼女は二等、彼は一等だからそこに曰《いわ》くがあるとは思えません。もっともサヴォイのウェイターは、彼の死ぬ一週間ほど前にあの女が彼と一緒に昼食をとったのを見たといっていますがね」

「それでは、二人の間にはなにか関係があるかもしれませんな？」

「かもしれません――しかし、私はありそうな感じがしない。宣教師の婦人が怪しげな事件に関係があるなんて考えられませんよ」

「アムバライオティスはあなたのいわゆる〈怪しげな事件〉に関係があったのですか？」

「ええ、そうです。彼は中部ョーロッパでわれわれの同僚がつねにつけていた人物でしたよ。スパイ騒ぎの一件でね」

「それはたしかですか？」

「そうですよ。彼自身は直接その仕事にたずさわらなかったので、われわれには手をつけることができませんでした。連絡と報告の受理――それが彼の仕事だったのです」

ジャップはちょっと休んでからつづけた。

「だが、そんなことはセインズバリイ・シールについてなんの役にも立ちませんよ。その仕事に彼女はぜんぜん関係がありませんでしたからね」

「あの婦人はインドに住んでいたのです、憶えてるでしょう？　去年は、あそこはだいぶ騒ぎましたよ」

「アムバライオティス、そして非の打ちどころのないミス・セインズバリイ・シール――

――二人が仲間だとはとうてい思えない」

「ミス・セインズバリイが、ブラント氏の亡くなられた夫人の親友だったということを知っていますか？」

「誰がそんなことといってました？　私は信用しませんね。階級がちがいます」

「彼女自身がいったのです」

「誰にいったんです？」

「アリステア・ブラント氏に」

「ああ、そんなことですか！　あなたはアムバライオティスがそんな方面にあの女を使っていたとでもいうんですか？　そりゃだめでしょう、ブラントは寄付金だけで追い払うでしょう。彼が週末旅行だ、そらなんだってなことに、あの女を誘い出すはずもなし。彼はそれほど洒落た男じゃありません」

ポアロがそれに同意しないのはわかりきっていた。ジャップは一休みすると、セインズバリイ・シール事件の推定に話を進めた。

「私の推定では、気の狂った科学者が、酸のタンクに漬けちまったのかもしれません――小説の中ではよく使われる解決です！　ただし、私は誓っていいますがね、こんなのはみんな根も葉もないことです。もしあの女が死んでいるんなら、死体はどこかに人知れず埋めてあるんです」

「しかし、どこへです？」

「それなんですよ。彼女はロンドンで失踪しました。ロンドンじゃ、誰も庭など持ってない――ありませんよ、本当のものはね。人気《ひとけ》のない養鶏場、そんな所がありゃ、うまいんですがね！」

庭？　ポアロの心中に、本格的な花壇のある、きちんとしたイーリングの立派な庭園が、突然閃いた。もしも、死んだ女があそこに埋まっているとしたら……しかしそれはあまりにも空想的だ。

ばかなことを――彼は自分を叱った。

ジャップの話はまだつづいている。「もし彼女が死んでいるのでなければ、どこにいるのですかね？　もうひと月以上になるし、新聞の人相書はイギリスじゅうにまわっているというのに――」

「それで彼女を見た人はいないのですね」

「いいえ、実際には誰だって見かけているんですよ、誰でも見てるんです！　黄緑色のカーディガンスーツを着た、老けた顔つきの中年女がどれほどたくさんいるものかおわかりでしょう。彼女をヨークシャーの野原で見た者がいる、リヴァプールのホテルでも、デヴンの旅館でも、ラムズゲイト海岸でも！　私の部下はこうした報告を辛抱強く、調査しました。どれもこれもニセ物なんですよ。尊敬すべき幾人かの中年婦人に迷惑をかけたにすぎませんでしたよ」

ポアロは同情するように舌打ちした。

「しかも」ジャップがつづけた。「彼女はれっきとした実在の人物なんですからな。われわれはよく、ニセ物にぶつかることはあります――そら、いわばそこへやってきてミス・サクラ草の役をするやつにですね――実際にはそんなミス・サクラ草なんか、まるで実在しない場合にですよ。ところがこのセインズバリイって女は本物、過去も背景もあるし、子供時代からなにもかもわかっている女なんです！　彼女は完全に、ノーマルな、筋の通った生活を送ってきた――そして突然、ヘイ――ごらんのとおり！――消えてしまいましたよ！」

「なにか理由があるはずです」ポアロがいった。

「彼女はモーリイを撃ちゃしませんよ。もしあなたのいうのが、その意味ならですね。アムバライオティスは彼女が帰った後で、生きているモーリイを見ています――われわれは彼女が、あの朝、クイーン・シャーロット街を出た後の行動は調べてあります」

ポアロは待ちきれないようにいった。

「私は、彼女がモーリイを撃ったとはいいません。もちろん、彼女はやりはしませんでした。しかしそれはそれとして——」

ジャップがいった。

「モーリイに関してあなたが正しいとすればですね、彼女には気がつかなかったかもしれませんが、殺人の手がかりになるようなことを、あの男が彼女に話したのかもしれません。これはまったくありそうなことじゃないですか。もしそうだとすれば彼女はたしかに殺されたんですよ」

ポアロはいった。

「これらのことは全部、ある組織に連結しています。クイーン・シャーロット街の地味な歯科医の死などとは比較にもならぬほどの大事件」

「レジナルド・バーンズがいったことをあなたはすっかり信用してしまったのですか？あれはおかしな男ですよ——スパイだの、コミュニストで頭がいっぱいなんです」

ジャップが立ちあがったのでポアロがいった。

「もし、ニュースが入ったら知らせてください」

ジャップが行ってしまってから、ポアロは自分の前にあるテーブルを、しかめ面で見おろしていた。

彼は何かを待っている自分をはっきり意識した。それは何だろう？

彼は、前にも、こんなふうに座って、いくつかの脈絡のない事実と名前を点々と書きとめていたのを思い出した。小鳥が口ばしに小枝をくわえて、窓を横切った。

彼もまた、小枝を数えているのだ。ごお、ろく、薪木をひろって……

彼は小枝を握っている――もうかなりたくさん。みんなここにある。秩序立った彼の記憶の中にきちんと刻みこまれて――しかし、彼はいまだ、それを順序よく並べようとはしてみない。それは次の段取りである――まずきちんと並べろ。

何が彼を止めているのか？　答はわかっている。彼は何かを待っているからだ。

何か避けがたいもの、順番になった次のもの、鎖の次の環、それが来たら――そのときこそ――進むことができるのだ。

2

呼び出しが来たのは、一週間後、夕方もおそくなってからだった。

ジャップの声は性急に受話器をとおしてひびいた。

「ポアロさん？　あの女を見つけましたよ。おいでになったらどうです。バタシイ・パークにあるキング・レオポールド・マンションの四五号」

十五分後、ポアロは、キング・レオポールド・マンションの玄関でタクシーをおりた。バタシイ・パークを臨む大きなアパートの四五号は三階だった。戸を開けてくれたのはジャップだった。彼は陰気な顔をしていた。

「お入りください」彼はいった。「あんまり気持ちがよくはありませんが、あなたはご自分でごらんになりたいでしょう」

ポアロが質問をした。もっともそれはほとんど質問とはいえなかったが。

「死んでるんですね？」

「まさしく死んでいます」

右手のドアから、こんな場合によく耳にする音が聞こえてきたのでポアロは首をかしげた。

「ポーターですよ」ジャップがいった。「洗面台で吐いてるんです！　彼女を確認できるかどうかここへ呼び寄せなきゃあならなかったもんですから」

彼が廊下を案内してゆくのにポアロはついていった。鼻にしわを寄せた。

「ひどいにおいでしょう」ジャップはいった。「しかしこうもなるでしょうね？　あの女は一カ月以上も前から死んでいたんですからな」

彼らが入った部屋は物置だった。部屋の中央に、毛皮保管用の大きい金属製の衣装箱があって、蓋はあいていた。

ポアロは進みよって内部をのぞいた。

彼は最初に足を見た、飾りの多いバックルのついた、はき古した靴。ミス・セインズバリイ・シールの最初の印象は、靴のバックルだったのを彼はおぼえている。

彼は視線を緑のウールのコートから頭の方まで移していった。

彼は言葉にならない声を出した。

「でしょう」ジャップがいった。「猛烈なもんです」

顔は判別がつかないほどめちゃめちゃにされている。それに、腐敗という自然過程が加わって、二人が、顔を見合わせたときには、お互いに青豆のような顔色になっていたのも当然だった。

「さあ」ジャップがいった。「今日の収穫はこれだけです――われわれの一日分ですよ。やりきれない商売ですな。向こうの部屋にブランデーがちょっぴりある。少し飲んだ方がいいですよ」

居間は現代風に洒落て装飾してあった――クロームが多く使われていて、大きな四角に見える安楽椅子には、灰色がかった茶色の幾何模様のシートが張ってある。

ポアロは酒瓶を見つけて、自分で注いだ。飲み終えると彼はいった。

「あれはいけないね、あれは！　聞かせてください、すっかり」

ジャップは話しだした。

「この部屋はアルバート・チャップマン夫人のものなんです。チャップマン夫人ってのは、私の調べだと、服装のいい、スマートな、四十前後の金髪。払いはいい、隣近所の連中とときどきブリッジをするのが好きだが、交際嫌いです。子供はありません。チャップマン氏はセールスマンです。

セインズバリイ・シールは、われわれが会ったあの晩、七時十五分頃ここへ来ました。だからおそらく彼女は、グレンゴリイ・コートからまっすぐにここへ来たんです。彼女は以前に一度ここに来たことがある、とポーターがいってます。ね、すべては簡単明瞭——親しい友だちへの訪問というわけです。ポーターは、ミス・セインズバリイ・シールをエレベーターにのせて、この階へ連れてきた。彼が最後に見たとき、彼女は靴拭きのマットの上に立ってベルを押していた」

ポアロが意見を出した。

「それを思い出してくれるのにずいぶんひまがかかったものですな」

「ポーターは胃病だったらしく、入院していました。その間他の男が彼の代理をしていたんです。彼が、古新聞で〈求める女〉の人相書に気がついたのは、やっと一週間ほど前のことですよ。そして女房にいったんです、『三階のチャップマン夫人に会いにきた、あの出がらしらしいぞ。あの女は緑色のウールの洋服を着て、靴にバックルをつけていた』それから一時間も経つと彼はまた思い出した──『ブライミ、たしか名前までなにかそんなふうだったよ、ミス・なんとかシールっていってた』……」

「その後で」とジャップはつづけた。「警察のやつとかかわり合いになるのは嫌だっていう取り越し苦労を捨てて情報を持ってくるまでには、四日ほどもかかったんですよ。われわれはじつのところ、それが本物だとは考えなかったんです。こんなふうな間違いをどれほどたくさん受け取ったか、あなたには考えもおよばないでしょう。ともかく、私は、ベドーズ巡査部長を派遣しました──彼は利口な青年です、少々、例の高等教育がありすぎるんですが、仕方がありませんや、近頃の流行ですからね。

それはともかく、ベドーズは、とうとうなにかそれらしいものにぶつかったって、直感的に悟ったんです。まず第一に、チャップマン夫人を、ひと月以上も誰一人見かけていない。彼女は行く先も告げずに行ってしまった。それが少々怪しい。事実、彼が、チャップマン氏およびチャップマン夫人に関して聞きだしたことはすべて怪しく思えたんですな。

彼は、ポーターがミス・セインズバリイ・シールの帰るのを見なかった事実を発見しました。そのこと自体は、べつに不思議じゃありません。彼女は階段をおり、彼に見られないでやすやすと出て行ける。が、ポーターがいうには、チャップマン夫人は突然行ってしまった。次の朝、ドアに、〈牛乳不用、ネリーに不在の由告げよ〉と貼紙がしてありました。

ネリーとは彼女の通い女中なんです。チャップマン夫人は前にも一、二度、突然いなくなったことがあるので、その女中は怪しいと思わなかったんです。それもいいとして、しかし腑に落ちないのは、彼女が荷物をおろしたり、タクシーを呼んだりするのにポーターを使わなかった点です。

ともかく、ベドーズはアパートに入ろうと決心しました。私たちは令状をもらって、管理人から合鍵を受け取りました。浴室以外には興味をひくものは発見できませんでした。浴室は、あわてて掃除した形跡があり、リノリウムを敷いた床には血液の痕跡がある――部屋の隅だったので床を洗ったとき見落としたらしい。その後は、もう死体を発見するという問題だけでした。チャップマン夫人は、荷物を持って出ていったはずはない。であれば、ポーターにわかる。だから、死体は、まだアパートの中にあるにちがいない。

ない。われわれはすぐ、あの毛皮の箱に目星をつけました——密閉してある——おあつらえ向きです。鍵は化粧台の引出しにあったので開けてみたのです。——内身は一ヵ月あまりにわたる失踪した婦人。まるでひからびた寄生木《やどりぎ》の枝ってさまですす」

ポアロが質問した。

「チャップマン夫人はどうなったのです？」

「それですよ、まったくどうなったんですかな？　シルヴィアとは誰か（ついでですが彼女の名前はシルヴィアなんです）？　彼女は何者か？　ただし一つだけは明瞭です。シルヴィアの知人がこの婦人を殺して箱に詰めたということですな」

ポアロはうなずいた。

彼はたずねた。

「しかし、なぜ、彼女の顔はめちゃめちゃにされているのでしょう？　どうもこれはおもしろくない徴候ですね」

「おもしろくないですよ、たしかに！　しかし、なぜってことなら——推量だけはできます。まったくの怨恨《えんこん》ですよ、おそらく。でなければ、この女の確認を妨げるためにやったのでしょう」

ポアロは顔をしかめた。「しかしそんなことでごまかすわけにはゆきませんね」

「そりゃゆきません。なぜなら、メイベル・セインズバリイが失踪当時、着用していたものがはっきり認められるばかりか、彼女のハンドバッグまで箱の中に詰めてあります。そしてハンドバッグの中には、ラッセル・スクエア・ホテルの彼女宛の古い手紙が入っているんですよ」

ポアロは身をおこしていった。

「しかしそれは——それは常識のある人間のやることじゃありませんね！」

「たしかに、そうじゃありません。つまり手抜かりだと思いますよ」

「そう——おそらく——手抜かり。しかし——」

彼は立ちあがった。

「あなたはアパートの中を見まわりましたか？」

「すっかり。なんにも目ぼしいものはありません」

「チャップマン夫人の寝室が見たいのですが」

「よろしいですとも、こちらへ来てください」

寝室には、乱れたあとはなく、小ぎれいにきちんとしていたし、ベッドには寝た跡もなく、夜の用意のために布団がまくってあった。厚い埃の層がどこにも見られた。

ジャップがいった。

「われわれが見たところでは、指紋はありません。台所にはいくらかあるが、しかしこれはまあ、女中の指紋でしょうね」

「それは、殺人後、念入りに家中掃除したことを意味しますね」

「そうです」

ポアロの目はゆっくりと部屋じゅうを見まわした。居間と同じように、ここにも現代風な家具が置かれている――誰か、相当な収入の人が装飾したように思えた。家具はどれも高価なものではあるが、しかし、飛び抜けて高価というのではなく、派手には見えても、一流品ではなかった。色調はローズピンク。彼は造りつけの衣裳戸棚の中を見まわして、衣裳にさわった――スマートな服、だがこれも、一流の品ではない。彼の視線は靴の上に落ちた――大部分流行のサンダルの変型で、あるものは、大げさなコルク底だった。彼は一足を手に取った。チャップマン夫人の靴はサイズ5だということをたしかめてから、下へおいた。別の棚には毛皮が一山に積み重ねてあった。

ジャップがいった。

「毛皮箱から出たもんです」

ポアロはうなずきながら、灰色の栗鼠のコートをいじっていたが、値ぶみするようにいった。

「一流品だ」

彼は浴室へ入った。

惜しげもない化粧品の陳列だ。ポアロは興味をもって観察した。白粉《おしろい》、口紅、ヴァニシング・クリーム、栄養クリーム、髪油の瓶が二つ。

ジャップがいった。

「本物のプラチナ・ブロンドじゃないようですな」

ポアロはささやいた。

「四十ではね、きみ、たいていの婦人の髪は白くなりはじめますよ。しかし、チャップマン夫人は、自然の力に降参する人間ではありませんよ」

「今ごろは、気晴らしに、彼女は赤く染めかえてるでしょうよ」

「そうでしょうかね？」

「なにか気になっていることがあるのですね、ポアロさん——なんです？」とジャップがたずねた。

「そう、私は心配しているのです。本気で心配しています。私にはどうしてもとけない問題がここにあるのです」

決心したように、彼はもう一度例の箱の部屋へ行った……彼は死んでいる女の靴をつかんだ。それはきつかったが、なんとか脱がせた。

彼はバックルを調べた。それは、不器用に手で縫いつけてあった。

エルキュール・ポアロはため息をつくと、いった。「私が夢みていたのはこれです！」

ジャップは好奇心を持っていった。

「なにをしようっていうんです――物事をますます難しくするのですか？」

「おっしゃるとおりです」

「エナメル靴一足、ちゃんとバックルがついています。なにが悪いんです？」

エルキュール・ポアロが答えた。「どこも悪くありません――なにもへんでない。ただ相変わらず――私にはわからないことだらけですよ」

3

ポーターの教えるところによると、キング・レオポールド・マンション八二号のマートン夫人がチャップマン夫人のもっとも親しい友だちだとのことだった。

それでジャップとポアロは八二号へ河岸《かし》を変えた。

マートン夫人は口の達者な女で、黒い目をパチパチさせ、髪を複雑な型に結いあげていた。

彼女をしゃべらせるのに手間はかからなかった。彼女はこの劇的な一幕に加わりたくて、ただもう待ちきれないといった様子だった。

「シルヴィア・チャップマン――そう、本当はわたし、あの人をよくは知っていませんの――いわゆる、親しいというわけじゃないんです。わたしたち、二、三度、ブリッジで、集まりましたし、一緒に映画も見にゆきました。そしてもちろん、ときには買物にも。でも、ああ、どうか話してくださいまし――あの人、死んだんじゃないんでしょうね？」

ジャップは彼女を安心させてやった。

「そうですか、それがわかって本当に嬉しい！　でも、たった今、郵便屋が、この建物のどこかで死体が発見されたっていって、騒いでましたわ――でも、人の話って半分も信用できませんわね？　わたしはぜったいに信用しませんわ」

ジャップがさらに質問した。

「いいえ、チャップマン夫人のことは何も聞きませんよ――わたしたちは来週、ジンジャー・ロジャーズとフレッド・アステアの新作映画を見ようって話しました。そのとき、あの人は出かける話なんかなにもしませんでしたもの」

マートン夫人は、ミス・セインズバリイ・シールなんて名前を、チャップマン夫人が口にしたのを聞いたことはなく、また彼女はそんな名前の人のことを今までに話したこともない、といった。

「でも、その名前には聞き覚えがありますわ、たしかに聞き覚えが。ごく最近どこかで見たような気がしますの」

ジャップが無愛想にいった。

「いろんな新聞に、数週間掲載されていましたよ――」

「ああ、そう――行方不明の方、そうでしたわね？　それで、あなた方は、チャップマン夫人がその女を知ってるかもしれないとお考えになったんですね？　いいえ、一度も、シルヴィアがその名前を口にしたのを聞いたことなどありませんわ」

「チャップマン氏についてなにかお話しくださいませんでしょうか、マートン夫人？」

ちょっと不思議な表情がマートン夫人の顔に浮かんだ。彼女はいった。

「地方巡りのセールスマンだとか、たしかチャップマン夫人が私にそういっていました。ときどき商用で外国を旅行する――軍需品、だと思いますわ。ヨーロッパじゅう歩くのですって」

「お会いになったことありますか？」

「いいえ一度も。ほとんど家にいないんですの、そして家にいるときは、ご夫婦とも他人に煩わされるのを嫌がっておいででしたわ。無理もありませんわね」

「チャップマン夫人にどなたか近い親戚か友だちがあるのを知ってますか？」

「友だちのことは知りません。親戚もあったふうには思えません。あの人はそんな話しませんでしたわ」

「彼女はインドにいたことがありますか？」

「そういうこと、わたしは知りません」

マートン夫人はちょっと言葉を切った。が、それからまくしたてた。

「でも、話してくださいましよ――なぜこんな質問をなさるんです？ わかってますわ、あなた方、スコットランド・ヤードの方だってこと、なにもかも。でも、それにはなにか特別の理由があるはずですわ」

「お話ししましょう、マートン夫人、どうせ、いつかはわかるんだ。じつはチャップマン夫人の部屋で死体が発見されたんです」

「まあっ！」マートン夫人は瞬間、皿ほどの大きな目つきをした犬みたいな顔になった。

「死体！　チャップマン氏では、ないでしょうね？　たぶん、外国人かなんかでしょう？」

ジャップがいった。

「男じゃないですよ――女です」

「女？」マートン夫人は前よりもいっそう驚いたらしく見えた。

ポアロが物静かにいった。

「なぜ、それが男だとお思いになられました？」

「まあ、わたし、わかりませんわ。なんだか、その方がよけいありそうなことに思えたんです」

「しかし、なぜです？　チャップマン夫人には年じゅう男の訪問客があったからなんですか？」

「ああ、いいえ、いいえ、とんでもない」

マートン夫人は憤慨した。

「そんなこと申しあげたつもりじゃなくてよ。シルヴィア・チャップマンは、けっして、いいえ、そんな種類の女じゃありません――けっして！　ただ、ちょっと、チャップマン氏と――わたしのいうのは――」

彼女はちょっとつまった。

ポアロがいった。

「マダム、あなたはいままでにおっしゃったことより、もう少しよけい知っていらっしゃるらしい」

マートン夫人は確信のない様子でいった。

「知りませんわ、ほんとうに——わたしどうしたらいいでしょう！　だってわたし、信頼を裏切るなんてたしかに嫌ですし、もちろん、わたし、シルヴィアがいったことは今まで誰にも話したことはありませんけど——ただ、ほんの一人か二人、わたしが安心だと思う人の他には——」

マートン夫人は息をつくために休んだ。ジャップはいった。

「チャップマン夫人はあなたになにを話したんです」

マートン夫人は前にかがみこんで声を落とした。

「それはほんの——口をすべらしたんですの、ある日のことですわ。わたしたちは映画を見てましたスパイもので したわ、そのとき、チャップマン夫人がいったのです、これを書いた人は誰か知らないけれど、スパイのことをあまりよく知っていないわって。それで、その秘密、わかっちまったの——でも、あの人、わたしには、秘密を誓わせましたわ。秘密っていうのは、チャップマン氏が情報部にいることですの。彼があんなに始終、外国へ行かなくちゃならない本当の理由はそれなのですよ。軍需品の仕事ってのは、ほんの表向きのことなのです。留守中は手紙も書けないし、またもらえないので、チャップマン夫人はひどく心配していました。そして、もちろん、その仕事はとても危険なんですって！」

4

二人がまた四五号へ、階段を降りて帰るとき、ジャップが感じ入ったように叫んだ。

「まるでフィリップス・オッペンハイムやヴァランタイン・ウイリアムズ、それからウィリアム・ル・キュー（いずれもイギリスの怪奇探偵大衆小説作家）。私は気がちがいそうだ！」

スマートな青年、ベドーズ巡査部長が二人を待っていた。

彼は丁寧な口調でいった。

「女中からはなにも参考になることは聞きだせませんでした。チャップマン夫人は、しょっちゅう女中を変えたようです。この女中は、一、二カ月ほど前に来たばかりです。

チャップマン夫人はいい人で、ラジオや、陽気な話が好きだったといってます。女中の意見では、主人は道楽者だったが、チャップマン夫人は感づいていなかったそうです。ときどき、外国からの手紙を受け取ったそうですが、ドイツから数通、アメリカから二通、イタリアから一通、ロシアから一通。この女中の恋人が切手を集めているので、チャップマン夫人はよくはがしてくれたそうです」

「チャップマン夫人の書類の中に、なにかあったか？」

「めぼしいものはなにもありません。あまり残していないのです。二、三の勘定書と受領書——全部、国内のものです。古い芝居のプログラムがいくつか、新聞から切り抜いた料理の献立が一つ二つ、それから、ゼナナ・ミッションのパンフレットが一冊」

「それで誰がここへ持ってきたのか察しがつくよ。彼女は、殺人犯人らしく思えない、そうだろう？　だが、しかし、それは、外観だけのことだ。ともかく、彼女は共犯者には決まっている。あの晩付近で、怪しいやつを見かけた人はいないのか？」

「ポーターは憶えていません——しかし、今となっては無理だろうと思います、ともかくこれは大きな建物ですし、おおぜいつねに出入りしていますから。彼はやっと、ミス・セインズバリイ・シールの来た日を確定できたくらいです、というのも、彼は次の日に病院へ連れていかれたほどで、その晩は、実際、かなり気分が悪かったからです」

「アパートの連中はいつもと変わった音を聞かなかったのか？」

ベドーズは首をふった。

「上の階でも、下の階でも聞いてみましたが、誰一人、異様な音を聞いたのを思い出せないんです。みんなラジオをつけていたんです」

警察医が、手を洗って浴室から出てきた。

「こんな臭い死体ははじめてだ」彼は快活にいった。「手筈がすんだら死体を送ってください、勇気をふるって、とっかかりますよ」

「死因についての意見は、ドクター？」

「それは無理ですよ、検死解剖以前にいうのは。あの顔の傷害は、確実に死後に加えられたものです。しかし、死体解剖をやってからなら、もっとよくわかりますよ。中年婦人、非常に健康——毛根は灰色——しかし、金髪に染めています。印になるものが体にあるかもしれない——さもないと、確認が一仕事ですよ——や、誰だかわかってるんですか？　そりゃあ結構です。何ですと？　今大騒ぎしている評判の失踪した婦人？　やあどうも、私は新聞を読んだことがないんでね。ただ、クロスワードを見るだけです」

ジャップが苦々しげにいった。

「そりゃあ、きみの宣伝になるよ！」もちろんその前にドクターは出ていった。

ポアロは机の上を探していた。彼は小型の茶色の住所録をとりあげた。

疲れを知らぬベドーズがいった。

「とくに興味のあるものはなにもありません――大部分、美容師、洋裁師などです。個人的な名前と住所は書き抜きました」

ポアロはDの部を開くと、読んでいった。

医師《ドクター》デイヴィス　プリンス・アルバート・ロード十七。

魚商ドレーク＆ポンポネティ――

そしてその下に――

歯科医《デンティスト》モーリイ氏　クイーン・シャーロット街五十八。

ポアロの目は緑色に光った。彼はいった。

「死体をはっきり確認するのにはなんの困難もないようですね、今度は」

ジャップが不思議そうに彼を見ていった。

「本当ですか――想像ではないでしょうな？」

ポアロは熱っぽくいった。

「私は地道にゆくたちです！」

5

ミス・モーリイは田舎に移っていた。ハートフォードの近くの小さいコテージに住んでいる。

女擲弾兵はポアロに親しげな挨拶をした。兄が死んでから、彼女の顔は、前よりもどうやら少しばかり暗鬱になっていたし、ピンと張りつめて、背をぐっとそらしていたし、生活態度はますます反抗的になっている気配だった。彼女は、検屍審問の決定が兄の職業的名声に投げつけた汚名をひどく怨んでいた。

ポアロは、検屍法廷の判決が正当でないという彼女の意見に巧みに調子を合わせた。そこでこの女擲弾兵は少しばかり折れてきた。

彼女は質問に対しては即座に、快く、なかなかの知識をもって答えた。モーリイ氏の職務上の書類は、全部ミス・ネヴィルの手で、綿密に整理されて、モーリイ氏の後継者に引きつがれていた。患者の一部はライリイ氏へ移り、ある人々は、新しい後継者で納得し、残りの人たちは、他の歯科医へ行ってしまった。

ミス・モーリイは自分の知っているだけのことを告げてしまった後で、いった。

「それで、あなたはヘンリイの患者だった婦人——ミス・セインズバリイ・シールを発見なさったんですってね、そしてあの人も殺されてしまったのね」

その〝も〟は少しばかり挑戦的だった。彼女はその言葉に力を入れた。

ポアロはいった。

「お兄さんは、ミス・セインズバリイ・シールのことで、特別なにか、あなたに話されたことはありませんでしたか？」

「いいえ、兄がそんなことといった憶えはありません。兄は特別面倒な患者があったりするとあたしにいったものですし、また誰か患者の一人が面白いことをいってもあたしに聞かせてくれました。しかし、ふだん兄は仕事のことはあまり話しませんでした。一日の仕事が終わると、それを忘れたがりました。兄はときどき、とても疲れてましたわ」

「お兄さんの患者でチャップマン夫人というのを聞いた憶えがおありですか？」

「チャップマン？　いいえ、おぼえてませんわ。そういうことなら、ミス・ネヴィルこそほんとにお役に立つ人ですわ」

「私はどうしても、あの人と連絡をつけたいのですが、今、どこにおられます？」

「あの娘は、ラムズゲイトのある歯科医のところに就職したようですわ」

「あの人はまだあの青年、フランク・カーターと結婚しておられませんか？」

「いいえ。あたしはそんなことにならないのを望んでいますわ。あたし、あの若い男は好きじゃありませんよ、ポアロさん。本当に好きじゃない。あの人にはなにか悪いところがありますよ。あの人には本当に正しい道徳観念がないという印象がぬけませんわ」

ポアロはいった。

「あの男がお兄さんを撃つということはありそうだとお思いになりますか？」

ミス・モーリイはゆっくりといった。

「あたしは確かにそう感じているんです。あの人なら、やりかねませんわ——すぐカッとなるたちですもの。ですけど、あの人になにか動機があったかどうかは、あたしにはわかりません——その点では殺す機会があったかどうかもね。ともあれ、ヘンリイはグラディスに、あの人と手を切らせるのに成功しなかったことはたしかですの。あの娘は、頭っから夢中になって、あの人にへばりついてましたものね」

「あの青年が買収されていたとはお考えになりませんか？」

「買収されて？　私の兄を殺すために？　なんて極端な考えでしょう！」

ちょうどこのとき、黒い髪の毛のきれいな娘がお茶を持ってきた。彼女が出ていって戸を閉めた後でポアロがいった。

「あの娘は、ロンドンでもお宅にいたのですね？」

「アグネス？　そう、あの娘は小間使でした。コックには暇をやりましたの。あれはどっちみち、田舎に来るのをいやがってましたからね。それでアグネスがなんでもあたしの用をしています。あの娘はすっかりいい料理人になりました」

ポアロはうなずいた。

彼は悲劇があったとき、隈《くま》なく調べつくしたので、非常に正確に、クイーン・シャーロット街五十八番地の屋内の間取りを知っていた。モーリイ氏と妹は、家の最上階を小住宅として占領していた。地階はすっかり閉鎖してあったが、土間に出る窪地から、裏庭へつづく細い通路だけは残してあった。そこからは、出入商人の配達品を入れたかごが最上階まで引きあげられるのであり、またそこには、伝声管もとりつけられていた。それだから、家へ入る唯一の入口は正面ドアだけで、その応接はアルフレッドの仕事だった。この事実は、あの特別な朝、外部の者が誰も家の中へ入れないことを警官がたしかめるために役立ったのだ。

コックも、小間使も、モーリィの家族と数年暮らしていたし、善良な性質だった。それで彼らのうちのどちらかが、三階へしのび降りて、主人を撃ったかもしれないというのは、理論的には可能だったが、その可能性は一度もまじめには取りあげられなかった。どっちも尋問されたとき、ぼんやりしたり、あわてたりしていなかったし、質問されて気が転倒することもなかった。それで二人のうちのどちらも、彼の死と結びつけて考えるものもなかった。

それにもかかわらずアグネスは、ポアロが帰るときに、帽子とステッキを渡しながら、異様に唐突な調子でいった。

「あの――あの、旦那さまの亡くなったことについて、もっとよくご存じの方はありませんでしょうか？」

ポアロは振り返って彼女を見やり、そしていった。

「なにも新しいことはわかっておりませんよ」

「世間では、今でもまだ、旦那さまがお薬を間違えたので自殺なさったと思っているんでございましょうか？」

「そう、なぜそんなことを聞くの？」

アグネスはエプロンをいじっていたが、顔をそむけて、やや曖昧にいった。

「あの——あの、ミス・モーリイはそう思っていらっしゃらないんですわ」

「それで、あなたもあの方に賛成なんですね、え？」

「あたし？ まあ、あたしはなにも知りませんわ。あたし、ただ——あのはっきり知りたいのですわ」

エルキュール・ポアロはできるだけ優しい声でいった。

「なんの疑いもなく自殺だったと思えたらあなたは安心できるというわけですか？」

「ええ、そうですの。本当にそうですわ」アグネスはすばやく同意した。

「なにか特別な理由があるからだね、たぶん？」

「あたし？——あたし、なにも知らないんです。ただほんのちょっとうかがってみただけなんです」

「だが、なぜ、彼女はあんなことを聞いたのだろう？」エルキュール・ポアロは門の方へ小道を歩きながら、自分に問いかけていた。

その問に答えてくれるものがある、と彼ははっきり感じた。だが彼にはまだ、いったいそれがなんであるかを推定することができなかった。

ともあれ、彼は一歩だけ前進したと感じた。

6

ポアロは家に帰ると、思いがけない来客が彼を待っているのを見て驚いた。椅子の背から、禿頭が見え、そしてバーンズ氏の小柄な、キチンとした姿が立ちあがった。

いつものとおりの輝いた目をして、彼は、短い簡単ないいわけをした。彼のいいわけによれば、エルキュール・ポアロ氏の訪問の返礼に来たのだということだった。

ポアロは、バーンズ氏に会うのがとても嬉しいといった。

ジョージは、来客が紅茶かウィスキーかソーダかを選ばない場合は、コーヒーを持ってくるようにいいつけられている。

「コーヒーとは結構ですね」バーンズ氏がいった。「お宅の召使は、お上手にコーヒーを作ると拝察いたしますよ。イギリスの召使たちはたいていだめですが」やがて丁重な挨拶がさらに何度かお互いにとりかわされてから、バーンズ氏は、軽く咳ばらいをして、いった。

「ポアロさん、率直に申します。私がこちらへうかがったのは、まったくの好奇心からです。たぶん、あなたはこんどの多少珍しい事件の各細部にわたって、充分な手配をなさっておいでだと思う。新聞によると、失踪中のミス・セインズバリイ・シールが発見され、検屍審問が開かれ、そして追加証拠をさらに出すために延期されましたね。死因は薬品の過量と陳述されましたからね」

「まったくそのとおりです」ポアロがいった。

そしてしばらくの間をおいてからまたつづけた。

「バーンズさん、アルバート・チャップマンのことをお聞きになったことがおありですか？」

「ふむ、ミス・セインズバリイ・シールが、死んでいたアパートの婦人の夫ですね？少々、つかまえどころのない人間、そんなふうに見えますな」

「しかし、まるっきり存在しないわけでもない？」

「おお、そりゃあ」バーンズ氏はいった。「彼は存在してます。むろん、彼は存在しておる――さもなければ、存在していたとでもいいますかな。死んだと聞いていますわい。もっとも、こういう噂は信用できませんて」

「どういう人だったのでしょうか、バーンズさん？」

「審問に当たって、それが公表されるとは思えんですな。たとえいえるとしたって、まず抑えちまうでしょう。軍需物資のセールスマン――そこらがオチですわい」

「それでは、彼は情報機関にいたのですね？」

「もちろん、そうです。しかし、そうだと自分の妻にいうことは許されない――ぜんぜん許されておらん。実際をいうと、結婚した後、勤務をつづけてはならんものなのです。普通は勤務をやめるものです――ただし、もしも彼が本物の情報部員ならば、のことですがね」

「そして、アルバート・チャップマンは？」

「そうです。Q・X912。これが彼としてとおっていた名ですよ。名前を使うことはまったく例がないのです。ああ、しかしけっして、私はそのQ・X912が特別に重要な人物だとか、またはなにかそうしたものだとかいうつもりはないのです。しかし、彼は役に立ちましたよ、なぜなら、彼は目立たないやつで――なかなか顔をおぼえられんといった性質の人間でした。彼は、ヨーロッパを行ったり来たり、メッセンジャーの役を果たしました。あなたもそんな種類の仕事はご存じでしょう。ルリタニア駐在の本国大使経由で送られた一通の重要なる手紙――陰の言葉がふくまれている同文の非公式書が、Q・X912の手で――すなわち、チャップマン氏の手で運ばれたのです」

「では、彼はたくさん有益な情報を知っていますね？」

「おそらく何事も知らんでしょう」バーンズ氏が快活にいった。「彼の仕事はただ、汽車や汽船や飛行機に飛び乗ったり、飛び降りたりして、つねになぜ行くのか、どこへなにしに行くのか、うまく説明できるように話を用意しているだけです」

「そして、あなたは彼が死んだとお聞きになったようですね？」

「そう、聞きました」バーンズ氏はいった。「しかし、聞いたこと全部を信用するわけにはいかんです。私はけっして信用せんです」

バーンズ氏をじっと見ていたポアロはたずねた。

「彼の細君はどうしたとお考えです？」

「想像もつかんが」バーンズ氏がいった。いいさして彼は大きな目でポアロを見るとつづけた。

「あなたは？」

ポアロはいった。

「私は私なりの考えを持っています――」彼は言葉を止めた。

そしてゆっくりいい足した。「それが、非常にこみいってるのです」

バーンズ氏は同情するようにつぶやいた。

「なにか特別に心配がおありなのですな」

エルキュール・ポアロは、一語一語区切るようにいった。

「ええ。私自身の目で見た証拠からして……」

7

ジャップはポアロの居間に入ってくると、テーブルがグラグラゆれるほど勢いよく帽子をおいた。

彼はいった。

「なんだってまた、そんな考えが起きたんです？」

「ねえ、ジャップ君、なんのことをいっているのか私にはわからないよ」

ジャップはゆっくりと力をこめていった。

「あれがミス・セインズバリイ・シールの死体じゃないなんて、どこから考え出したことなんです？」

ポアロは困った顔をした。彼はいった。

「あの顔が気になったのでね。なぜ、死んだ女の顔を叩きつぶしたりしたのかね？」

ジャップがいった。

「私だって、あのモーリイが、どこかにいて、このことを知ってくれればいいと願いますよ。ただね、モーリイにこの証明をさせまいとして彼を誰かが殺した、というふうにも考えられますよ」

「そりゃ、彼自身証言できたとしたら、その方がはるかにいいにきまっているがね」

「レザランにだって、やれるだろう。モーリイの後任の。じつに有能な男だし、態度も立派なもんです。それに証拠の歯はちゃんとしてるんだしね」

次の日、夕刊はセンセーショナルな記事をのせて発行された。バタシイ・パークのマンションで発見された死体、ミス・セインズバリイ・シールと信じられていたそれは、アルバート・チャップマン夫人の死体と確認された。

クイーン・シャーロット街五十八番地のレザラン氏は、故モーリイ氏のカルテに詳細に記入されている歯、顎の証拠にもとづいて死体はチャップマン夫人であると躊躇するところもなく証言した。

ミス・セインズバリイ・シールの衣服は死体が着用していたし、ミス・セインズバリイ・シールのハンドバッグは死体のそばで発見された——しかしミス・セインズバリイ・シール自身はどこに行ったのか？

くう、じゅう、むっくり肥ったメン鶏さん

1

検屍審問の帰りみち、ジャップは嬉しげな口ぶりでいった。

「うまくいきましたな、あれは。やつらにゃ、センセーションですね！」

ポアロが黙ってうなずくと、

「あなたには最初にピンときたってわけですな」ジャップがいった。「ところが私は残念ながら、そうはゆきませんでしたよ。結局、誰だって死んだものの顔や頭を意味もなく叩きつぶすなんてことはしませんやね。ばかばかしい不愉快な仕事ですからね。そこになにか理由があるってことは、かなりはっきりしている。そしてそいつは、たった一つ——確認の妨害っていうことだけですからね」彼は寛大にいい足した。「しかし、私には、それが実際は他の女だってことが、そうは早くピンとくるわけにはいきませんで

したよ」

　ポアロは微笑しながらいった。

「しかもね、きみ、土台となる点を考えてみると、二人の女たちの姿かたちは、類似していないこともないですよ。チャップマン夫人はスマートできれいで、恰好がよくて、洒落て見えます。ミス・セインズバリイ・シールは、だらしなくて、白粉けもあまりない。しかし、要点は同じです。二人とも四十過ぎ。二人とも、ざっと同じ背丈と骨格だ。二人とも、白髪になりかけているのを、金髪に見せようと染めている」

「そうです、たしかにそのとおりです、あなたにそんなふうに説明されますとね。こうなりゃ一つだけはっきりしましたぞ——麗しのメイベルは、善良でもっともらしい女に見せかけて、われわれ二人にいっぱい喰わせた恰好だ。私はあの女こそ、まっとうな白だと断言したもんでしたが」

「しかしね、きみ、彼女は本当の白でしたよ。あの女の過去の生活を知ってる以上はね」

「あの女に人殺しができるとは思いもよらないことでした——ところが目下の状況ではそういうことになっています。シルヴィアがメイベルを殺したんじゃなしに、メイベルがシルヴィアを殺したんだとね」

エルキュール・ポアロは当惑したように首をふった。彼はまだ、メイベル・セインズバリイ・シールと殺人犯とを一致させるのに悩んでいた。だが、彼の耳には、バーンズ氏の皮肉な小さい声が聞こえる。

「信用できる人たちの中を探しなさい……」

メイベル・セインズバリイ・シールは際立って信用できた。

ジャップが語調を強めていった。

「ポアロさん、私はこの事件を、とことんまで突きつめずにはおきませんよ！　二度とあの女にだまされやしません」

2

翌日、ジャップから電話がかかってきた。彼の声には不思議な調子があった。

「ポアロさん、ニュースが欲しくありませんか？　ナ・プウーですよ、わかりますか。ナ・プウーなんですよ！」

「失礼？――混線らしいんですよ。よく聞こえませんが――」

「おしまいですよ、ポアロさん、お・し・ま・い。休憩だ。座って指でもしゃぶってろって！」

間違いなく、その声には激しい憤りの調子が聞きとれた。ポアロは不審だった。

「なにがおしまいなんです？」

「真っ赤にチカチカ光るものがね！　わいわい騒ぎがですよ！　公表不可！　落とし穴はぜんぶ撤回！」

「どうも、私にはまだよくのみこめないがね」

「いいですか、聞いてくださいよ。気をつけて聞いててくださいよ。なぜって私は名前をそれとはっきりいえないんですからね。例の調査。おわかりでしょう？　ええ、私たち、舞台芸をやる魚をイギリスじゅう、追っかけまわしてるでしょう？」

「あ、そう、そのとおり。こんどはわかりますよ」

「ところで、そいつが禁止を喰ったんです。口止めです——秘密厳守、さあ、おわかりでしょう？」

「ええ、ええ。だけどなぜ？」

「いまいましい外務省の命令です」

「それはどうも、珍しいことですね」

「ふん、時おりあるやつですよ」

「なぜその人たちはそんなに敬遠するのかな？　あの婦人、いや芸をする魚を？」

「そうじゃないんです。あの女なんかどうでもいいんですよ。要するに世間の評判の方をですよ――あの女のことを、公判に持ち出されると、A・C夫人の一件が明るみに出すぎる。あの死体です。そこで極秘のお達しですよ！　これはたんに想像ですが、あのいまいましい亭主A・C氏は――おわかりでしょう？」

「わかりますよ」

「彼がどこか外国のきわどい地点にいるのですよ、きっと。彼らはその男の調子を乱したくないというわけです」

「チッ……」

「なんていわれましたな？」

「私はね、きみ、困惑の叫びをあげたところだ！」

「ああ、そうですか。私はまた風邪でも引いたかと思いましたよ。困惑ぐらいなら結構ですがね！　あのご婦人に事件を握られたまんまずらかられたんじゃ私の立つ瀬がありませんからな」

ポアロはごく穏やかにいった。

「握りっぱなしで逃げるわけにいくもんじゃないよ」

「私たちの手はもう縛られちまったっていったはずですがね」

「あなたの方はそうでしょうが、私の方はそうじゃありません！」

「さすがはポアロ先生だ！　それであなたはまだ手を引かないつもりですな？」

「そうだとも《メ・ウィ》——命あるかぎり」

「へたに死なんようにしてくださいよ、閣下！　この事件があの最初の調子でこれからも進行するとすりゃ、誰かがきっとあなたのとこへ毒蜘蛛を郵便で送ってきたりしますよ！」

受話器を元へ戻すと、ポアロはひとり言をいった。「なぜ、あんな、芝居めいた文句を使ったんだろう——〝命あるかぎり〟？　まったく《ヴレマン》、ばかばかしい！」

3

手紙は夕方の配達で届いた。サイン以外はタイプで打ってあった。

ポアロ様

明日、ご来訪の栄に浴したく存じます。ご依頼申しあげたき件もこれあるべくと存じます。十二時三十分、チェルシイの自宅までご来駕のほどお待ち申しあげます。もしご都合悪しき節は、秘書の者まで、他の日時お申し越し下さいますようねがいあげます。なお、書中略式の件ご寛容下されたく。草々

アリステア・ブラント

ポアロが手紙の折目をのばして、読み返していると、ちょうどそのとき電話のベルが鳴った。

エルキュール・ポアロは、ときおり電話のベルの調子で、この電話はどんな種類の用向きでかかってきたかを判断できると空想することがあった。

そのときにも、彼はその場で、この呼び出しには重要な意味があると直感した。番号の間違いではない――友だちからのものでもない。

立ちあがって、受話器をはずした。彼は丁重な、外国人の声でいった。

「モシモシ《アロ》？」

感情を殺した声がいった。「そちらは何番です？」

「ホワイトホール七二七二番です」

ちょっと間をおき、カチリ、そして一つの声が聞こえた。女の声だった。

「ポアロ氏？」

「そうです」

「エルキュール・ポアロ氏？」

「そうです」

「ポアロ氏、あなたはもうお受け取りになったか、あるいはこれから受け取るはずです
——手紙を一通」

「そちらはどなたです？」

「あなたに申しあげる必要はありません」

「結構です。私は受け取りましたよ、マダム、夕方の配達で手紙を八通、請求書三通」

「では、私のいうのがどれだかわかるはずです。ポアロさん、頼まれたことは拒絶する方が賢明です」

「マダム、それは私自身がきめることでございます」

声は冷ややかにいった。

「あなたに警告するのです、ポアロさん。あなたの干渉はこれ以上許しておけません。

この事件から手をお引きなさい」

「で、もし私が手を引かないとしたら？」

「そのときは、あなたの干渉などもう恐れるに足りないことがわかるような方法を取ります……」

「それは脅迫でございますね、マダム！」

「わたしたちは、ただ話がわかるように頼んでいるだけです。……それはあなた自身のためです」

「あなたはとても寛大な方でいらっしゃる！」

「あなたに、事件の進行や計画を変更できるわけはありません。ですから、自分に関係のないことから手をお引きなさい。わかりましたか？」

「よろしい、わかりました。しかし、モーリイ氏の死は私に関係があると思いますがね」

女の声は鋭くいった。

「モーリイの死はたんに偶然の出来事です。彼はわたしたちの計画を妨害しました」

「彼は人間ですよ、マダム。そして彼は寿命もこないのに死んだのです」

「あの男は重要な人間じゃありません」

ポアロは非常に静かな声でいったがその声にはある決意があった。

「それはあなたが間違っています……」

「あれは彼自身の罪です。あの男は物わかりのいい人間になろうとしなかったのです」

「私も、物わかりのいい人間になりたくありませんです」

「じゃあなたはばかです」

受話器を元へ戻そうとすると、向こう側でカチリと鳴った。

ポアロは、「モシ、モシ?」といってみたが、それからこちらも受話器を戻してしまった。彼は、交換局に番号の調査を頼む手間をかけようとはしなかった。彼には、この電話が、公衆電話からだとはっきりわかっていた。

あの声はどこかで聞いたことがある、という思いに、ポアロは深くひきこまれ、また悩まされた。雲をつかむような記憶を呼び戻そうと、彼は一心に頭を悩ました。ミス・セインズバリイ・シールの声だなんてことがありうるだろうか?

彼は思い出してみた、メイベル・セインズバリイ・シールの声は、甲高く、やや気取って、むしろ大げさな言葉遣いだった。今の声には、全然そんなふうなところはなかったが、しかし――ミス・セインズバリイ・シールが声色を使ったのかもしれない。ともあれ、彼女は若い時、女優であったのだ。声を変えるのは、彼女にとって、いともたやすいことだ。いま聞いた声の質は、彼の記憶する声と似ていなくもなかった。しかし、彼はこんな説明では満足できなかった。ちがう。その声は、誰か他の人を思い出させる。彼がよく知っている人の声ではない――しかし、彼はたしかに一度だけ、二度とはいえなくとも一度だけは、聞いたことがあるという確信が残っていた。

彼は不思議に思った。なぜ、わざわざ電話をかけて脅迫するのだろう？　あの人たちは、彼に脅しがきくとでも、実際信じているのだろうか。しかし現に彼らはやったのだ。憐れむべき心理だ！

4

朝刊にはセンセーショナルな記事がのった。昨夕、首相は友人と、ダウニング街の官邸よりの帰途、狙撃された。さいわいにも、弾ははずれ、犯人のインド人は逮捕された。

読み終わると、ポアロはタクシーを呼んでスコットランド・ヤードに出かけた。彼はジャップの部屋に通された。ジャップは嬉しそうに迎えた。

「やあ、ニュースに引っ張りだされましたね。どの新聞かに、首相の〈友人〉は誰か、書いてありましたかね？」

「ありませんね、誰ですか？」

「アリステア・ブラント」

「ほんとですか？」

「そこでです」ジャップはつづけた。「あらゆる面から、弾は首相じゃなく、ブラントを狙ったものだと信じられる理由があるんです、男が見かけよりもまるっきり下手なピストル撃ちなら話は別ですがね」

「誰がやったのですか？」

「気のおかしいインドの学生ですよ。例のとおり、生っかじりだ。しかし、彼はけしかけられたんですよ。全部が自分の考えじゃありません」

ジャップはつけ加えた。「逮捕はすらすらいきました。いつもあそこはいくらか人だかりがあるでしょう。官邸を見物するためにね。発砲したとき、若いアメリカ人が、顎髪をはやした小さい男にとびかかって押さえたんです。必死にしがみついたまま、犯人を捕えた、と警官にどなったんですよ。一方その間じゅう、インド人はおとなしく押さえつけられたままだったのです。それでうちの連中の一人がやつをそのまま逮捕したわけです」

「そのアメリカ人は誰でした？」ポアロは詮索ずきらしくたずねた。

「レイクスっていう若い男です。え――」彼は急に言葉を切るとポアロを見つめた。

「どうしたんです？」

ポアロがいった。

「ハワード・レイクス。ホウバン・パレス・ホテルに泊まっている？」

「そのとおりです。誰――やあ、そうだ！　私も聞いたことのある名前だと思いましたよ。モーリイが自殺した朝逃げだしたあの患者だ……」

彼はちょっと黙ったが、考えこむ調子でいった。

「おかしいですな――あの例の関係者はどうして、こうやたらに顔を出すのでしょう。あなたは相変わらずあなたの意見を捨てないんでしょうね、ポアロさん？」

エルキュール・ポアロは厳粛な調子で答えた。

「そう、私は相変わらず意見を捨てません……」

5

ゴシック・ハウスに着くとポアロは、背が高く、足をひきずった、いかにも洗練された物腰の若い男に出迎えられた。

彼は感じのいい態度で言い訳をいった。

「申し訳ございません、ポアロさん——ブラント氏もそう申しておられましたが。ダウニング街に呼ばれて出かけられ、あのために——その——昨夕の事件です。私はお宅へお電話しましたが、あいにくお出かけになった後でした」

青年は口早につづけた。

「ブラント氏は、もしご都合がよろしかったら、この週末を、ケントの家でお過ごしねがえるかうかがうように申し残してまいりました。エクシャムでございますよ。もしおよろしかったら、明晩、車でお宅までお迎えに行かれるそうですが」

ポアロがためらっていると、青年が説得するようにいった。

「ブラント氏はあなたに非常にお目にかかりたがっておられます」

エルキュール・ポアロはおじぎをしていった。

「ありがとう。そうさせていただきましょう」

「それは、たいへんにありがたいです。ブラントさんも喜ばれるでしょう。お迎えは六時十五分頃でしたら、いかがで——ああ、おはようございます、オリヴェイラ夫人——

――」

　ジェイン・オリヴェイラの母親がちょうどその時入ってきた。彼女は非常にスマートな着付けで、ひどく念入りな髪型の上から、帽子を片方の眉のきわまでかしげてかぶっていた。

「ああ！　セルビイさん、ブラントさんは、庭椅子のことでなにかいいつけましたか？　あたしはね、昨夜そのことを話そうと思ってたんですよ、あたしたちこの週末には出かけるので、それで――」

　オリヴェイラ夫人はポアロに気がついて言葉をとめた。

「オリヴェイラ夫人をご存じでしょうか、ポアロさん？」

「お目にかかったことがございます、マダム」ポアロはおじぎをした。

　オリヴェイラ夫人は気のない調子でいった。

「まあ、こんにちは。セルビイさん、もちろん、あたしは、アリステアがとても忙しい人で、こうした家庭内の事柄を重大と考えていないのは知ってますわ――」

「大丈夫でございますよ、オリヴェイラ夫人」と頭のきくセルビイ氏はいった。「私にそのお話がありましたのでディーヴァーズ商会へ電話をかけておきました」

「まあ、それであたし、ほっとしましたわ。ね、セルビイさん、ご存じ――」

　オリヴェイラ夫人はしゃべりつづけた。彼女はいわばめん鶏だと、ポアロは思った。大きい肥っためん鶏。オリヴェイラ夫人は、まるで自分が銅像になったように尊大な様子でドアの方へ歩いていきながら、しゃべりつづけた。

「……で、本当にあたしたちだけなんでしょうね、この週末は——」

　セルビイ氏は咳ばらいした。

「あの——ポアロさんも週末にはご一緒ですが」

　オリヴェイラ夫人は立ちどまった。彼女は振り返って、ポアロをあからさまにいやな顔つきでジロジロ見た。

「まあ、そうですの？」

「ブラントさんはご親切に私を招待してくださいました」とポアロがいった。

「そう、妙ですわ——ね、アリステアもへんじゃないの。ポアロさん、失礼。でも、ブラントはとくにあたしに申しましたの、静かな、家庭的な週末が過ごしたいって……」

　セルビイがはっきりいった。

「ブラントさんは、ポアロさんに来ていただくようにとくに希望しておられます」

「あら、本当？　あの人、あたしにはそういいませんでしたよ」

　ドアが開くと、ジェインが立っていた。彼女はじれったそうにいった。

「お母さま、お出かけにならないの？　ランチのお約束は一時十五分ですよ！」

「今行きますよ、ジェイン。せかせかしないでくださいよ」

「さあ、後生だから、出かけて……あら、ポアロさん」

彼女は急にひどく静かになった――その癇癪は凍りつき、目はひとしお、用心深くなった。

オリヴェイラ夫人は冷ややかな声でいった。

「ポアロさんは週末にエクシャムにいらっしゃるのよ」

「あら――そうなの」

ジェイン・オリヴェイラは後へ下がって、母親を通らせた。母親の後についていこうとした瞬間、彼女はやにわにきっと振り返った。

「ポアロさん！」

彼女の声は横柄だった。

ポアロは部屋を横切って彼女に近づいた。

彼女は低い声でいった。

「エクシャムへ来るんですって？　なぜですの？」

ポアロは肩をピョコンとすくめていった。

「あなたの伯父さまの親切なお計らいです」

ジェインはいった。

「でもあの人にはわからないんです……わからない。いつあなたに頼んだの？　ああ、そんなことしたってなんの役にも――」

「ジェイン！」

母親がホールから呼んでいた。

ジェインは低いが熱のある調子で、

「おやめなさい。どうか来ないでください」

彼女は出ていった。ポアロは口論の声を聞いた。オリヴェイラ夫人の、不平を鳴らす、甲高いめん鶏の鳴くような声を聞いた。「あなたの無作法に、もう、本当にがまんができませんよ、ジェイン……あなたがもう余計な口出ししないように、あたしこれからは……」

秘書はいった。

「ではポアロさん、明日、六時少々前に？」

ポアロは機械的にうなずいて承諾を示した。彼は、幽霊を見た人のように立ちどまっていた。しかし、彼にショックを与えたのは、彼の目ではなく彼の耳だったのだ。

開け放したドアから流れこんできた会話の声は、昨夕電話越しに聞いたものとほとんど同一だった。そして彼はなぜ、あの声にひそかに聞き覚えがあったのかわかったのだ。

日当りのよいところへ出てからも彼は茫然と首をふった。

〈オリヴェイラ夫人？〉

しかし、それは不可能だ！　電話でしゃべったのがオリヴェイラ夫人だなんて、ありえはしないことだ。頭の空っぽな社交界の女——利己主義で、無知で、欲張りで、自己本位？　たったいま彼女のことをなんと呼んだか？

「あの肥っためん鶏？　これはこっけいだ！」とポアロはいった。

彼の耳が聞きちがえたにちがいない、と彼は断定した。だがそれにしても——

6

ロールスは定刻どおり六時ちょっと前、ポアロの家の前に停まった。

アリステア・ブラントと、彼の秘書だけが乗っていた。オリヴェイラ夫人とジェインは他の車で、早目に出発した模様だった。

ドライヴは平穏無事だった。ブラントはおもに、彼の庭園と、最近の園芸の展示会についてわずかに話しただけだった。

ポアロはブラントがあやうく死をまぬがれたことについて祝い言を述べたが、彼は意に介さずに答えた。

「ああ、あれですか！　あの男がとくに私を撃とうとしたとはお考えにならんでください！　ともかく、あの憐れな男は、いかに狙うかという考えをそもそも持っていなかったのですよ！　気の狂った学生の一人です。じつをいうと彼らは危険じゃない。彼らは煽動されて、首相めあての一発が歴史の進路を変えうると夢想しているのです。悲壮なことですよ、まったく」

「あなたの生命を狙った事件は前にもあったのじゃありませんか？」

「まったく、芝居がかりに聞こえますね」ブラントはかすかにおどけた目つきを輝かせていった。

「最近、誰かが、郵便で爆弾を私に送ってきましたが、たいして強力な爆弾ではありませんでした。おわかりでしょう？　こういう連中が、世界を支配したがっている——いったい、強力な爆弾一つさえ工夫できないくせに、どんな立派な仕事が自分たちにできると考えているんですかね？」

彼は首をふった。

「いつでも同じことです——髪の毛を長く、羊の毛みたいにはやした理想主義者連中——頭の中には、実用的な知識の破片一つ持ってやしない。私も利口なやからじゃない——そうだったことさえない——しかし、私は少々読めて、書けて、算術ができる。私がどういうことをいっているかおわかりですか？」

「わかるとは思いますがもう少し説明してください」

「かりに、英語で書かれたものを読む場合なら、私はそれが書かれている意味を理解することができる。——私は抽象的なこと、法則、または哲学のことをいうのではありません——ただ平易な事務的な英語です——たいていの人はできない！　もしも、私が何か書きたいと思えば、私は自分が書きたいことを書くことができる——たいていの人はこれもできないのを知りました！　そして先にいったように、私は平易な算術ができる。もしジョンが八本のバナナを持ち、ブラウンが彼から十本取ったら、ジョンにはいくつ残るか？　これは答は簡単だ、と誰でもいいたがる種類の問題ですよ。ところが、第一、ブラウンにはそんなことはできないし、第二に、マイナス二本のバナナなんて答はないはずだということを彼らは認めないのです！」

「彼らは、答が魔法の手品であることを希望するのですね！」

「そのとおり。政治家というものはそれくらい酷いものですよ。しかし、私はいつも、平凡な常識を主張してきました。結局、それは負かせませんよ」

彼はいくらかぎごちない笑いをして、つけ加えた。

「まあ、しょうばいの話はやめましょう。悪い癖だ！　まして、私は、ロンドンを逃げだすときには、事務の用事はおき去りにしてくるのが好きでしてね。じつは楽しみにしているのですよ、ポアロさん、あなたの冒険談を少々聞かせていただこうと思いましてね。私は、ずいぶんスリラー物、探偵物を読むんですよ。どうです、あんなことも時には本当に起こるもんですかな？」

その日の残りは、エルキュール・ポアロのもっとも目覚ましい事件の話で持ち切った。アリステア・ブラントは、根ほり葉ほり聞いて、まるで中学生のような貪欲さを示した。

こうした楽しい雰囲気は、到着したときの冷ややかさを屈服させた。じつをいうとエクシャムではオリヴェイラ夫人が、堂々と盛りあがった胸の奥から、氷のような非難を放射していたのだ。彼女はポアロをできるだけ無視して、主人とセルビイ氏にだけ話しかけた。

セルビイ氏がポアロを彼の部屋へ案内した。

邸宅は美しかった。たいして大きくはなかったが、ポアロがロンドンで気がついたと同様に、地味なよい趣味で装飾してあった。あらゆるものは高価ではあるが、サッパリした単純さに統一されていて、簡単な外観を見せている。それがかえって、所有主の莫大な富を示していた。サーヴィスは素晴しかった——イギリス式料理、大陸風ではない——晩餐の幾種かの葡萄酒は、ポアロにもすっかり感嘆の情をもよおさしめた。申し分ないスープ、家庭菜園の青豆のはしりをそえた仔羊の鞍下肉、苺クリーム。

ポアロはこうしたうまい食事に、とても満足していたので、オリヴェイラ夫人が相変わらず冷ややかな態度をつづけているのも、また、彼女の娘の態度が突っけんどんなこともほとんど気にしなかった。ジェインは、なにかわけがあって、彼にあからさまな敵意を示していた。晩餐が終わりに近づくころ、ポアロは漠然と、なぜだろうと疑った。

穏やかな好奇心を浮かべて、テーブルを見まわしながらブラント氏がたずねた。

「ヘレンは今晩私たちと一緒に食事をしないのかね？」

ジュリア・オリヴェイラは唇をきっと引きしめていった。

「ヘレンは庭で疲れすぎたのだと思いますわ。あたし、着替えて、ここへきたりするより、床に入って休んだほうがずっといいといってあげたの。ほんとにそうだわっていいましたわ、あの人」

「ああ、そうか」ブラント氏は曖昧な、少し当惑した様子を示した。「週末で、彼女も少し気を変えることができるかと思ったのだが」

「ヘレンは本当に単純な人なんですよ。宵のうちに寝るが好きなんです」オリヴェイラ夫人がきめつけた。

ブラントが秘書とちょっとした話があって、後に残ったのでポアロは婦人方の仲間に加わろうと応接間に入りかけたとき、ジェイン・オリヴェイラが母親に話しかけるのを耳にした。

「アリステア伯父さまは、お母さまがヘレン・モントレザーを冷淡にほったらかしておいたのが気に入らなかったのよ」

「ばかなことをおっしゃい」オリヴェイラ夫人が平気な調子でいった。「アリステアは人がよすぎます。貧乏な親類にはとてもよくしてるわ——コテージをただで貸してやるなんて、あの人も本当に親切だよ——でも、週末には、夕食に必ず家へよばなくちゃならないなんて考えはばかばかしい！　あの人はほんのまた従妹か何かだもの。あたしはアリステアがだまされちゃならないと思うのよ！」

「あの女は、あのひとなりの誇りを持っているのよ」ジェインがいった。「あの女は庭でずいぶん働くわ」

「それが本当ですよ」オリヴェイラ夫人は気楽そうにいった。「スコットランド人は独立心がとても強いわ。人が尊敬するとしたらその点だね」

彼女はソファの上に居心地よく納まったが、ポアロには目もくれなかった。

「ね、ちょっとあのロウ・ダウン・レヴューを持ってきておくれ。あれに、なにかロイス・ヴァン・スカイラーの記事と、あの人のモロッコ案内がのってるからね」

アリステア・ブラントが戸口に姿を現わしていった。

「さあ、ポアロさん、私の部屋へおいでになりませんか」

アリステア・ブラントの書斎は低い長い部屋で邸宅の後ろ側にあり、庭に面して窓が開いていた。気持ちよさそうな深い肘掛椅子と長椅子がちょうど居心地いい気分を与える程度な乱雑さで、あちこちに置かれていた。

(いうまでもないが、エルキュール・ポアロにはもっとはっきり片づいた配置の方が気に入ったのである!)

ブラントは客に煙草をすすめ、自分はパイプをつけると、単刀直入に要点に入った。

「私には満足できない点が非常に多いのです。もちろん、あのセインズバリイ・シールという女のことを指しているんですが、それ相当の理由があって——もちろんいうまでもなく、その理由は正しいものなのでしょうが——当局は、捜索の中止を命令しました。私は、アルバート・チャップマンがいかなる人物か、また、なにをしているのかはっきり知らない――しかし、いずれにせよ、なにか、かなり命がけな、動きの取れない危険を冒すようなことをしているんだと思います。詳しいことはわかりかねるが、首相ははっきりいいましたよ、この事件に関しては、たとえどんな事柄でも、世間の噂は許され ん、そして、世間の人の記憶から忘れられるのが、早ければ早いほどよい、とね。まったくそれには異議もありません。それが当局の意見であり、彼らは必要なことをやっているわけです。まあそれで警察も手を縛られているのです」

彼は椅子から体を乗り出した。

「しかし、ポアロさん、私は真相が知りたいのです。あなたこそ、私にそれを知らせてくださる方です。あなたは公けの束縛を受けない」

「私になにをしてくれとおっしゃるのでしょうか、ブラントさん？」

「私のためにあの女――セインズバリイ・シールを探してほしい」

「生死にかかわらず？」

アリステアは眉をあげた。

「死んでるかもしれないと思うのですか？」

エルキュール・ポアロは、一、二分黙っていたが、ゆっくり、重味のある口調で話しだした。

「私の意見がご入用ですなら――しかし、これは単なる意見にすぎません、よろしいですね――では申しますが、さよう、あの女は死んでいると思われます……」

「なぜそうお考えになるのです？」

エルキュール・ポアロはかすかに微笑していった。

「あなたには何が何だかおわかりにならないでしょうね。もし、私が、引出しの中に入っていたはいてない靴下のせいだといったら」

アリステア・ブラントは好奇の目をみはった。

「ポアロさん、あなたは妙な人だ」

「私はまったく妙な男です。すなわち、私は方法と順序と論理を尊びます――そして、私は理論を弁護するために、事実を曲解するのは嫌いです――その点が、まあ普通でないところとでもいうのでしょうかね」

アリステア・ブラントはいった。

「私は一切のことを心の中で、くり返してみました――私はなにかを考えつくのに、いつも少々ひまがかかります。そしてこの事件全体がじつに妙だという考えに至ったのです！　つまり――あの歯医者の先生は自殺する。その上、このチャップマン夫人は、顔をつぶされて自分の毛皮箱に詰められる。いやな事件だ！　私は陰に何かあると感ぜずにはいられないのです」

ポアロがうなずいた。

ブラントはつづけた。

「おわかりでしょう――私はそのことを考えれば考えるほど――あの女が私の家内を知っていたはずはないと確信するんです。あのことは私に話しかけるためのほんの口実だったのだと。しかし、なぜでしょう？　あんなことをして彼女はどんな利益があったのか？　すなわちですね――わずかな寄付金のことは除外してです――いやそれでさえも社会のためで、彼女個人のためのものではない。それでいてなお、私はたしかに感じるんです――その――それは仕組まれたのだ――ちょうど、あの家の入口で私に会うようにですね。あんまりピッタリしすぎる。疑わしいほどうまくときが合っている！　しかし、なぜ？　私がずっと自分自身に問いただしていることはそれなんです――なぜだろう？」

「じつにその言葉なんです――なぜ？　私も自分に聞きます――だがわからない――だめです、どうもわからないのです」

「あなたはその点について何かお考えありませんか？」

ポアロはじれたような気持ちを示して手をふった。

「私の考えは極端に子供っぽいのです。私は自分にいってみます、それはおそらく誰かにあなたを教えるための策略だろう——これがあなただと指ささせてね。しかし、それもまたばかばかしいことだ——あなたはとても有力な方ですからね——どうせなら、こういった方がどれくらい簡単だか知れやしませんよ。〝ほら、あれが彼だ——今、あの入口から入っていった男〟とね」

「それはそうとして」ブラントがいった。「なぜ誰かが私を指さしたかったんでしょう？」

「ブラントさん、もう一度、あの朝、歯医者の椅子の上にいた時のことを思い出してください。モーリイがいったことで、異様な感じをうけたことはありませんでしたか？　あなたが思い出せることで、手がかりになりそうなものはなにもありませんでしたか？」

アリステア・ブラントは思い出そうとして顔をしかめた。それから彼は首をふった。

「残念ですが何も思い当たりません」

「モーリイは、たしかに彼女——ミス・セインズバリイ・シールのことを口にしませんでしたか？」

「いいませんでしたね」

「あるいは、もう一人の女──チャップマン夫人は？」

「いいえ──いいえ──われわれはぜんぜん人の話はしませんでした。バラだの、庭には雨が必要だの休暇だののことをしゃべって──それ以外はなんにも」

「それから、あなたが、あそこにいる間、誰も部屋に入ってきませんでしたか？」

「待ってください、ええと──いいえ、来ませんでしたね。他の時でしたら、若い女があそこにいたのをおぼえているような気がしますが──金髪の娘です。しかし、あの時はいませんでした。ああ、もう一人の歯科医が入ってきました。思い出しましたよ──若い男でアイルランドなまりの」

「その男はなにかいいましたか、それともなにかしましたか」

「モーリイにちょっと質問しただけで、また出てゆきました。モーリイは彼に少し無愛想だったような気がします。彼はそこに一、二分間くらいしかいませんでした」

「もう他には思い出せませんか？　ぜんぜん」

「なんにも、なんにも……彼はまったくいつものとおりでしたよ」

エルキュール・ポアロは、考え深そうにいった。

「私も、彼がまったく平常のとおりだったと見ました」

しばらく沈黙がつづいた。それからポアロがいった。

「ひょっとしておぼえておいでではありませんか。あの朝、階下の待合室であなたと一緒にいた若い男のことですが？」

アリステア・ブラントは顔をしかめた。

「待ってください——そう、若い男がいましたね——いくらかそわそわした。しかし私は特別に彼をよくおぼえてはいませんが、なぜです？」

「また会ったら、おわかりになりますか？」

ブラントは首をふって、

「私はほとんど、ちらっとも見ぬくらいでしたよ」

「彼はあなたに話しかけるふうはありませんでしたか？」

「いいえ」

ブラントは率直な好奇心で相手を眺めた。

「要点はなんでしょう？　あの若い男は誰です？」

「彼の名はハワード・レイクスです」

ポアロは鋭く反応に注意したがなにもわからなかった。

「彼の名を知っているはずなのですか？　どこかで会ったのでしょうか？」

「お会いになったとは思いません。彼は姪御さんのミス・オリヴェイラの友人です」

「ああ、ジェインの友だちの一人」

「あの方のお母さまはこの友人関係を承認なさらないと聞きました」

アリステア・ブラントは気のない様子でいった。

「ジェインはそんなこと、意に介さないですよ」

「お母さまは、非常にその友人関係を重大視なさって、私の推察したところでは、お嬢さんをこの青年から引き離すためにアメリカから連れておいでになったようですね」

「ああ！」ブラントの顔には了解の表情があらわれた。「それがあの男ですか？」

「ああ、あなたはやっと興味をお持ちになられましたね」

「あれは、どうみても、望ましくない青年だと信じています。地下運動にだいぶ関係していましてね」

「ミス・オリヴェイラから承ったのですが、彼はあの朝、クイーン・シャーロット街であなたの顔を見るだけのために、診察時間の取りきめをしたそうです」

「彼を私に認めさせようとしてですか？」

「まあそう——いや——あなたを彼が承認しようとしたのだと私は解しています」

アリステア・ブラントは憤慨していった。

「なんだ、生意気な！」

ポアロは微笑をかくした。

「あなたは、彼がもっとも嫌悪するものの代表であるようです」

「あの男はたしかに私の嫌いな種類の青年だ。親指をひねくりまわし、大ボラを吹いて暇をつぶしている！　分相応なかせぎもしないで」

ポアロは一瞬黙っていたが、また口を切った。

「お許し願えるでしょうか、失礼な、そしてたいへん個人的な質問をしたいのですが？」

「どうぞご遠慮なく！」

「あなたのご死亡の際、遺言のご趣意はどういうのでしょう？」

ブラントは目をみはって鋭くいった。

「なぜ、それを知りたいのです？」

「なぜなら――ちょっと関係ありそうなんですよ」彼は肩をすくめていった――「こんどの事件とね」

「ばかばかしい！」

「おそらくそう、しかし、おそらくそうではないかもしれませんよ」

アリステア・ブラントは冷ややかにいった。

「あなたは必要以上に芝居じみていると私は思いますよ、ポアロさん。誰も、私を殺そうとはしなかったし——そんな種類の事件はなに一つありっこない!」

「朝食の席に着いた爆弾は——通りでの狙撃は——」

「ああ、あんなこと! 世界の財政を大規模に扱う男なら誰でも、ばかな狂信者からそんなふうに敬意を表されがちのもんですよ」

「狂信者でも、ばかでもない人間のたくらみかもしれませんよ」

ブラントは目をみはった。

「なにをあなたはいおうとしてるんです?」

「率直にいえば、私はあなたの死によって誰が利益を受けるのか知りたいのです」

ブラントはにこっと笑った。

「大部分、セント・エドワード病院、癌病院、それに王立の盲人会館」

「ああ」

「その上に、結婚して私の姪になった、ジュリア・オリヴェイラ夫人に一定の金額、さらに同額の金を、信託してですが、その娘のジェインへ、それから私の生き残った唯一の近親であり、また従妹であるヘレン・モントレザー、これはたいへん貧困でこの地所の小さいコテージに住んでいますが、これにも、相当な貯えを残してあります」

彼は一息ついてそれからいった。

「このことは、ポアロさん、ごく内密に」

「もちろんです」

アリステア・ブラントは皮肉っぽくいい足した。

「ポアロさん、あなたは、ジュリアおよびジェイン・オリヴェイラ、または私のまた従妹ヘレン・モントレザーのうち誰かが、金のために私を殺そうと計画してるとでもいいだすんじゃないでしょうな？」

「私はなんにも申しませんよ——なんにも」

ブラントのかすかな焦燥は静まった。彼はいった。

「それで、あなたはもう一つの方の私の依頼を引き受けてくださるでしょうね？」

「ミス・セインズバリイ・シールを見つけることですね？　ええ、やります」

アリステア・ブラントは心からいった。

「ありがとう」

7

部屋を出ようとして、ポアロはあやうくドアの外で、背の高い姿に突き当たるところだった。

彼はいった。

「失礼いたしました、マドモワゼル」

ジェイン・オリヴェイラは少し体を引き離していった。

「あなたのことをあたしがどう思ってるかご存じですか？　ポアロさん」

「とおっしゃいますと《エ・ビアン》――マドモワゼル――」

彼女は彼にいい終える暇を与えなかった。その質問は、実際には、修辞的な価値しかなかった。そのわけというのを、オリヴェイラは自分で答えようとしているのだ。

「スパイよ。それがあなたの本体よ！　みじめでいやしくて、鼻で嗅ぎまわるスパイ。そこらじゅう嗅ぎまわって、ごたごた騒ぎを起こすばっかり！」

「マドモワゼル、私はけっして――」

「なにを探してるのかあたし、ちゃんと知ってるわ！　あなたの吐いてまわる嘘も、ちゃんと知っていてよ！　それを素直に認めたらどうなの？　お聞きなさいよ――あなたにはなんにも見つけられないわ――なんにも！　見つけようったって、なんにもないことよ！　あたしの大事な伯父さまの髪の毛一本でも痛める人はいません。彼は絶対に安全。これからだってずっと安全だわ。安全で無難で、幸せで――そして、平々凡々！　彼はまさに、もっさりジョン・ブル、それがあの人なのよ――想像力も空想力も、一オンスだってない」

彼女は息をついた。そして気持ちよくひびく少しかすれた声をわざと深くして、毒々しげにいいきった。

「あんたを見るだけでもむかむかする――血なまぐさいブルジョワ探偵！」

高価な絹地が旋風のごとく渦巻くと、彼女はサッと身を翻して、その場を走り去った。ポアロは取り残され、大きく目をみはったまま、眉をあげ、考えに沈んで口髭を撫でていた。

ブルジョワなる形容詞は、おのれに正しく適切だと彼も承認した。彼の人生観は本質的にブルジョワであり、また今までもそうであった。しかし、その言葉が、一分の隙もない衣裳に身をつつんだジェイン・オリヴェイラの口から、侮蔑の形容詞となって吐き出されたため、ポアロは大いに考えこまざるをえなかった。

彼はまだ考えつづけながら、応接間に入っていった。

オリヴェイラ夫人がトランプをやっていた。

彼女は、ポアロが入っていくと、黒いカブト虫でも見るように冷たい表情で、ジロジロ見ながら、上の空でつぶやいた。

「黒いクイーンの上に赤いジャック」

ゾッとして、ポアロはひき退った。彼は悲しそうに思案した。

「あああ、誰も私を好きではないらしい！」

フランス窓から庭へ散歩に出た。ニオイアラセイトウの香りが漂って、うっとりするような宵だった。ポアロは楽しそうに香りを吸いながら、二つの薬草園の間の小径をぶらぶら歩いていった。

彼が角を曲がるとぼんやり見えた二つの影が両側へ離れた。二人の恋人たちの邪魔をしたものらしい。

ポアロは急いでもときた道へ戻ってしまった。

外へ出てさえ、彼の存在は余計なものらしい。

彼はアリステア・ブラントの窓の前を通りすぎた。ブラント氏はセルビイ氏になにか口述させているところだった。

エルキュール・ポアロのいるところはたった一つしかないことが、はっきりわかった。

彼は自分の寝室へ上がっていった。

しばらくの間、彼はこの事件のうちでもさまざまの奇妙な点について、思いをめぐらした。

電話の声をオリヴェイラ夫人のものだと信じたのは、彼の間違いだったろうか、間違いではなかったのだろうか？　たしかにそんな考えはばかげてる！

彼はあの静かな人物、バーンズ氏のもったいぶった、出しおしみの説明を思い出した。Q・X912氏、ああ、あのアルバート・チャップマンの神秘的な居所はどこなのだろうか？　それから、女中のアグネスの心配そうな、なにか知っていそうな目つきを思い出すと、たちまちうんざりした気分に襲われた――

いつでもこんなふうなのだ――人々はなんでもしまっておきたがる！　たいていの場合、それはまったく役にも立たないものばかりなのだが――しかしそうした隠された小さな疑問や情報をすっかり片づけてしまわないうちはまっすぐな道へ踏み出すわけにいかないのだ。

いまのところ、道はまっすぐどころでなかった！

そして明瞭な判断と整然たる進行を妨害している、もっとも説明し難い障害物は、彼が自らにいい聞かせたとおり、矛盾と不可能に満ちたミス・セインズバリイ・シールの問題である。というのは、もしもエルキュール・ポアロの観察してきたことが真の事実であるとすれば――どれ一つとして筋の通る点はなくなってしまうのだ!

エルキュール・ポアロは、考えにふけった末に、ある驚きにうたれ、ひとり言をいった。

「私が老けこむことなんて、あるだろうか」

じゅういち、じゅうに、男衆は掘りまわる

1

寝苦しい一夜を明かすと、エルキュール・ポアロは次の日早く起きだした。天気は快晴だったので、彼は昨夜通った道を、歩き返してみた。

薬草園には美しい花がいっぱいだったが、ポアロは、きちんと配列よく植えてある、普通の花壇の方が好きだった――オステンド（ベルギーにある海港都市）でよく見かけた、きちんと行儀よく植えられた赤いゼラニウムの花壇のような――それにもかかわらず、彼はこれがイギリス式庭園の粋《すい》を集めているのを見てとった。

彼はバラ園の中へと歩を進めた。そこはなかなか巧みに設計した花壇だったので彼の目を喜ばせた。そしてアルプス式岩石庭園《ロックガーデン》の曲がりくねった道をぬけると、しまいに垣根にかこまれた菜園に出てしまった。

そこにはツイードの上衣とスカートを着、黒い髪を短くした元気のいい婦人が、ゆっくりと、明瞭なスコットランドなまりで、庭師の頭《かしら》らしいのとしゃべっていた。庭師の頭はポアロの観察したところだと、しゃべるのをあまり喜んでいないふうだった。

ヘレン・モントレザーの声には、皮肉なひびきがこもっていたので、ポアロはすばやく脇道に入った。

ポアロがさりげなく注意していると、鋤《すき》を休めていた庭師が、熱心に土を掘りはじめたので近づいていった。その男は若く、今まで自分を観察していたポアロに背をむけて、一心に掘りかえしている。

「おはよう」ポアロは愛想よく話しかけた。

「おはようございます、旦那」すぐつぶやくように返事をしたが、仕事の手は休めなかった。

ポアロはちょっと驚いた。これまでの経験によれば、庭師というものは、いかにも熱心に働いているように見えても、近よってみて直接に話しかけると喜んで仕事の手を休め、時間を過ごすものなのだ。

彼は、なんとなく不自然に思えたので、しばらく立ちどまって見ていた。その肩の具合になにか、見おぼえがあるではないか、それとも思いちがいか？　まったくちがった種類の人間なのに、その声と肩の具合に見おぼえがあるように思えることとなんてあるだろうか？　昨夜心配したように、年とって、もうろくしたのだろうか？

彼は考えにふけりながら、垣根にかこまれた菜園をすぎ、観察するのをやめると、まわりをかこむ灌木の登り坂をあがっていった。

やがて、なにか夢幻的な月のような、丸いものが、菜園の生垣の上に静かにあらわれた。それは、エルキュール・ポアロの卵型の頭だった。エルキュール・ポアロの目は、手を休めて、汗にぬれた顔を袖で拭いている若い庭師の顔を、好奇心に燃えながら見つめていた。

「どうも奇妙だ。おもしろいぞ」エルキュール・ポアロは頭を静かにひっこめると、つぶやいた。

灌木の茂みからぬけだすと、キチンとした洋服についた小枝や葉を払いおとした。そう、たしかにとっても奇妙で、おもしろいことだった。なぜなら、田舎で書記をしているはずの、フランク・カーターが、アリステア・ブラントに雇われて庭師の仕事をしているのだから。

こんなことを考えていると、遠くで鐘が鳴ったので、家の方に足を返した。

その途中、彼は、この家の主人が、菜園の向こうの木戸から出てきたミス・モントレザーと話しているのに行きあった。

彼女の声は、高い調子のくっきりしたスコットランドなまりである。

「ご親切、とても嬉しいわ、アリステア。でも、私、アメリカの方と一緒では、このお招きあまり嬉しくありませんの」

ブラントはいった。

「ジュリアはむしろ気のきかない婦人で、べつに――」

モントレザーは静かにさえぎった。

「あの方の態度はたいへん失礼だと思いますわ。私ね、失礼なことには我慢できませんの――アメリカの婦人であろうとなかろうと」

モントレザーが立ち去ったので、ポアロが近づいてゆくと、アリステア・ブラントは、たいていの男がやるように、自分の身内の婦人たちの悶着にてれくさいといった顔をしていた。

彼はいまいましげにいった。

「女ってまったく仕方ないものですな！　おはようポアロさん。気持ちのいいお天気です」家の方に引き返しながらブラントはため息まじりでいった。「妻がいたら、と思いますよ！」

食堂に入ると、彼は当たるべからざる勢いのジュリアに意見を述べた。

「ね、ジュリア。あなたはヘレンの感情をそこねたように思うのだが」

オリヴェイラ夫人はきびしくいった。

「スコットランドの婦人って、いつも短気なんですわ」

アリステア・ブラントはしょげていた。

エルキュール・ポアロは話しかけた。

「いまちょっと気づいたのですが、若い庭師をつかっておいでですね。最近雇われたようですが」

「そうです」とブラントはいった。「ええ、三番目の庭師のバートンが、三週間ほど前にやめたので、かわりにあの若いのを雇ったのです」

「あの男がどこからきたかご記憶ありませんか？」

「よく知りませんな。マカリスターが雇ったのですが、誰かが、いやあるいは他家から試験的に雇ってみないかといわれたようなおぼえがある。熱心な男だと推薦されたのですが、じつはマカリスターがあまりいい男じゃないというので失望しているのです。マカリスターは解雇したがっていますよ」

「名前をご存じでしょうか？」

「ダニング——サンバリイ——そんな名でしたよ」

「こんなおたずねはたいへん失礼だと思うのですが、どのくらい給料を払っていられるのでしょうか？」

アリステアはおもしろそうな顔つきで、「たいしてではありませんよ。二ポンド十五シリングだと思いますが」

「それ以上ではありませんですね？」

「以上ということはないでしょう——むしろ少ないかもしれない」

「これはまったく不思議だ」とポアロはいった。

アリステア・ブラントは不審そうに彼を見た。

けれど、ジェイン・オリヴェイラが新聞をがさがさやって話の邪魔をした。

「伯父さまがどなりたてたから、大勢の人が血眼になっているわ！」

「ああ、お前は、議会の論争記事を読んでいるんだね。かまわんのさ。アーチュートンだけは——あの男はでたらめに突進する男でね。金融の点では、突拍子もない考えを持っている男だ。もし私たちがあの男のいうなりになったら、イギリスは一週間でつぶれてしまうよ」

ジェインはいった。

「ですけど、あなたはなにか新しいことをやってみようとお思いになったことないの？」

「もしもやるとすれば、古いことの改良だね」

「けれど、ちっとも実行なさる気がないじゃありませんか。いつもいってらっしゃるわね。〝これはうまくいきっこない〟って——なんにもやってみもしないで」

「実験主義者ならどんなに害になることでもやれるさ」

「けれど、伯父さまは現状にどうして満足していられるの？　不必要で、不平等で、不正直なことばかりよ。それをなんとかしなくちゃいけないんだわ！」

「私たちは、いろんなことをよく考えて、この国で気持ちよく暮らしているんだよ、ジェイン」

ジェインは熱をこめていった。「新しい天地が必要なのよ！　伯父さまなんかここに座ってキドニー・パイでも食べてればいいのよ！」

彼女は立ちあがると、フランス窓から庭に出ていった。

アリステアは驚いたような、不快な顔つきだった。

彼はいった。

「ジェインは、すっかり変わってしまった。どこであんな考えを教わってきたのだろう

?」

「ジェインのいうことなど気にかけることはありませんよ」とオリヴェイラ夫人がいった。「ジェインてほんとにばかな娘ですよ。あなたも若い娘のことは知っているでしょうが、みんなへんてこなパーティに行って、おかしなネクタイをした若い男と一緒になり、家へ出かけていってはくだらないことをしゃべってるんです」

「ふむ、しかしジェインは、以前はむしろ冷静な娘だったがね」

「流行なんですよ。そこらじゅうで、皆がかぶれてるんですよ」

アリステア・ブラントはいらいらした顔つきでいった。

「そうさ。彼らはみんなかぶれてうわついてるんだよ」

オリヴェイラ夫人が立ちあがったので、ポアロはドアを開けた。彼女は顔をしかめながら、つんとして出ていった。

アリステア・ブラントは突然いった。「私は好かんですね！ 世間の人間はくだらんことばかりしゃべってる！ それでいて自分のいってる意味さえわからん。のぼせあがっているのだ。私はしょっちゅう、そんなことに反対の立場をとってます——新しき天地。そりゃいったいどういう意味です？ あの連中は、自分の言葉ではしゃべれないのです！ ただ言葉に酔っているだけで」彼は突然後悔したように笑いだした。

「私は、頑固な保守《オールド・ガード》派の最後の一人ですよ、ね」

ポアロは好奇心をこめてたずねた。

「もしあなた方がしりぞけられたら、どんなことになりましょうか?」

「しりぞけられる! そんなことにでもなれば!」彼の顔はとたんに厳粛になった。

「はっきりいいますが、たくさんのばか者どもが、じつに犠牲の多い実験をやらかすでしょうな。そうなれば安定というものはおしまいですよ。常識とか、責任ある立場などが終わりになるでしょう。要するに、われわれの知っているごときこのわれわれのイギリスはおしまいです……」

ポアロはうなずいた。彼は本質的に、この銀行家に同感だったたし、責任能力にも賛成だった。彼はアリステア・ブラントがまさにとっている立場に、新しい意味を感じた。バーンズ氏がかつて彼に話したことがあったが、そのときの彼はそれをろくに理解できなかった。まったく不意に、彼は心配になりだした……

2

その朝、おそくなって、ブラントが出てきていった。

「手紙書きも終わりましたから、庭をご案内しましょう、ポアロさん」

二人は一緒に外へ出た、そしてブラントは自分の道楽を熱心に話した。

珍しいアルプス植物を植えたロックガーデンは彼のご自慢のものだった。そして二人がそこに立っている間、ブラントは小さな、珍しい種類の植物を示したりした。

最上のエナメルの靴をはいていたエルキュール・ポアロは、そっと片方の足から別の足に重心を何度も移しかえながら、辛抱づよく聞いていたが、太陽の熱に辟易して、足がものすごく大きなプディングになってしまった！　と錯覚をおこすほどだった。

この家の主人は、広い花壇に植わったいろいろの植物を説明しながら、歩きまわっていた。蜜蜂はブンブン音をたてているし、すぐ近くからは、月桂樹の枝を刈る大ばさみのちょきんちょきんという単調な音が聞こえていた。

いかにも眠たげで平和な音だった。

ブラントは花壇のはしに立ちどまってふりかえった。はさみのかちかちという音はすぐ近くだったが、刈り手の姿は視野から隠されていた。

「ここから見わたしてごらんなさい、ポアロさん。今年は、スイート・ウイリアムズがとりわけすばらしいんです。こんなにすばらしいのは、見たことありませんよ――こちらはラッセル・ルピナスです。すてきな色でしょう」

バーン！――朝の静けさは拳銃の音で破られた。なにかの物体が怒ったような音をたてて空気を切り裂いた。アリステア・ブラントは狼狽して月桂樹の間から立ちのぼるかすかな一筋の煙の方に目をやっていた。

怒ったような叫び声が聞こえたと思うと、二人の男がもみ合っているらしく月桂樹がゆらゆらゆれた。アメリカ人の調子の高い声がはっきりと聞こえた。

「つかまえたぞ、こん畜生！　拳銃をはなせ！」

二人の男が道の方に、もつれ合いながら出てきた。今朝、熱心に土を掘っていた若い庭師は、ほとんど頭ひとつ分も背の高い男にしっかりと抑えられて、もがいていた。

ポアロは背の高い男が誰かを、すぐに悟った。その前に声で、すでに推定していたのだ。

フランク・カーターはうなった。

「はなしてくれ！　ぼくじゃない、本当だ！　ぼくがやったんじゃない！」

ハワード・レイクスはいった。

「なに、ちがう？　じゃ鳥でも撃ったというのか？」

彼は立ちどまると、近寄ってきたポアロたちを見た。

「アリステア・ブラントさんですね？　ここにいる男が、いまあなたに向けて発砲したので、現場をつかまえたのです」

フランク・カーターは叫んだ。

「嘘だ！　ぼくは生垣を刈っていたんだ。銃声がしたので見ると、足許に拳銃があったから、拾いあげたんだ――当たり前のことだ、するとこいつぼくにとびかかってきたんだ」

ハワード・レイクスはくやしそうにいった。

「きみは拳銃を持っていた、しかもそれは、たった今火を吐いたばかりのものだ！」

彼は、自信ありげな身ぶりでピストルをポアロにわたした。

「探偵がなんていうか、聞こうじゃないか！　ちょうどいい時に、あなたがいてくれて幸運です。あなたにおわたしした自動拳銃には、まだ弾が入っていると思いますが」

ポアロはうなずいた――

「そのとおり」

ブラントは怒りに顔をしかめると激しくいった。

「さあ、ダノン――ダンバリイか――なんという名だ？」

エルキュール・ポアロはつとさえぎった。

「この男の名は、フランク・カーターですよ」

カーターはあらあらしくなった。

「あんたはぼくのあとばかりつけているんだ！　日曜日にも様子をさぐりにきた。はっきりいうけど、嘘だ。ぼくは撃っちゃいない」

エルキュール・ポアロは優しくいった。

「それではいったい、誰が撃ったんです？」

彼はいい足した。

「私たち以外には、誰もこのあたりにはいなかったですよ」

3

ジェイン・オリヴェイラは道を走ってきた。髪をうしろになびかせ、目を恐ろしげに大きく見開き、ハアハア息をきっていた。「ハワード？」

ハワード・レイクスは朗らかに声をかけた。

「ハロー、ジェイン。ちょうどあなたの伯父さんのお命を助けたところですよ」

「まあ！」彼女は立ちどまった。「あ、あなたが？」

「あなたはとてもいい時にやってきてくださった。えーと」ブラントは口ごもった。

「こちら、ハワード・レイクスさんよ、アリステア伯父さま。あたしのお友だちですの」

ブラントはレイクスを見てほほえんだ。

「ああ、じゃきみがジェインの仲よしですか。お礼をいわなくては」

このとき、極端に圧縮された蒸気機関のように、鼻をふくらませて、ジュリア・オリヴェイラが現場に現われた。彼女はハアハア息をはずませて声をかけた。

「あたし、銃声を聞いたの。アリステアがもし――まあ」彼女はぼんやりとハワード・レイクスを見つめた。「あなた？　まあ、どうして？　どうしてあんたはこんなことをしたの？」

ジェインは冷たい声でいった。

「ハワードは、アリステア伯父さまの命を助けたのよ、お母さん」

「なんですって？　あたし――あたし――」

「この男が、アリステア伯父さまを撃とうとしたので、ハワードがつかまえてピストルをとりあげたのよ」

フランク・カーターは激しくいった。

「大嘘つきだ、きみたちは。どいつもこいつも」

オリヴェイラ夫人は口をあんぐり開けながら、茫然としていった。

「まあ!」自分用のポーズに返るには、一、二分の暇がかかった。彼女は最初まず、ブラントに顔をむけた。

「あたしのアリステア! なんて恐ろしいんでしょ! あなたが助かって本当によかった。けど、とっても驚いたでしょうね――あたし――あたし自身だって気が遠くなっちまったわ。どうかしら――あたし、ほんの少しばかりブランデーを飲みたいんだけど……いいかしら?」

ブラントはいそいでいった。

「もちろんですとも。さあ家に行きましょう」

彼女は彼の腕につかまると、ぐったりよりかかった。ブラントは、ポアロとレイクスを振り返ってたずねた。

「その男を連れてゆかれますか? すぐ警官を呼んでひきわたしましょう」

フランク・カーターは口を開いたが、なんにもいわなかった。彼は死人のように蒼白になり、膝ががくがくしていた。ハワード・レイクスは思いやりのない手つきで彼をひきずりながら、いった。

「こっちへこい、おい」

フランク・カーターは、しゃがれて力のない声でつぶやいた。

「みんな嘘だ……」

ハワード・レイクスはポアロを見た。

「あなたも大探偵であるからには少しは貴重な意見をいったらどうです！　なんでちょっとはその重味のかけらを出さないんです？」

「考えているんですよ、レイクスさん」

「考えなくちゃならんでしょうね、はっきりいえば、あなたはこの事件の仕事を失うわけですからね。あなたにとっちゃあ、アリステア・ブラントがまだ生きているのは、ありがたくないでしょうね」

「これは、あなたの二度目の善行ですね、そうでしょう、レイクスさん？」

「いったい、どういう意味だ？」

「あれはほんの昨日の出来事でしたね、あなたが、ブラント氏と首相を狙撃した犯人だと信じこんだ男を捕えたのは」

ハワード・レイクスはいった。

「う――うん。ぼくはそんなことによくぶつかるらしいんだ」

「しかし、ちがった点があります」エルキュール・ポアロは指摘した。「昨日あなたが捕えた男は、尋問の結果、ピストルを発射した人間ではありませんでした。あなたは間違えたのです」

フランク・カーターはむっつりと口を出した。

「この男は、今も間違われている」

「黙ってろ」とレイクスはいった。

エルキュール・ポアロはひとり言をつぶやいた。

「どんなもんですかね」

4

晩餐のために服を着替え、真ん中にきっちりとネクタイを結びながら、エルキュール・ポアロは鏡の前で自分の姿に顔をしかめた。
彼は満足していなかった――しかし、なぜ満足していないかと問われれば説明に窮するにちがいなかったのだ。なぜなら事件は、彼自身の認めているとおり、じつにはっきりしていた。フランク・カーターはたしかに現行犯として捕まったのだ。

一見すると彼はフランク・カーターを信じても、好んでもいないといえた。カーターはまさしくイギリスでよくいう〝ろくでなし〟のように思われた。彼は不愉快な若者で女性にだけアピールがあるといった男だった。そんなわけで当局としては、たとえ証拠が明らかでもなかなか信用しないだろう。

それにカーターの話は非常にあやふやだった。〈秘密情報部〉の密偵に頼まれて、いい材料を提供するために、庭師に変装し、他の庭師たちの会話や動作を報告するのだというのである。この話は、容易に反証をあげられるものであり、なんら根拠のないものだった。

よりによって嘘らしい作り話を――まったくこれは、とポアロは思いふけった。いかにもカーターのような男の作りそうな話だな。

そしてカーターの側からは、なに一つ支持できそうなことはない。なに一つ、言いぬけるような釈明もなく、ただ一筋に、誰か他の人間が撃ったにちがいないというだけ。彼はそれを、くり返している。それはたわごとだ。

まったくカーターのために弁明する点はなに一つなかった。ただし、弾丸がアリステア・ブラントをかすめた時、二度ともそこにハワード・レイクスが飛びだしたという奇妙な偶然さは、カーターになにか有利なものを与えはしないか。

けれど、そこにはなんら疑わしいところはなく、レイクスは、たしかにダウニング街では発射しなかった。そして、今ここに来た理由にしても、自分の好きな女のところに来たのだと、完全に説明したし、彼の話にはいささかも作り話めいたところはなかった。

もちろん、これはハワード・レイクスにとってよい結果をもたらしたのだ。誰しも、自分を弾丸からすくいあげてくれた男を、家へ入れるのを拒むはずがないし、少なくとも親愛の情を示し、ねぎらうものだ。オリヴェイラ夫人は明らかに、そのようなことを好まなかったが、彼女すらそれを許さぬわけにはいかなかった。

ジェインのかんばしくない友人は、家の中に足を踏み入れた、そして彼は踏み入れたままでいようとしている！

ポアロは夕方じゅう、彼を考え深げにじっと見まもっていた。

彼はとても機敏に自分の役をつとめた。彼はなんら破壊的な意見を吐かず、政治論もさけ、珍しい土地へ行ったときの自動車旅行や徒歩旅行中の珍談をしゃべった。

「彼はもはや狼ではない」とポアロは思った。「いや羊の皮を着こんでるんだ。だが、その下は？　どんなもんかな……」

ポアロがその夜、ベッドに入ろうとしていると、ドアが叩かれ、「どうぞ」というポアロの声に入ってきたのは、ハワード・レイクスだった。

彼はポアロの示した表情に笑った。

「ぼくで、驚いたでしょう？ ぼくは夕方ずっとあなたの様子を注意してましたよ。あなたが、見つめるあのやり方は好きじゃないですよ、いかにも考えこんでるってふう！」

「なぜ、それがあなたをそう苛立たせるのですかな？」

「なぜだかわからないがそうだった。たぶん、あなたが何かのみこめないことでもあって困ってる、と取れたからだと思うね」

「え《エ》、それで《ビアン》？ もしそうなら？」

「それで、ぼくはそれを取ってあげようって決心したんだ。その、昨日のことだ。あれはたしかに芝居だった！ ぼくはダウニング街十番地から、閣下が出てくるのを見張っていた。そして、ラム・ラルが彼を狙って撃ったのを見つけた。ぼくはラム・ラルをよく知っている。いい男だ。少し興奮しがちのやつだが、熱心にインドの悪い立場について考えている男だ。まあとにかくあの時はなんの被害も出なかった――偉い方々のこわばったシャツさえ破きゃしなかった――弾丸は、両方の人間に当たるどころか、とんでもない方向だった――それでぼくは一芝居打ってあのインドの友人を逃がそうと決心した。で、ぼくはすぐ傍にいたみすぼらしい小男をつかまえてさ、悪漢を押さえたぞとどなり、ラム・ラルが逃げちまえばいいと腹で思った。ところが刑事どもの方がずっと頭はいい。やつらはラム・ラルの方にとびかかっちまった。これが真相だ、どうです？」

エルキュール・ポアロはいった。

「それで、今日のことは？」

「これはちがう。今日は、ラム・ラルのくちなんか一人もうろついていなかった。あの現場にいたのはカーターだけだった。たしかに彼がピストルを撃った！ ぼくがとびかかったとき彼がまだピストルを手にしていた。彼はきっと、もう一発、撃つつもりだったと思うね」

ポアロはいった。

「あなたはブラント氏の生命を保護するのにたいへん熱心なようですね？」

レイクスはにやりとわらった――愛想わらいだ。

「ちょっとへんなところがある、と考えてますね、ぼくがこんなに話して？ ぼくの話の中に、おかしなことでもある？ ああ、それは認める。ブラントは――どうしたって狙撃される人間だとぼくは思う――進歩と人間性を妨げる者としてね――ぼくは個人的にどうといってるんじゃありませんよ、彼はイギリス式にいって、けっこういい年寄りですよ。ぼくはそう考える、とにかくぼくは誰かが彼を狙撃しようとするのを見たら、飛びだしていって邪魔するよ。これは、人間って動物がいかに非論理的なものかを示してるわけだ。ばかばかしいこった、そうでしょう？」

「理論と実際のくいちがいというものは大きなものですよ」

「おっしゃるとおりだ！」レイクス氏は、今まで座っていたマットから腰をあげた。

彼のほほえみの中には、安堵と信頼があった。

「ぼくはただ」と彼はいった。「ここにきて説明した方がいいと思ったもんだからね」

彼は出ていった。そっと注意深くドアを閉めて。

5

ああ主よ、悪しき人より吾を守れ
邪の人より吾を遠ざけ給え

オリヴェイラ夫人はしっかりした声で、やや調子はずれに、歌っていた。その歌声にこもった彼女の感情には一種の懸命さがあって、ポアロはふっと気をひかれた。彼女は心の中でハワード・レイクスを邪《よこしま》の人として感じ取ってるのではなかろうか。

エルキュール・ポアロは、この家の主人や家族と共に、村の教会の朝の礼拝に出席していたのである。

ハワード・レイクスはかすかな嘲笑をこめていったものだった。

「ブラントさん、それではいつも教会にいらっしゃるんですね？」

するとアリステアは、田舎にいる以上は誰も皆そうせざるをえません――皆さんを失望させられませんよ、そうでしょう――などと曖昧に答えていた――その典型的なイギリス人気質は、その若い男をただ当惑させてしまい、そしてエルキュール・ポアロには微笑を呼びおこさせた。

オリヴェイラ夫人はブラントに迎合してその後に従い、そしてジェインにも一緒においでと命じ、かくて教会に参列となったのだった。

彼らは蛇の如き長き舌もつ

唱歌隊の少年がかん高い最高音で歌った。

　かてて加えて毒すら含む

テナーとバスが仲間入りをした。

　おお我が主よ
　罪深き人々の手より守護したまえ
　我が行く手はばまんとする
　邪悪なる人より守り給えや

エルキュール・ポアロはためらいがちのバリトンで歌った。

　我が前に大いなる罠横たわる
　縄もて網もひろごれり

しかのみならず我が道に
落とし穴さえ口あけり……

彼の口は開かれたまま、止まった。彼がもう少しで落ちかけていた罠を明瞭に見たのだ！
彼は、見つけたのだ――巧みに張られた罠――縄の網――足下にぽっかり口を開けた穴――慎重に掘られていて彼が陥ちこむにちがいない罠。

エルキュール・ポアロは幻を見た男のように茫然として口を開き、宙を見つめていた。
彼は会衆がサラサラと衣ずれの音をさせて座っても立ったままだったので、ジェイン・オリヴェイラが腕を引いて鋭く、ささやいた。「座るのよ」

エルキュール・ポアロは座った。ひげをはやした老牧師が吟論調でいった。「いざ、サムエル前書、第十五章を唱えまつらん」そして読みはじめた。

けれどポアロはアマレクびとへの略奪に耳を傾けていなかった。彼は夢見心地の世界にいた――燦然《さんぜん》たる夢心地、その世界ではばらばらに離れた事実の群がおのおのさだめの場所にきちんとおさまる前の、激しい旋回をつづけていた。

それは万華鏡のようだった――靴のバックル、サイズ10のストッキング、つぶされた顔、ボーイのアルフレッドの低級な文学趣味、アムバライオティス氏の活躍、故モーリイ氏の演じた役割などが、みんな浮かびあがってきて、グルグルとまわり、そして結合して一つの模様に落ち着いた。

いまはじめてポアロは事件をちゃんと、まともに見つめていたのだ。

「其は違逆は魔術の罪の如く抗戻は虚しき物につかふる如く偶像につかふるがごとし汝エホバの言をすてたるによりエホバもまた汝をすてて王たらざらしめたまふ。

第一回はここで終わりにします……」

老牧師は、震え声で一息に全部をいった。

夢からさめると、エルキュール・ポアロは、テ・デウムの君主を讃えるべく立ちあがった。

じゅうさん、じゅうし、女中たちはくどいてる

1

「ライリイさんじゃありませんか？」

若いアイルランド人は、自分の肘のあたりから出たその声にびっくりした。

彼は振り返った。

汽船会社のカウンターでいま、彼のすぐ隣に立っているのは大きな口髭をはやし、卵型の頭をした小男だった。

「たぶん、お見忘れでしょうな」

「それはご自分をあんまり正しく判断してる証拠ではありませんよ、ポアロさん。あなたは容易に忘れられない人ですよ」

彼はカウンターに向きなおって、そこに控えている事務員に話しかけた。

肘のあたりで低い声がしゃべった。

「休暇で航海なさるのですか？」

「休暇なんかじゃありません。ポアロさん、そういうあなたは？　この国を見捨てないでいただきたいもんですな」

「ときどき、ほんのちょっと自分の国——ベルギーへ帰るようにしているのです」とエルキュール・ポアロは答えた。

「私はもっと遠くへ行くんですよ」ライリイはそういって、つけ加えた。「私の行くのはアメリカで、もう二度と帰らないつもりです」

「それはとんだことです、ライリイさん。ではあなたは、クイーン・シャーロット街のお仕事を捨てていかれるのですか？」

「あの仕事が私を捨てたという方が、真相に近いですよ」

「本当ですか？　それは淋しいですな」

「私には好都合です。借金をそのままにして行くんですからね、幸福ですよ」

彼は明るく歯を出して笑った。

「とにかく、金に悩んで自殺するなんていうのは私の柄じゃないんでね。借金なんかおっぽりだして、新しく出なおす、それが私です。性格がそうできてるんですし、この性格は自分としては、上出来なもんだと思ってますよ」

ポアロは小さな声でいった。

「先日、ミス・モーリイに会いました」

「あなたは楽しい時を過ごしましたか？　とてもそうはいかなかったでしょうね。あれ以上すっぱい顔した婦人はちょっといませんね。私はいつも思ってるんですが、あの人酔ってるんじゃないですかね——しかし、そんなこと、誰も気がついてませんけど」

ポアロはいった。

「あなたは、モーリイ氏の死に対して、検屍法廷の判決に賛成ですか？」

「賛成しませんよ」ライリイはきっぱりいった。

「あなたは、彼が薬の調剤を間違えたとは認めていらっしゃらないんですね？」

ライリイは答えた。

「もし、モーリイが、あの人たちのいうように調剤を間違えたのなら、彼は酔っていたか、あるいはあの男を殺す意志があったのでしょう。が、私はモーリイが酒を飲んでいるのを、これまで見たことがありません」

「ではあなたは、彼が故意にやったのだとお考えですか？」

「そうはいいたくありませんね。そいつは相当に手ひどい非難ですからね。正直にいえば私はそう信じていないのです」

「当然、その説明がなくちゃなりませんよ」

「たしかにあるにちがいないんですが、私はまだそれについて考えてないのですよ」

ポアロはたずねた。

「あなたが、実際に生きているモーリイ氏と最後に会ったのは、いつですか？」

「ちょっと待ってください。そういうことを聞かれたのはずいぶん前のことですからね。彼が死ぬ前の晩です——さあ——七時十五分前頃でしたかな」

「あなたは殺人のあった日に会いませんでしたか？」

ライリイは頭をふった。

「たしかに？」ポアロは念を押した。

「あ、そうはいいませんよ。けれど思い出せないな——」

「それでは、十一時三十五分頃、患者がいるときに、彼の部屋へいらっしゃいませんでしたかしら？」

「そうそうおっしゃるとおり、行きましたよ。注文しようとした器具のことで聞きに行ったので、技術上のことです。業者がそのことで電話してきたものですから。けれどちょっとしかいなかったものだから、忘れかけていたんですよ。そのとき、患者がいましたよ」

ポアロはうなずいて、またたずねた。

「もう一つ、あなたに前からおたずねしたいと思っていた質問があるんです。あなたの患者のレイクス氏は約束をほごにして帰りましたね。で、あなたはその三十分のあきをなにをしておられましたか？」

「暇ができると、いつもやることをやってましたよ。酒をこしらえて飲んだ。それから、さっきお話ししたように、電話が一つかかってきたのをすましてから、モーリイのところへちょっと聞きにゆきました」

ポアロはまたいった。

「それから、私は、バーンズ氏が帰ったあと、十二時半ごろから一時までお暇があったのも知ってます。ついでですが彼は何時ごろ帰りましたか？」

「ああ！　ちょうど十二時半です」

「そのあと何をしていました？」

「前と同じこと。自分でつくって、酒を飲んでましたよ！」

「それからまた、モーリイ氏に会いに行きましたか？」

ライリイ氏は微笑した。

「あなたは、私が彼のところに行って撃ったとでもおっしゃるんですか？　前にいったはずですが私はそんなことはしませんよ。けれど、それを裏づけるのは私の言葉だけですが」

ポアロはたずねた。

「小間使のアグネスについてどうお考えですか？」

ライリイはじっと彼をみつめた。

「これはまた、妙なことをたずねられるもんだな？」

「しかし、私は知りたいのです」

「お答えしましょう。私は何にも考えていませんよ。ジョージイナがうるさい目で女中たちを見張ってましたからね。あの娘はまったく品行方正でね、悪い趣味だと思いますが、あれは一度だって私の方を見たことがないんですよ」

「私の感じでは」とエルキュール・ポアロはいった。「あの娘はなにか知っていますね」

彼はライリイ氏をさぐるように見やったが、ライリイの方は微笑して頭をふった。

「そんなこと、おたずねになっても、私はなんにも知りませんよ。お役に立ちませんね」とライリイはいった。

彼は自分の前におかれた幾枚かの切符をまとめ、ちょっと頭を下げてほほえみながら出ていった。

ポアロは北海巡りの巡遊船に乗るのを取りやめたくなったからと告げて、事務員を失望させた。

2

ポアロは、ハムステッドをもう一度訪問した。アダムズ夫人は彼を見てちょっと驚いた。彼はスコットランド・ヤードの主任警部からの話で、身分を保証されていたが、それにもかかわらず、彼女は彼を〈奇妙な小さい外国人〉として取り扱い、彼のいうことを本気にしなかったが、彼女は話ずきだった。

例の被害者がミス・シールだったというあの最初のセンセーショナルな報道があった後、検屍審問の結果はほとんど公表されていなかった。それは身元ちがいで、チャップマン夫人の死体がミス・セインズバリイ・シールの死体だと勘違いされたとだけしか一般の人々には知らされていなかった。ミス・セインズバリイ・シールがたぶん、不幸なチャップマン夫人の生前の姿を最後に見たらしいということは、あまり強調されていない。ましてセインズバリイ・シールが犯罪容疑で警察の追及をうけているなどということは、新聞にはヒントさえされていなかった。

アダムズ夫人は、あの劇的に発見された死体が自分の友だちでないと知って、ほっとしている様子だった。彼女はミス・セインズバリイ・シールに疑惑がむけられているなどとは、まるで気がつかぬ様子だった。

「けれど、あの人がこんなふうに姿を隠すなんてとてもおかしいわ。ポアロさん、あたしね、きっと記憶喪失症にちがいないと思いますわ」

それは大変ありそうなことだとポアロはいった。彼はその種の事件をよく知っていた。

「ええ——あたし、いとこの友人のこと知ってますの。その方は看護と心配で、それにかかっちまったんですよ。健忘症《アムニージア》とか、いってましたよ」

専門用語だとそう呼んだと思われますと、ポアロはいった。

彼は口を休め、それから、ミス・セインズバリイ・シールがアルバート・チャップマン夫人という名を口にしたことはないかとたずねた。

だがアダムズ夫人は、友だちがそういう名を口にした記憶はなかった。「それにしても、ミス・セインズバリイ・シールが、会う人ごとに、自分はその人と知り合いだといって歩くっていうわけじゃないでしょう。いったいこのチャップマン夫人というのは誰なんですの？　警察は、誰か彼女を殺した人の見当でもつけたんですの？」

「それはまだ、わからないのですよ」ポアロは頭をふった。そしてもしや、歯医者のモーリイ氏をミス・シールに教えたのはアダムズ夫人ではないかとたずねた。

アダムズ夫人の答えは否だった。自分はハーリイ街のフレンチ先生のところに行っているのだから、もし、メイベルが歯医者のことをきけば、フレンチ先生を教えたろうといった。

ポアロは、たぶんチャップマン夫人が、ミス・シールにモーリイ氏のところに行くようにすすめたのかもしれないと思った。

アダムズ夫人も、そんなことかもしれないと賛成した。二人は、歯医者のところで知り合ったのではないかしら？

けれど、ポアロはこの点についてはすでにミス・ネヴィルにもきいたが、彼女も知らないというか、おぼえていなかった。ミス・ネヴィルはチャップマン夫人のことを思い出したが、チャップマン夫人がミス・セインズバリイ・シールのことを口にしたことは一度もないように思います。風変わりな名前だから、もし彼女がそれを口にしたら、自分もおぼえているはずでしょうけれど、ということだった。

ポアロはなおも質問をつづけた。

アダムズ夫人が、はじめてミス・セインズバリイ・シールに会ったのは、インドではないか？　アダムズ夫人はそうだとうなずいた。

アダムズ夫人はミス・セインズバリイ・シールが、アリステア・ブラント氏か、あるいはその夫人と親しくしていたのを知っているか？

「あら、ポアロさん、あたしそうは思いませんわ。あなたのおっしゃるのは、あの大銀行家のことでしょう？　あの方たちなら、数年前、総督とご一緒に滞在してました。ですけど、もしメイベルが本当にあの人たちと会ってたんなら、そのことやあの人たちのことをあたしに話さないはず、ありませんわ。

こんなことといえるかどうかわからないけど」とアダムズ夫人はかすかな笑みを浮かべていい足した。「誰でも、偉い人たちのこと、話したがるもんじゃなくて？　じつはあたしたちってみんな見栄っ張りなんですものね」

「彼女はブラント家、とくにブラント夫人について話していたことはありませんか？」

「いいえ」

「もし彼女が、ブラント夫人の親しい友だちだったら、たぶんあなたはそれを知っているわけでしょうか？」

「そうですとも。けれどあたし、あの人がそういう方と知り合いだったなんて信じませんわ。メイベルの友だちってみんな当たり前の人たちですわ――あたしたちみたいに」

「奥さん、そんなことはありませんですよ」とポアロは紳士らしくいった。

アダムズ夫人は、ミス・メイベル・セインズバリイ・シールのことを最近死んだ友人の思い出話でもするように話しはじめた。メイベルのすばらしい仕事、親切さ、伝道のためのたゆまぬ働きぶり、熱心さ、正直さについて思いおこすかぎり、語った。

エルキュール・ポアロは黙って聞いていた。ジャップが前にいったように、ミス・メイベル・セインズバリイ・シールは実在の人間だったのだ。彼女はカルカッタに住み、発声法を指導し現地の人々にまじって働いていた。彼女は尊敬すべき善意の人だった、すこしやかましく、たぶん愚かでもあるけれど、同時にまた黄金の心を持った婦人といえる。

アダムズ夫人の話はつづいた。

「あの人はどんなことにも、とても熱心《いっしん》でしたわ、ポアロさん。で、かえって、あの人は人間って、とても冷淡で容易に感動しないものだということに気がついたわけなの。人々から寄付を集めるのが、そりゃ容易じゃなかったのですものね――所得税から生活費、なにからなにまで高くなるもんですから、年ごとにそれが振るわなくなりましたの。

こんなことを一度あたしにいいましたよ。『人間って、お金の力を知ったとき——つまりそれさえあれば誰だってすばらしい仕事ができるとわかった瞬間——本当よ、ね、アリス、あたしときどき罪を犯してもお金がほしいと思うのよ』まあこれで、ねえポアロさん、あの人がどんなにしみじみ感じたか、わかるでしょう？」

「あの人がそんなことをいったことがあるのですか？」とポアロは考え深げにいった。

彼はミス・セインズバリイ・シールがいつ、この独自な見解を口にしたのか何気なくたずねてみると、約三カ月前だということがわかった。

彼はその家を辞去し、考えにふけってぼんやり歩きはじめた。

彼はメイベル・セインズバリイ・シールの性格について考えをめぐらせていたのだ。人のよい女——熱心で親切な女——立派でいやしからざる婦人。そんな人たちにこそ意識されぬ恐ろしい悪が巣くっている。こんな人物の間にこそ大きな犯罪が発見されるものだ、とバーンズ氏が示唆したっけが。

彼女はアムバライオティス氏と同じ船でインドから帰ってきたのだ。サヴォイで彼と一緒に昼食をとったことも信じていい理由があるように思える。

彼女はアリステア・ブラントに話しかけたし、知人であり、夫人とは親しい仲だといってのけた。

彼女は、二度もキング・レオポールド・マンションを訪れているし、いかにも彼女だと思わせるように彼女の洋服を着、ハンドバッグを持った死体が発見されたのだ。あ、ま、り、にうまくできすぎている！

彼女は、警察の尋問に応じた後、突然、グレンゴリイ・コート・ホテルから姿を消してしまった。

エルキュール・ポアロが真実であるはずだと信じている推理はこうした事実のすべてを説明しうるものだろうか？

彼は説明しうると考えた。

3

エルキュール・ポアロは帰りみちリージェント公園につくまで、こうした瞑想にとらわれていた。彼は、公園の一部を横切ってからタクシーを拾おうと心に決めた。経験によって、彼は自分のスマートなエナメル革の靴が足を痛めはじめる微妙な時期を知っていたのである。

うるわしい夏の日だった。子守りの女中たちとその恋人たちが笑ったりささやいたりしていると、傍らでは肥えたあずかり子たちが勝手気ままにいたずらしている。そんな情景をポアロはなんということもなしに眺めていた。

犬どもは、吠えたり駆けまわったりしているし、子供たちはボートを浮かべている。そしてたいていどの木かげにも男女の一組が寄りそって座っていて……

「ああ、青春《ジュネス》、青春《ジュネス》」エルキュール・ポアロはこの光景に心が楽しくなってつぶやいた。なかなかにシックだ。このロンドン娘たちは。みんな流行の白い服を着ていた。

しかしどうも姿態がな、と彼は悲しく腹立たしく考えた。かつて、愛人たちの目をつねに輝かせたあの豊満なる曲線や、なまめかしさはどこかに去ったのか？

彼、エルキュール・ポアロは、女たちを思い出した……とくにある一人の女性——なんと華やかな女——楽園の小鳥だった——ヴィーナス……

ここにいる現代のこましゃくれた娘たちの中でヴェラ・ロサコフ伯爵夫人に比肩しうる婦人が一人でもいるだろうか？　純粋なロシア貴族、指の先まで貴族だった！　そしてまた、と彼は思い出した、まさに彼女は完璧な盗人だった——まさに生まれつきの天才盗人の一人……

ポアロはため息をつくと、もえるように華やかな人の夢をふりすてた。

気がついてみると、リージェント公園の樹の下でくどき合っているのは、子守女とその同類ばかりではなかった。

向こうのシナノキの下では、スキヤパレルリ（十九世紀のイタリア天文学者）の発見した二重星のように、若い男が女の真近に寄りそい、一心に女をくどいていた。

愛はあまり手軽に与えるものでない。彼はその娘がこの教訓を知っていればいいがと思った。こういう楽しみというものは、できるだけ長びかせなくては……

彼の慈悲深い目は彼らにそそがれていたが突然その男女の姿に見おぼえがあるのに気がついた。

おや、それではジェイン・オリヴェイラは、アメリカの若い革命家に逢うべくリージェント公園にやってきていたのか？

彼の顔はふと悲しげな、むしろ冷たい表情になった。

彼はちょっとためらったが、芝生を横切って近づいていくと、うやうやしく帽子を脱いで挨拶した。

「こんにちは《ボン・ジュール》、マドモワゼル」

ジェイン・オリヴェイラは自分の出現をそれほど嫌がっていない、と見えた。

ハワード・レイクス、これは反対に、この邪魔者で恐ろしく迷惑している、というふうだった。

彼は唸り声をあげた。

「やあ――またきみが現われたんだね！」

「こんにちは、ポアロさん」ジェインはいった。「あなたっていつもひょっこり現われるんですのね。そうじゃなくって？」

「びっくり箱みたいなもんだ」と、レイクスはなおもえらく冷たい目つきでポアロを見つめながらいった。

「お邪魔でしょうか？」ポアロは気がねしたふうにいった。

「そんなことなくてよ」とジェインは親切そうに答えた。

ハワード・レイクスはなにもいわなかった。

「あなた方が見つけられたここは、気持ちのいい場所ですね」とポアロはいった。

「さっきまではね」とレイクスがいうのをジェインがさえぎった。

「お黙りなさい、ハワード。あなたはエチケットを学ぶ必要があってよ！」

ハワードは鼻息あらくたずねた。

「どんなのがいい礼儀作法ってわけだい！」

「他の方たちが、あなたにしてくださることから学びとるのね」とジェインは答えた。

「あたし自身はべつに他の方からなにもしてもらわないわ。けれど、そんなことちっともかまわないのよ。まず第一にあたしはお金があるし、かなり美しいし、とても力になるお友だちを幾人か持ってます――それに新聞なんかにこのごろよく出ている不幸な立場なんか一つも、あたしにはない。だからあたしは礼儀作法なんかなしでもちゃんとやってゆけますのよ」

レイクスがいった。

「くだらない話なんかしている気になれないね、ジェイン。ぼくは行くよ」

彼は立ちあがると、ポアロにそっけなく挨拶し、大股で歩み去っていった。

ジェイン・オリヴェイラは、頬づえをついて彼の歩み去るのを見送っていった。

ポアロはため息まじりでいった。

「ああ、諺は真ですね。ご機嫌とりなら二人の時に、そうでしょう、三人いればご破算ですね」

ジェインはいった。「ご機嫌とり？　なんていう言葉でしょう！」

「しかし、それは適切な言葉じゃありませんか？　若い婦人に結婚を申しこむ前にいろいろと気をくばる若い男を形容するには？　世間でもご機嫌をとりあう仲なんて申しますでしょう？」

「あなたのお友だちってずいぶん奇妙なことをおっしゃるらしいわね」

エルキュール・ポアロは静かに歌った。

「じゅうさん、じゅうし、女中たちはくどいている——こんな歌がありましたな。ごらんなさい。私たちのまわりでも、みんなそうしていますよ」

ジェインはつんとしていいはなった。

「ええ——どうせあたしもその仲間の一人よ！」

彼女は突然、ポアロの方に向きなおった。

「あたし、あなたにあやまりたいんです。先日は誤解していたわ。あたしは、あなたがご自分のお仕事を進めるために、ハワードの様子をさぐりに、エクシャムにいらっしゃったのかと思ったの。けど、あとになって、アリステア伯父から聞いたのですが、行方不明の婦人——セインズバリイ・シールの事件を解決するように、伯父に頼まれたのですってね。たしかにそうでしょ、え？」

「そのとおりです」

「あたしがこの間の夕方申しあげたこと、本当に申しわけありません。けれどそう思えたんですもの。あたしね——まるであなたがハワードのあとをつけまわして、あたしたちのことをさぐっているような気がしたんですもの」

「たとえそれが本当だとしてもですね、マドモワゼル──私はね、レイクスさんが先日の事件の有力なる目撃者であると同時に、狙撃者の前に飛びだしてゆき、第二の射撃を妨げ、勇敢にあなたの伯父さまの命を救ったことは存じていますよ」

「ポアロさん、あなたは、おかしないい方をなさるのね。あなたが本気なのかどうか、あたしよくわからないわ」

ポアロはまじめな調子でいった。

「ある瞬間には、私も真剣になります、オリヴェイラさん」

ジェインはちょっと弱々しい声でいった。

「なぜそんなふうにあたしをごらんになるの？　まるであたしを憐れんでいるみたいね？」

「たぶん、私がお気の毒に思っているせいでしょうね、マドモワゼル、その理由は、私がまもなくやらねばならぬことではっきり……」

「まあ、それじゃあ……そんなことしないで！」

「ああ、マドモワゼル。しかし私はやらねば……」

彼女は一、二分彼を見つめていたが、やがていった。

「あなた──あの婦人を見つけ出したの？」

ポアロはいった。

「まあこういいましょう——彼女がどこにいるかはわかりました、と」

「それじゃ、あの人亡くなったの？」

「そうは申しあげません」

「じゃ生きてるのね」

「どちらとも申しあげませんでした」

ジェインは、いらいらして彼を見ながら叫んだ。

「そう、彼女は死んでるか生きてるかどちらかでしょ、そうじゃなくて？」

「実際は、そんなに単純なものではありません」

「あなたは物事をむずかしくするのがお好きのようね！」

「私はよくそういわれますよ」と、エルキュール・ポアロはそれを認めた。

彼女はぶるっと身体を震わせると、いった。

「おかしくない？　こんなに暖かくていい日なのに——あたし、なんだか急に寒くなったわ」

「お歩きになった方がよさそうです、マドモワゼル」

ジェインは立ちあがると、ちょっとためらっていたが、だしぬけにいった。

「ハワードは結婚してほしいっていうの。いますぐ。誰にもしらせないで。あの人は――あの人は、あたしにはそれしか方法がないっていうのよ――あたしは弱いから――」

彼女はつと言葉を切ると、驚くほどの力でポアロの腕をつかんだ。「ね、ポアロさん、あたしどうしたらいいの？」

「なぜあなたは、私の意見などきかれるのですか？　もっとほかに親しい方がおありでしょうに！」

「お母さん？　お母さんはわけもわからずに金切り声をあげるのよ。アリステア伯父さまだって、慎重で平凡だわ。『ゆっくり時間をかけろよ、お前。よくたしかめなくちゃいけない。少し妙な魚だからね――お前の恋人は。ことを急ぐのは無意味だよ――』ってね」

「お友だちは？」ポアロにたずねた。

「あたし、お友だちなんてないわ。飲んだり、おどったり、はやり言葉をしゃべったりする、くだらない仲間だけ。ハワード一人があたしに近づいた真実の友人ですもの」

「でも――なぜ私などにおききになるのですか？」

ジェインは答えた。

「それは、あなたの顔に奇妙な表情が浮かんでいるから。まるであなたはなにかを憐れんでいるみたい――それに知ってらっしゃるみたいなんですもの、これから起こることがなにか……」

彼女は口を切った。

「ね？」彼女は要求した。「どうお考えですの？」

エルキュール・ポアロはゆっくり頭を横にふった。

4

ポアロが家へ帰ってくると、ジョージがいった。

「ジャップ主任警部がお見えになってます」

ポアロが部屋に入ってゆくと、ジャップはくやしそうに歯をむきだして笑っていた。

「参上いたしましたよ、ポアロさん。あなたは偉大な人ですな、と申しあげにね。いったいどこから辿ったんです？　あの結論には、どうやって達したのですか？」

「あの結論というと――？　あ、失礼《パルドン》。なにかお飲物はいかがです？　ワイン？　きっとウィスキーですね？」

「ウィスキーがなによりですよ」

少したつと彼は注意深くグラスをとりあげた。「つねに正しい人物エルキュール・ポアロここにあり！」

「いやいや、とんでもない、あなた《モナミ》」

「われわれはぜったいにたしかな自殺事件だと思いました。ところが、エッチ・ピー氏（エルキュール・ポアロ）いわく、これ殺人なり——殺人でなくちゃならんと望み——それを強引に主張せり、その結果、それはまさに殺人事件であったのですからな」

「ああ、ではあなたもとうとう賛成なされた？」

「誰も私のことを強情っぱりなんていえまいね。証拠はなかったんですからね」

「では、今はあるんですか？」

「そういうわけです。それであなたがよくいう、名誉ある訂正《アマンド・オノラブル》をすべくやってきたんです、それに、いわば、その証拠を知らせにもね」

「ジャップ君、私はそれを待っていましたよ」

「承知しました。それではじめましょう。土曜日に、フランク・カーターが、ブラントを撃ったピストルは、モーリイを射殺したものと一対になっているんです！」

ポアロは目をみはった。

「途方もないことだ！」

「そうです、フランク・カーターを黒と決めるに役立ちますね」

「決定的なものではありませんよ」

「いやしかし、自殺という意見を検討しなおすには、充分役立ちますよ。そのピストルは外国製で、ありきたりのものじゃないのです」

エルキュール・ポアロは、眉が三日月になるほど目を丸くした。彼はついに口をひらいた。

「フランク・カーター？　いや――全然ちがう！」

ジャップは憤怒の吐息をついた。

「いったいどうしたっていうんです、ポアロさん？　最初あなたは、モーリイは殺されたのだ、自殺じゃないといいましたな？　それで、私があなたの意見の方に傾いてきたのに今度はあなたの方が、それでは気に入らんらしいですね？」

「あなたは本当に、モーリイがフランク・カーターに殺されたと思っているんですか？」

「ぴったり合ってるじゃないですか。カーターは、モーリイを恨んでいた――われわれはすっかり知ってます。彼はあの朝、クイーン・シャーロット街に行った――彼はあとでは職が見つかったから、自分の好きな女性に報告に行ったというふりをしたが——われわれが調査したところによると、あの日の午後になるまで彼はまだ職にありついていなかったんです。今じゃ彼もそれを認めてますがね。それが第一の嘘。さらに、彼は十二時二十五分以後、自分がどこにいたか説明できなかった。メリルボーン・ロードを歩いていたというんですが、実際に証明できるアリバイとしては一時五分すぎに酒場で飲んでいたということだけしかない。酒場のおやじは、さもありなんの様子だったっていうんです——手が震えて、顔はシーツのように蒼白だったとね！」

エルキュール・ポアロはため息をつき、頭をふった。彼はつぶやいた。

「それは私の一連の考えと合いませんな」

「その一連の考えとはなんです？」

「あなたのいうことはたいへん非論理的です。まったくのところ、じつに非論理的です。いいですか、なぜなら、もしあなたが正しいとすれば……」

ドアが静かにあいて、ジョージがうやうやしく声をかけた。

「え、失礼でございますが、旦那さま」

彼があとをいおうとすると、ミス・グラディス・ネヴィルが、横からおしのけ、恐ろしい勢いで入ってきた。彼女は叫んだ。

「やあ、私は失礼しましょう」とジャップはあわてていうと、しゃにむに部屋を出ていってしまった。

「ああ、ポアロさん――」

グラディス・ネヴィルは、憎らしそうに、彼のうしろ姿を見送った。

「あの男ですのよ――あのスコットランド・ヤードの憎らしい警部よ――あの男が、かわいそうなフランクにこの事件をすっかりなすりつけちまったの！」

「まあ、まあ、興奮しないで」

「けれどあの人ですの。最初は、彼がブラントさんを殺そうとしたんだってこじつけたし、それがかりじゃなくて、気の毒なモーリイ先生を殺したのも彼だなんて責めてるんです」

エルキュール・ポアロは咳ばらいをするといった。

「私は、エクシャムでブラントさんが狙撃されたとき、いあわせたのです」

グラディス・ネヴィルは、代名詞の使い方をやや混乱させながら、いった。

「けれど、たとえフランクがしたとしても――そんなばかな真似をしたとしても――それは彼が愛国団体の一人――ご存じでしょう、旗を持って行進したり、へんな敬礼をするファシスト――彼はあの一員でしたし、ブラントの奥さんはたしかに有力なユダヤ人だったんですわ、ユダヤ人たちは若い貧しい人たち――フランクのようなおとなしい青年たち――まで搾取したもんだから、しまいにあの人たち、あんな行為をなにかすてきな愛国的だと思いこむようになったんですわ」

「それはカーターさんの弁護ですか？」エルキュール・ポアロはたずねた。

「あら、いいえ。フランクはただなにもやらなかったし、そのピストルも見たことがないって誓っているんです。もちろん、あたし、あの人とお話していませんわ――だって許されないのですもの――けれど、あの人の弁護士を雇ったので、その人がフランクのいったことをあたしに話してくれましたわ。フランクはみんな仕組まれたことだっていっているのです」

ポアロはつぶやいた。

「それで弁護士は、自分の依頼人が、もっとまことしやかな話を考える方がよいという意見なのですね？」

「弁護士ってとても面倒なのね、なんでも、率直にものをいわない。でもあたしの心配してるのは殺人罪で起訴されやしないかってことなの。ああ、ポアロさん、本当にフランクはモーリイさんを殺せるわけがありませんわ。あの、あたしのいうのは、彼にはそんなことをする理由なぞなにもないっていうことですの」

「あの朝、彼がきた時、まだなんにも仕事を得ていなかったというのは本当ですか？」

とポアロはたずねた。

「まあ、いったい、ポアロさん、そんなことがどれほどのちがいになって。彼が仕事を見つけたのが午前中だって午後だって、どっちでも構わないじゃありませんの？」

ポアロはいった。

「しかし、彼の話では、自分の幸運をあなたに知らせるんで、あそこへやってきたわけでしょう。さてそれだと、彼はまだ語るべき幸運を持っていなかったわけです。それなのになぜ、彼はあそこへ行ったのでしょう？」

「それは、ポアロさん、彼はかわいそうに、がっかりしてて気が乱れてたんですわ、それに本当をいうと少し飲んでたんです。フランクは気が弱い人なのよ――そして飲んだもんで気が立ってしまってなにか――あの、なにか喧嘩みたいなことをしたくなったんですわ。それでクイーン・シャーロット街に出かけていってモーリイ先生とぶつかってやれって思ったんですわ、なぜって、ほら、フランクってとても感じやすい人だもんですから、モーリイ先生が彼を認めなかったり、それからあたしをそそのかしてるなんていったことに、とても腹を立ててたからですのよ」

「では彼は、診療時間中に一騒動やろうという考えだったのですね？」

「え――そう――そう、そうだと思いますわ。もちろんそんなことを考えるなんて、フランクはとても悪いですけど」

ポアロは、自分の前に座っている、涙をためた金髪娘を思案げに見ていたが、話しかけた。

「フランクが、ピストルを一つか、あるいは一対になっているのを持っていたのを知りませんか?」

「まあ、いいえ。存じません。それに、そんなことも本当とは信じられませんわ」

ポアロは途方にくれたようにゆっくりと頭をふった。

「ああ! ポアロさん、あたしたちを助けて。あなたがあたしたちの味方だと思えれば――」

ポアロはいった。

「私はどちらの側にもつきません。私は真実の味方であるだけです」

5

その娘をやっと撃退した後、ポアロはスコットランド・ヤードに電話した。ジャップはまだ帰っていなかったが、職務に忠実なベドーズ部長刑事は、さまざまのことを知らせてくれた。

当局はフランク・カーターが、エクシャム暴行以前にピストルを所持していたという証拠をまだ発見するに至っていない。

ポアロは考えこんで受話器をおいた。これはカーターにとって有利だったが、まだまだほんの序の口だった。

ベドーズは、フランク・カーターがエクシャムに庭師として入りこんだ際の事情を語った陳述から、二、三の細かな点を教えてくれた。彼の話は秘密情報部の仕事だ、の一点ばりだった。彼は前金と園芸師としての推薦状を与えられてマカリスター、すなわち庭師頭のところへ仕事にゆけと命じられた。彼の使命は他の庭師たちの、会話に耳をすまし、彼らの〝赤い〟傾向をつきとめること、そして自分自身も少しは赤らしくふるまうことなどであった。彼はある婦人から、仕事上の指示を受けていたが、その婦人はQ・H56として知られていること、そして彼が激しい反共主義者だと推薦されたことを彼に話してくれた。彼女とは暗い灯の下で会ったので、いま会ってもそれが彼女だとはいいきれないだろう。彼女は赤い髪の厚化粧の婦人であった。

ポアロは、フィリップ・オッペンハイムの小説が再現したように思えて唸ってしまった。彼はこの問題で、バーンズ氏の意見を聞いてみたくなった。バーンズ氏の意見によると、こうしたこともしばしば起こりかねなかったから。ところで、この日の最終便は、なおさら彼の心を掻き乱すようなものだった。安っぽい封筒にへたな字で宛名が書いてあり、ハートフォードシャーの消印があった。ポアロは中身をひきだして読んだ。

拝啓

ぶしつけにご迷惑をかけますこと、なにとぞお許し下さい。私はとっても困っていて、どうしてよいかわかりません。私は警察ざたになることがいやですので困っています。ほんとうは私、知ったことをあの時話さねばならなかったんですけれど、皆さんがいうように、ご主人は自殺したのなら、それでなんでもなくことはすむと思ってました。それにネヴィルさんの男友だちをかかり合いにしたくないと思っておりましたし、あの人がやったとは夢にも思っておりませんでした。ところが、あの人が田舎である紳士を撃って捕まったと知りまして、たぶんあの人はまったく気がへんなのだから、あなたにお話ししなくてはいけないと思いましたので手紙を書いたのです。あなたは奥さまのお友だちですし、私にも先日、知っていることはないかと特別におたずねでしたので、あの時お話をしとけばよかったと思っています。けれども、どうか警察とかかり合いになるようなことはしないでください、なぜって私はそんなこと、いやですし、母さんもいやがるにちがいありませんから。母さんて、いつもとてもうるさいんですの。

かしこ

アグネス・フレッチャー

ポアロはつぶやいた。

「私はずっと、これはだれか男の仕業だと想像していた。ところで、私は間違った人間を推測していたのだ。それだけのことさ」

じゅうご、じゅうろく、女中たちは台所にいて

1

アグネス・フレッチャーとの会見は、ハートフォードシャーのさびれた喫茶店で行なわれた。というのはアグネスは、ミス・モーリイの意地悪な監視下で話をするのを喜ばなかったからである。

最初の十五分間は、アグネスの母親が本当にいかにうるさいかを聞くことに費された。それからは、アグネスの父親、小さな公認酒場の持ち主だけれど、彼は一度も警察と面倒なことを起こしたことはなく、閉店時刻もきちんと守っている、本当にアグネスの父親と母親はグロスタシャーのリットル・ダーリンガムでは世間から尊敬される人としてとおっている。そして、フレッチャー夫人の六人の子供たち（うち二人は夭折）は、今までちょっとだって両親を困らせたことなどなかった。で、もしアグネスが今、どんな

ことだろうと警察ざたに巻きこまれたら、父さんも母さんも驚いて死んでしまうだろう。なぜって、母さんのよくいうことだけれど、彼らはいつもちゃんと頭をあげて暮らしていて、警察の厄介になったことなんか、ただの一度だってないんだから。

これがもう一度くり返された。最初から、しかも、さまざまの岐路《えだみち》を加えて語られて、ようやくアグネスは会見の本題へと近づいていった。

「あたしね、ミス・モーリイにはなにも話したくないんですの、だって、あの方は、もっと前にいわなくちゃだめじゃないのっておっしゃるにきまってますもの。けれどあたしとコック、二人でそれについてずいぶん話し合って、結局、そんなことはあたしたちが口出ししなくたっていいんだってことにしましたのよ。なぜって、あたしたち新聞でもう事件がはっきり解決したように読みましたものね、ご主人さまが患者にやる薬の調剤を間違えたもんで自殺した、ピストルは手にしていたとかみんな出ていて、すっかり解決してましたものね、そうでしょう？」

「いつからちがうふうに感じはじめましたかね？」ポアロはなんとか励まして約束の本題に近づこうとねがったのだが、この質問は少し遠まわしすぎたらしい。

アグネスはすぐに答えた。

「フランク・カーター――ネヴィルさんの好きだったあの若い人の記事を見てからです

わ。あたし、あの人が庭師になってたお家でそこの紳士を撃ったというのを読んだとき、あの、あたしあの人は頭がどうかしているんじゃないかと思いましたの、なぜってあたし、そんなふうな人たちがいるの、知ってますもの、自分たちがとてもいじめられてるとか、自分は敵にかこまれている、なんてばかり考えているもんだから、おしまいには家においとくのは危険になって精神病院に入れられねばならない人たちですわ。そしてあたし、フランク・カーターもそんな種類の人じゃないかって、考えましたの、というのはね、あの人よくモーリイさんのところに行ってはモーリイさんがなにか反対すると口論していました。ネヴィルさんをモーリイさんから引き離そうともしてましたわ、それでもネヴィルさんはもちろん、あの人の悪口なんかちょっとだって気にしてませんでしたよ、あたしたち——エマとあたしね——それも無理ないと思いましたの。なぜってたしかにカーターさんは相当な美男でしたし本当に紳士でしたものね。ですけれど、もちろん、あたしたちはあの方がモーリイさんを本当に殺したなんて、考えてませんのよ。ただちょっと、おわかりになると思うけど、へんだなあって思ったことがあったもんですから」

ポアロは辛抱づよくたずねた。

「なにが奇妙だったのですか？」

「あのモーリイさんが自殺なさった朝のことなんですけど、あたし、下へ行って手紙をとってこようかどうしようかって思ってました。郵便配達はもう手紙を入れてましたのに、アルフレッドはまだ上に持ってきてなかったもんですからね。アルフレッドはミス・モーリイやモーリイさん宛の手紙だと早く持ってくるのに、あたしやエマのですとお昼まで持ってきてくれませんの。

それであたしは踊り場に出て階段を見おろしました。ミス・モーリイはご主人さまの診療時間に私たちが下へ行くのを嫌うもんで、あたしはアルフレッドが患者を上に連れてくるのを待って彼が引き返してきた時に呼びとめようと思っていたのです」

アグネスは息ぎれがしたので大きく息を吸いこむとつづけた。

「ちょうどそのとき、あたしは、あの人、フランク・カーターを見たんです。あの人は階段の途中にいました。それは、ご主人さまのところから上へのぼるあたしどもの階段なの。あの人は何かを待っているらしく下をのぞき見していたのです。あたし、だんだんおかしいなと思いはじめましたの。あの人なにか一心に耳をすましているように思えましたわ、あたしのいうのわかるかしら？」

「それは何時でした？」

「十二時三十分になるころにちがいありませんわ。であたし、そこで考えましたの、カーターさんだ、ネヴィルさんは今日一日休みなんだから待ってると失望するわ、そしてあたし、おりていってカーターさんにそのことをいってあげようかどうしようかって思ってましたの、なぜってあのばかのアルフレッドがカーターさんにいうのを忘れたらしかったんですもの、それでなければあの人はそんな所で待ってるはずはありませんわ。あたしがちょっとぐずぐずしていると、カーターさんは、ふっと決心したらしくて、とても足早に階段をおりて、廊下を診察室の入口の方に歩いていきました。あたしはご主人さまがそんなことをお好きじゃないからきっと一騒動おきるのじゃないかしらなんて思いました。けれどちょうどそのときエマが呼びました、いったいそんな所でなにをやってるの？　それであたしまた中に入りました、そしてそれから、少しあとで、ご主人が自殺したって聞きましたの、ええ、とても怖くって、頭がぼうとなっちゃいましたわ。けれどあとになって、警部さんが帰ってから、あたしエマにいいましたの、あたしね警部さんには午前中にカーターさんがご主人さまと一緒にいたことをいわなかったわ、って。すると、あの人はカーターがいたのってききました、であたしがすっかり話しますと彼女は、それじゃあ報せなきゃいけないねといいました。でもとにかくもう少し待った方がいいってあたしがいいますと、それに賛成しました。なぜってエマもあたしもできるならフランク・カーターに迷惑かけたくなかったんですもの。それから審問になって、ご主人さまが調剤を間違えてしまってすっかり怖くなって自殺なさったんだってわかったのです。それ、とてもありそうなことで——ええ、もちろん、あたしにはなんにも審問なんて、そのとき、ありませんでしたわ。ところが、二日前新聞を見て、ああ！それで考えが変わりましたのよ！　あたし、ひとり言をいいましたわ、もしあの人が、自分はいじめられてる人間だなんて考えて人を撃ってまわる気のちがった一人だとしたら、それだったらね、たぶん、あの人は、ご主人を本当に撃ったのかもしれない！」

彼女の目は、心配げにおびえて、エルキュール・ポアロの方を頼るように見やっていた。彼はできるだけ自分の声に確信を持たせて、いった。

「アグネス、あんたは安心していいよ、話してくれたのは、本当にいいことをしたんだからね」

「ええ、あたし、それで心の重荷をおろしますわ。あたし、お話ししなくちゃいけなかったと思いつづけてたの。でも、警察ざたになっちまって母さんがなんていうかしらと思ったもんですからね。母さんていつもとてもうるさくて、みんなに……」

「そう、そうですとも」とエルキュール・ポアロはあわてていった。

彼は午後いっぱい、アグネスの母親と取り組んでいたように感じた。

2

ポアロはスコットランド・ヤードを訪ねてジャップに面会を申しこんだ。主任警部室に通されるやいなや、「カーターに会いたいのですが」とエルキュール・ポアロはいった。

ジャップはすばやく横目でちらっと彼を見た。

彼はいった。

「なにを思いついたんですか？」

「あまり歓迎されないようですな？」

ジャップは肩をすくめた。

「いやあ、私はなにも異議をはさみませんよ。そんなことしたら大変ですからね。内務省のお声がかりは誰ですかね？　あなたですよ。ポケットの中に、大臣連中を半分もおしこんでるのは誰か？　あなたですからね——大臣どものために醜聞を揉み消して歩いているのは」

瞬間、ポアロの心はかつて自分の名づけた「アウゲイアスの大牛舎」（『ヘラクレスの冒険』に収録）事件のことに走った。彼はつぶやいた、べつに不興なふうもなく。

「あれはみごとでした。え？　それは認めてくださらなくちゃね。いわばじつによく想像をめぐらして解いたくらいはね」

「あなたをのぞいてほかに、あんなことを考えおよぶ者はいませんよ！　ポアロさん、ときどき私はあなたが遠慮してくれればなあ、と思うんですよ」

ポアロの顔は突然厳粛になると、いった。

「それは間違っています」

「ああ、わかっていますとも、ポアロさん。そんな意味じゃありません。けれどあなたは恐ろしいくらいの才能でときにはあまり楽しんでしまうんですよ。なんであなたはカーターに会いたいんです？　本当にモーリイを殺したかどうかってきくのですかね？」

ジャップが驚いたことには、ポアロはきっぱりとうなずいた。

「そうですとも、きみ。まさにその理由のためですよ」

「そして、もしあれがやったのなら、あなたに話すだろうと考えているわけですか？」

ジャップはそういうと笑ったが、エルキュール・ポアロは真面目な顔つきのままいった。

「あの男は、私に話すかもしれません――たぶんね」

ジャップは、いぶかしげに彼を見やっていった。

「いいですか、ポアロさん、私は長いことあなたと知り合いです——二十年？　まあそれくらいにはなりましょう。しかし私はきまって、いったいあなたがなにを追っかけているのかわからんのです。そりゃあ、あなたがあの若いフランク・カーターのことにすっかり熱中しているのは私にはわかりますがね。なにかの理由で、あなたは彼を有罪にしたくないんでしょうが——」

エルキュール・ポアロは元気よく頭をふった。

「いや、いや、ちがいますよ。私は別のことで——」

「たぶん、男の恋人の——あの金髪娘のためなんだ、あなたはどうかすると感傷的な老いぼれ禿鷹になりますからな——」

ポアロはたちまち憤慨した。

「感傷的なのは私ではありません！　それこそイギリス人の弱点なのだ！　若い人の恋愛とか瀕死の母親とか孝行なる子供に涙を流すのはイギリスですること。私は、論理家です。フランク・カーターが殺人者なら、なにも私は彼とあの平凡で美しい娘を結婚させたいと思うほど感傷的になりませんよ、どうせあの娘だって彼が死刑になったら、一、二年の後には忘れてしまって他の人と結婚するような娘ですからね」

「ではあなたはなぜ彼を有罪だと信じたがらないんです？」

「私は本気で有罪と信じたいです」

「あなたは、彼の無罪を証明し得る材料を多かれ少なかれつかんでいるとにらんでいますが？　それをなぜ投げ出さないんです？　あなたは私たちと堂々とやるべきですよ、ポアロさん」

「私は、堂々とやっています。その証拠に、いま、私は、あの男を有罪にできる貴重な証人の名と住所を教えましょう。彼女の証言はあの男を決定的に不利にするものです」

「けれど、じゃ――ああ！　あなたはすっかり私をめんくらわせるな。じゃあ、なぜあなたは彼にそう会いたがってやきもきするんです？」

「私自身を満足させるために」と、エルキュール・ポアロはいった。

こうなれば彼はもうこれ以上、一語もいいっこない。

3

フランク・カーター。やつれて蒼ざめ、それでいてなおも猛り立ちそうな顔つきをした彼はこの思いがけない訪問者を見ると、不愉快な表情を隠そうともしなかった。彼は突っけんどんにいった。

「あなたなのか、いやなちびの外国人? なにか用ですかね?」

「お目にかかってお話ししたいと思ってきたのです」

「会うぶんには構いませんとも、しかしぼくはしゃべらんよ。ぼくの弁護士なしにはね。正当でしょ? 反対できませんよ。ぼくは発言する前には弁護士と打ち合わせることにしているんだ」

「たしかにあなたはその権利を持ってますよ。そうなさりたければ迎えをやることも結構です——しかし私はそうしないでお話ししたいんですが」

「じつのところ、あんたは、ぼくに不利益な承認をさせようと思って罠をかけているんだろう。え?」

「ね、ここにいるのは私たちだけです」

「そりゃ少しおかしいね。仲間の警官を立ち聞きさせてることくらいご承知だよ」

「あなたは勘違いしています。これは私とあなたの私的な会見なのです」

フランク・カーターは笑いだした。抜け目のない不愉快な顔をしていった。

「やめたまえ! そんな古い手でぼくをかつごうっていうのか?」

「アグネス・フレッチャーという少女をおぼえていますか?」

「聞いたことないね」

「知っているはずですが。あんまり気がつかなかったかもしれません。その娘はクイーン・シャーロット街五十八番地の小間使です」

「ふん、それで?」

エルキュール・ポアロはゆっくり話した。

「モーリイ氏が撃たれた朝、アグネスはたまたま上の階から、手すりごしに見おろしていたんです。そしてあなたが階段の所で聞き耳をたてているのを見たというのです。それからあなたがモーリイ氏の部屋の方に行くのを見ておりました。その時間は、十二時二十六分すぎ、だいたいそのころでした」

フランク・カーターは激しく震えだした。汗が顔に滲み出た。彼の目は、今までになく陰険になり、左右に激しく動いた。彼は腹立たしげにどなった。

「嘘だ！　大嘘だ！　貴様がその女を買収したんだ！　警察が、その女にぼくを見たように証言しろと買収したんだ」

「その時間には」エルキュール・ポアロはいった。「あなたの証言ですと、あの家を出てメリルボーン・ロードを歩いていたはずでした」

「そのとおりぼくは歩いていたさ。その女は嘘をいってるんだ。ぼくを見かけられるはずがない。小汚い罠だ。もしそれが本当なら、なぜもっと前にいわなかったんだ？」

　エルキュール・ポアロは静かにいった。

「彼女はその時、同僚の料理女に相談したのです。二人とも、大変心配してまごついて、どうしていいかわからなかった。自殺の判定があったので二人は安心して、他人にしゃべる必要なんてないと決めてしまったのです」

「ぼくは、そんな話信じない！　みんなグルになっているんだ。そいつらはインチキだ。嘘をついて……」

　彼は激しくののしりだした。

　エルキュール・ポアロは黙って待っていた。

　カーターがやっとおさまると、ポアロは、まえと変わらぬ落ち着いた声でまた話しかけた。

「怒りと愚かなののしりは自分を助けることにならないのです。あの女たちはその話をしようとしていますし、それは信用されるはずです。なぜなら、本当のことを話しているからです。その娘、アグネス・フレッチャーはあなたを見ました。あの時あなたは階段にいた。あなたは家から外に出ていなかった。そしてあなたはモーリイ氏の部屋に行きましたね」

彼は一息入れるとたずねた。

「それから、なにが起こりましたか？」

「嘘だっていっているじゃないか！」

エルキュール・ポアロはひどく疲れて――ひどく老けたと感じた。彼は、フランク・カーターが好きではなかった。とても嫌いだった。自分の見解ではフランク・カーターは弱いものいじめで嘘つきで、詐欺師だった――こういうタイプの若者がいなければ、世の中はもっと住みよくなるというタイプの。彼、すなわちエルキュール・ポアロは後にさがって、この若者が、自分の、嘘を押し通すままにさせてしまおうか、そうすればこの世の中からこんな不愉快な連中の一人がいなくなるわけだ……

エルキュール・ポアロはいった。

「あなたが本当のことを話してくださるのを望みますよ」

彼は成り行きがとてもはっきりしているのを悟った。フランク・カーターはばか者だった――が、しかし否定しつづけるのが自分にとって最良であり、もっとも安全な方法だと気づくくらいの頭はあったのだ。十二時二十六分頃、室内に入ったことおよび重大危機に踏みこんでいることを一度は認めさせよう。なぜならその後だって、彼のする話は嘘だと考えられる機会はあるだろうから。

いや彼に否定を押し通させておけ、もしそうならエルキュール・ポアロの義務は終わる。十中八、九、フランク・カーターは、ヘンリイ・モーリイの殺害犯人として絞首刑になるだろう——まさに絞首刑だ。

エルキュール・ポアロは席をたって、行きさえすればよかったのである。

フランク・カーターはまた叫んだ。

「嘘だ！」

沈黙がみなぎった。エルキュール・ポアロはたちもせず、出て行きもしなかった。自分ではそうしたかった——非常に。それにもかかわらず、踏みとどまっていた。

彼は前かがみになって話しかけた——その声には、彼の力強い人格の持つ、あらゆるものを服従させる力がこもっていた——

「私は嘘はいいません。信じなさい。もしあなたがモーリイを殺したのでなければ、唯一つの光明は、あの朝の出来事を私に正確に正しく話すことです」

ポアロを見つめていた彼の卑しげな、陰険な顔つきはゆらぎ、不安定なものとなった。

フランク・カーターは唇をぐっと引きしめた。目は左右に動いた。おじけた、いかにも動物めいた目。

あやうくゆらいでやっとそれは……

突然、自分の前に立っている人格の力強さにうたれてフランク・カーターは屈服した。

彼はしゃがれた声でいった。

「それじゃ、いおう。もしぼくを罠にかけるんだったら天罰をうけるぞ！　ぼくは入ったよ……ぼくは階段を上がって、彼が一人なのをたしかめられるまで待ってた。あそこだ、モーリイの踊り場の上のところで待ってた。それから紳士が一人、肥った男だったが出てきて階下におりていった。ぼくは今だと、決心して行こうと思ったんだ——そのときまた別の紳士がモーリイの部屋から出てきてこれもまた階段をおりていった。ぼくはいそがなくちゃと思った。階段をおりてノックもせずに部屋にすべりこんだ。なにもかもいってやるつもりだったんだ。あの女がぼくに近づくのをめちゃくちゃにするなんて——いまいましくって——」

彼は言葉を切った。

「それで？」エルキュール・ポアロはいった、その声は依然として緊迫して——力強いものだった——

カーターの声は不安げにしゃがれていた。

「彼はそこに横たわっていた——死んでた。本当だ！　絶対に本当なんだ！　検屍審問の時あの人たちがいったのと同じように横たわってたんだ。最初ぼくは信じられなかった。かがみこんでみた。やっぱり彼はたしかに死んでいた。手は石みたいに冷たかったし、頭には弾痕があってまわりに血がこびりついて……」

その時を思い出して、また、額から汗が吹き出した。

「ぼくは危険な立場にいるのに気がついた。みんなはぼくがやったというにちがいない。ぼくは死体の手とドアの取っ手だけしかさわらなかった。出ていくとき、ハンカチで両方の取っ手を拭いて、できるだけ早く階段をすべりおりた。ちょうどホールには誰もいなかった、ぼくはとびだして大急ぎでそこから歩き去ったんだ。ぼくが妙な気持ちだったのは当たり前でしょう」

話をやめると彼は、おびえた目をポアロに向けた。

「本当なんだ。絶対に本当なんだ……彼はもう死んでたんだ。信じてくれ！」

ポアロは立ちあがった。彼はいった——その声は疲れて、哀しげだった。

「信じますよ」

彼がドアの方に歩いていくと、フランク・カーターが叫んだ。

「やつらはぼくを死刑にしようとしてるんだ——もしぼくがあそこにいたことがわかれば、たしかにやつらは死刑にするんだ！」

ポアロは答えた。

「あなたが本当のことを話せば、絞首刑にはなりませんよ」

「そんなことはない。きっとやつらは——」

ポアロは彼をさえぎった。

「あなたの話は、私が真実と考えたところに一致しています。私に任せておきなさい」

彼はそこから出た。

彼はまったくのところ、幸福ではなかった。

4

六時四十五分、彼はイーリングのバーンズ氏を訪れた。その頃が一番訪問にはいい時間だといったバーンズ氏の言葉を彼はおぼえていた。

バーンズ氏は庭で働いていたが、挨拶の調子でいった。

「一雨ほしいですな、ポアロさん——なんとか一雨ね」

彼は客を注意深く見つめた。そしていった。

「ポアロさん、たいへんお顔の色が悪いが？」

「ときどき」と彼はいった。「自分のしなければならぬことがいやになります」

バーンズ氏は同情するようにうなずいた。

「よくわかりますとも」

エルキュール・ポアロはきちんと整えられた小さな花壇をぼんやりと見ていたが、つぶやいた。

「この庭は上手に設計されています。すべてが安定していて、小さいが正確ですね」

バーンズ氏は答えた。

「ほんの狭い土地しか持っていない場合は、そこをもっとも活用せざるを得んですよ。計画を訂正する余地なんかありませんからな」

エルキュール・ポアロがうなずくと、バーンズがつづけた。

「あなたがあの男を捕えたのでしたな？」

「フランク・カーターのことですか？」

「そう。私は、むしろ驚いている、じつに」

「そんなふうにおっしゃるなら、個人的な犯罪とは考えていなかったのですね？」

「さよう。率直にいえば、そうは思わんでしたな。アムバライオティスとアリステア・

ブラントとの取り合わせ――たしかに私は、スパイとか反スパイ派かの連中がいりまじっての仕業だと思っておった」

「そのお考えは、最初にお目にかかったおり、あなたのお話しになったもんでしたね」

「おぼえています。あのときはたしかにそう確信がありましたからな」

ポアロはゆっくりいった。

「しかし間違っていました」

「そうです、もう二度といわないでください。困ったことに、誰もどうも自分の経験でものを判断するもんでしてね。私はちょっとでもなにかそんな気があると、たいていはそっちの方に物をくっつけちまうんですよ」

ポアロはいった。

「あなたは、手品師が、カードを一枚何気なく差し出すと、それに注意なさいますか、いかがです？　なんていいますか――おしつけカードとかいいますね」

「しますな、もちろん」

「それがここで行なわれたのです。いつも、ある人が、モーリイの死に対して私怨の動機について考えているとします。それ、ごらんのとおり――カードがその人の前に差し出されます。アムバライオティス、アリステア・ブラント、政治家の、国家の、――不安定な状態――」彼は肩をすくめた。「そしてあなたのことをいえばね、バーンズさん、あなたが一番私を迷わせましたよ」

「ああ、ポアロさん、申しわけありません。あれが真実だと思ったものでな」

「あなたは、知っているはずの立場におられた。それであなたの言葉が重味を持ったわけでしたよ」

「いや――私は自分がいったことを信じていた。それが、まあ私の唯一の弁解の理由でしょうかな」

彼は言葉を切るとため息をついた。

「ではその動機はまったく個人的なものですか？」

「そのとおりです。殺人の動機を考えるのに、ずいぶん長い間かかりました。けれど私は、非常にみごとな一片の幸運をつかみました」

「それはなんです？」

「会話のきれはしです。まったくのところ、もしあの時にその意味を理解するほど私にセンスがあったらと思えるほどのすばらしいものでしたよ」

バーンズ氏は考え深く、鏝《こて》で鼻の頭を掻いた。小さな土くれが鼻の片側についた。

「これは少しばかり思わせぶりな説明ですな、ええ？」と彼は穏やかにいった。

エルキュール・ポアロは肩をすくめると、いった。

「あなたがあれ以上打ち明けてくださらなかったお返しというところでしょうか」

「私が？」

「そうです」

「私には、カーターの犯罪だという考えは少しもなかった。私の知るかぎりでは、あの男はモーリイが殺されるかなり以前にあの家を出とるはず。警官たちは、彼がいう時間に家を出ていなかったのを発見したらしいですな？」

ポアロは答えた。

「カーターは、十二時二十六分には、あの家の中にいて、実際に犯人を見たのです」

「では、カーターがやったのじゃなかった……」

「カーターは犯人を見たと申しあげました」

バーンズ氏はいった。

「見た――その男を確認したのですか？」

エルキュール・ポアロはゆっくり頭をふった。

じゅうしち、じゅうはち、女中たちは花嫁のお仕度

1

翌日、エルキュール・ポアロは友人の劇場支配人と数時間を過ごした。午後になって、オックスフォードに出かけていったが、それがすむと郊外に車を走らせた——帰ってきたのはかなり遅かった。

彼は出かける前に、同日の夕方、アリステア・ブラント氏に会いたい旨、電話で申し入れてあった。

彼がゴシック・ハウスに到着したのは、九時半だった。

ポアロが通されると、アリステア・ブラントはたった一人で書斎にいた。

彼は握手するとき、訪問者を熱心に、もの問いたげに見ていたが、やがていった。

「どうでした？」

エルキュール・ポアロはゆっくりうなずいた。

ブラントはまったく信じかねないほどの感謝を示した。

「あの婦人を見つけたのですか？」

「ええ、ええ、私は見つけましたよ」

彼は席につくとため息をついた。

アリステア・ブラントはたずねた。

「お疲れのようですね？」

「ええ、とても疲れています。それにかんばしくないのです――私の申しあげねばならんことが、ですね」

ブラントはたずねた。

「彼女は死んでいるのですか？」

「それは一つに」とポアロはゆっくりした口調でいった。「あなたの見方次第によって決まります」

ブラントは眉をしかめていった。

「ね、あなた、人間というものは、死んでいるか、生きているかにちがいないのですから、ミス・セインズバリイ・シールもどちらかでしょう」

「ああ、しかしミス・セインズバリイ・シールというのは何者ですか?」

アリステア・ブラントはいった。

「あなたは——あなたはそんな婦人などおらんとでもおっしゃるわけですか?」

「ああ、いやいや、そんな方がおりました。彼女はカルカッタに住んでました。彼女は発声法を教えてました。立派な仕事をして忙しがっていました。彼女はマハラナ号——アムバライオティス氏が乗っていたのと同じ船でイギリスに帰ってきました。二人は船室の等級がちがっていましたが、彼はなにかと彼女を援助しました——荷物の持ち運びかなにかで。どうもかなり親切な紳士だったようです。ね、ブラントさん、親切というものは、ときどき思いがけない形で返ってくるもので、アムバライオティス氏の場合がそうでした。彼はロンドンの街頭で、偶然にまたその婦人に会ったのです。彼は友情を回復したく感じて、サヴォイ・ホテルのお昼に招待したのです。彼女には思いがけないご馳走だった。ところがアムバライオティス氏にとっても意外な幸福でした! というのは、彼の親切さが計画的なものでなかったからで——この色褪せた中年婦人が金鉱と同様の貴重なるものを彼に提供しようとしているとは夢にも考えてなかったからです。

しかし、それにもかかわらず、彼女がしたことはそれだったのです、自分では一瞬たりともその事実には気がつきませんでしたけれどもね。

彼女は、ですね、第一級のインテリというわけにはけっしてゆきませんでした。心の善良な人でしたが、しかし、頭脳はめん鶏程度だと申しあげたい」

ブラントはいった。

「それじゃあ彼女がチャップマン夫人を殺したのではないのですね？」

ポアロはゆっくりいった。

「その件をどのように説明するかとなるとなかなか難しいのです。がさて、まず最初は、どこからこの事件が私の目に、はっきり映りはじめたか、からいいましょう。片方の靴からなんです！」

ブラントはぼんやりといった。

「靴から？」

エルキュール・ポアロはうなずいた。

「ええ、バックルのついた靴です。私が歯医者の椅子の魔術からようやく抜け出ましてクイーン・シャーロット街五十八番地の階段をおりてきたとき、タクシーが外に停まってドアが開き、婦人が足をおろそうとしているところでした。私は婦人の脚と踝を注意して見る男なのです。良い踝をもった恰好のよい脚で高価な絹靴下をはいていましたが、その靴は気に入りませんでした。それは新しいピカピカしたエナメル靴で、大きな派手なバックルがついていました。粋でなかった——まるっきり、シックなものじゃありませんでした。

私がこれに注意していると、やがて婦人の姿が目に入ってきたのですが——率直にいってがっかりでした。魅力のない、不恰好な服を着た中年の婦人でした」

「ミス・セインズバリイ・シールですね？」

「まったくそのとおり。彼女がおりようとしたとき、思いがけないこと《アン・コントレタン》が起こったのです——彼女は靴のバックルをドアにひっかけて、もぎとられてしまったので、私が拾って返してあげたのです。それだけでした。そしてこの小事件の幕はおりました。

その後、その同じ日ですが、私はジャップ主任警部といっしょに当の婦人と面会しました。ついでですが、彼女はまだバックルを縫いつけてありませんでした。

同日の夕方、ミス・セインズバリイ・シールはホテルから出てゆき、失踪してしまいました。以上を、まあ第一部といたしておきましょう。

第二部は、ジャップ主任警部が、キング・レオポールド・マンションに私を呼んだときからはじまります。そのアパートには毛皮用の箱があって、その中から死体が発見されたわけです。私は部屋に入って、その箱のところに歩みよりました——そしてまず第一に見たものは、みすぼらしいバックルつきの靴だったのです！」

「それで？」

「あなたは、要点にお気づきにならないのですね。それはみすぼらしい靴だったのですよ——はき古した靴でした。しかしご存じのように、ミス・セインズバリイ・シールは、同じ日——つまりモーリイ氏殺害の日の夕刻に、キング・レオポールド・マンションにきたのです。その朝、彼女は新しい靴をはいていたのに——夕方にはもう古い靴になっていたのです。誰だって一日で靴を一足はきつぶすことなんかあり得ないのは、充分おわかりでしょう」

アリステア・ブラントはさして興味も示さずにいった。

「彼女は二足持っていたかもしれませんよ」

「ええ、しかし、そうではなかったのです。というのは、ジャップと私は、その前すでにグレンゴリイ・コートの彼女の部屋に行き、持ち物をすっかり調べました——ところがそこにはバックルつきの靴はなかったのです。彼女は古い靴を持っていたので、歩きまわった末に、また夕方出かけるのではきかえたのかもしれませんね？　しかし、もしそうならホテルにもう一足の靴があるはずなのです。妙なことですよ、それはお認めになりますでしょう？」

ブラントはちょっとほほえむといった。

「それが重要だとは思えませんね」

「いや重要じゃありませんとも。まったくのところ、重要ではないのです。しかし人間というものは説明できないことをあまり喜ばないものです。私が、箱の傍に立って靴を見ますと、バックルは最近手で縫いつけられたものでした。打ち明けて申しますと、私はあの瞬間の自分を疑ったのです。ええ、私は自分自身にいったものです。エルキュール・ポアロよ、お前は今朝頭がちょっとおかしかったのではないかとね。バラ色の眼鏡を通して世間を見ると、古い靴だって新しいものに見えるのじゃないか、と！」

「どうやら、それが解決だったというわけで？」

「いや、いや、そうではなかったのです。私の目は間違わなかったのです！　話をつづけますと、私はこの婦人の死体を仔細に検分しましたが、じつにむごい有様でした。いったいなぜその顔を、乱暴にわざとめちゃめちゃにつぶして、見分けにくいようにしてしまったのでしょう？」

アリステア・ブラントはちょっと落ち着かなげに身動きしていった。

「私たちはまた復習しなくちゃいけないのですか？　知っていることを――」

エルキュール・ポアロはきっぱりいった。

「必要なのです。最後の真理に導いてくれた段階をあなたにも通っていただきたいのです。私は自分にいいきかせました。——ここにはなにかおもしろくないことがある。ここにミス・セインズバリイ・シールの洋服（たぶん靴は別もの？）を着、そのハンドバッグを持った女の死体がある——がなぜ、その顔はめちゃめちゃなのか？　きっとその顔がミス・セインズバリイ・シールの顔ではないからではないのか？——そしてすぐに私は他の婦人、つまりそのアパートに住んでいる婦人の姿かたちを聞いて比較研究し、ここに横たわっているのは、この第二の婦人ではないだろうか？　と自問しました。私は第二の婦人の寝室に行って調べ、どういう種類の婦人か胸に描いてみました。外見からいうと非常にちがっているのです。スマートで派手な洋服をつけ、厚化粧をしている。しかし要点は似ていなくもない。髪の毛、骨格、年齢……だが一つだけちがっている点があります。アルバート・チャップマン夫人は5の靴をはき、ミス・セインズバリイ・シールは、ストッキングのサイズが10なので、少なくとも靴は6であることがわかりました。つまり、チャップマン夫人は、ミス・セインズバリイ・シールの足より小さかったのです。私は死体の方に戻りました。もし私のなかばまで出来あがった考えが正しければ、そして死体がミス・セインズバリイ・シールの服を着ているチャップマン夫人なのであれば、そうなれば靴は大きすぎるはずなのです。私は一方の靴をつかんでみました。しかしそれはきっちりとあっていた。結局、それはまるで、ミス・セインズバリイ

・シールの死体であるように見えました！　しかし、そうだったとしたら、なぜ顔がめちゃめちゃにされたのでしょう？　彼女であることはハンドバッグで証明されています、もしミス・シールであることを隠すためならハンドバッグなどは持ち去ってしまえばいいのに。

それが謎でした——混乱しました。捨鉢になって、チャップマン夫人の住所録にとびついたのです——歯医者こそ、死んだ婦人が誰かをはっきりと定めうる唯一の人でした。偶然の一致でチャップマン夫人の歯医者もモーリイ氏でした。モーリイ氏は死んでしまってる、しかし確認の仕事はまだ可能でした。あなたもその結果はご存じですね。モーリイ氏の後任者は、検屍法廷において、それがアルバート・チャップマン夫人であると証明しました」

ブラントはもどかしそうにそわそわしていたが、ポアロは知らん顔をして話しつづけた。

「私は、その後心理問題に直面したのです。メイベル・セインズバリイ・シールとは、どんな婦人か？　その問いに対して二つの答がありました。第一の目立った特色は彼女がこれまでインドで暮らしてきた全生活、および彼女の個人的友人によって証明されたことから明らかにされました。それによると彼女は、正直で良心的で、すこし愚直な女と描かれました。ではその他の面を現わしたミス・セインズバリイ・シールもいたというわけなのか？　あきらかにそうだったのです。有名な外国のスパイと昼食を共にしたり、街で会ったあなたに話しかけ、あなたの奥さんの親しい友人であると自称し（この言明はたしかにいつわりでしたが）、殺人の行なわれたちょっと前にその家を去ったりした婦人、その夕方、十中八、九、いま一人の婦人が殺されたらしい時刻にそこを訪問し、それ以来消えてなくなったりした婦人としての彼女です、イギリスの警察が自分を探しはじめるにちがいないことを知っているにもかかわらずです。これらの行動は、彼女の友人が伝えてくれた性格に一致するだろうか？　みんなちがっているように思われました。だからもし、ミス・セインズバリイ・シールが、一見そう思えるような人ずきのする、善良な人間でないのなら、たしかに冷酷な殺人者、あるいはあきらかに事件の背後の共犯者でありうるというわけです。

　私はもう一度、私個人の印象のよりどころを探ってみました。私は自分で彼女と話したことがありました。どうして彼女は私に深い感銘を与えたか？　これはブラントさん、難しい問でした。彼女がいったこと、話し方、態度、身ぶり、すべてが、教えられた彼女の性格と完全に一致したのです。しかしこうした態度は自分の役を演ずる巧みな女優の仕業とも充分に考えられることでした。それに、なんといっても、彼女は、女優として暮らしたことのある人ですからね。私は、あの日に、クイーン・シャーロット街五十八番地に治療にきていたイーリングのバーンズ氏と話し合って深い感銘をうけておりました。彼が力強く主張した論理によると、モーリイとアムバライオティスの死は付随的なもので、本当の目当てはあなただというのでした」

アリステア・ブラントは口を出した。

「さあ――それは少しこじつけですね」

「そうですか、ブラントさん？　現在、いろいろな方面の人たちが、あなたを、いわば、抹殺しようと熱中していることを、お信じにならんですか？　あなたが力をふるえる余地はもうないのでしょうか？」

ブラントは答えた。

「ああ、いやそういうことはたしかにあります。しかしなぜ、この問題とモーリイ殺人事件とを一緒にするのですかな？」

ポアロはいった。

「なぜならばですね、この事件にはその――なんと申しますか――一種の大まかなものがあるからなんです――高くつくことをいとわぬというか――人間の生命の尊さをまるでものともしないという。そう、一種の無茶さ、大まかさがある——それが大きな犯罪を暗示してますのですよ」

「あなたはモーリイが自分の過失を悔いて自殺したとは、思わないんですね？」

「そう思ったことはけっしてありません——一分たりとも。モーリイは殺されたのです、アムバライオティスは殺されたのです。見わけのつかない婦人は殺されたのです。なぜ？　ある大きな懸賞金のために。バーンズの理論は、ある人間が、あなたを抹殺するために、モーリイか彼のパートナーかを買収しようとしたのだというのです」

アリステア・ブラントは鋭くいった。

「ばかばかしい！」

「ああ、だが、ばかばかしいことでしょうか？　ある人が誰かを殺そうとしていますが、その誰かはあらかじめ警告され、警護されているので、近づく折がないのです。その人物を殺すためには、彼の疑惑を起こさぬ方法で、彼に近づく必要があったのです——そして、歯医者の椅子のように人間が無用心な気持ちでいる場所はほかにないでしょう？」

「まあ、それは本当でしょうな。私はそんなふうに考えたことはなかったが」

「それは本当なのですよ。そして一たび私がそれに気づくや、真理に至る仄《ほの》かな光を私ははじめてつかんだのです」

「それじゃあなたはバーンズの推理を受け入れたのですね？　ところでバーンズって誰ですか？」

「バーンズは、十二時にきたライリイの患者です。内務省を引退してから、イーリングに住んでいて、べつにどうということもない人です。あなたは、私が彼の推理を受け入れたとおっしゃるがそれは間違いです。私は推理を受け入れたのではなく、ただその原則を受け入れたのでした」

「どういう意味です？」

エルキュール・ポアロは答えた。

「始終、あちこちと、私はいろんな道にまどわされました――ある時はぼんやりと、ある時はわざとちゃんと、ある目的に至るようにですね。始めから終わりまで、私の前に差し出され、私に押しつけてきたのです――いわば社会的な犯罪とでも呼ぶものに私を引きこむように、ですね。すなわちいいかえれば、それはあなた、ブラントさんがすべての焦点だ、社会的地位にあるあなたが焦点だ、という点です。あなたは銀行家、経済界の大立者、そして、保守的伝統の強い支持者だ！　という点です。

しかし、あらゆる社会的な人物でも、私生活を持っております。それを私は見落としていた、私は私生活の面を忘れていました。モーリイ殺害には個人的な理由があったわけです——例えばフランク・カーターのような例でもそうですね。とすれば、あなたを殺害するにもまた、私的理由が存在しうるのです……あなたが死んだとき、遺産を相続する親類があります。あなたを愛する人、嫌う人がいたのです——それもあなたを一個の人間としてですよ——公けの人物としてではなくね。

そして私は、おしつけカードと呼ぶにふさわしい機会に出会ったのです。それはフランク・カーターがあなたを狙撃したこと。もしあの狙撃が本物なら——それは政治的犯罪でした。だがなにかほかの解釈がありはしないか？　それもあり得たのです。灌木の中に第二の男がいたのです。とびだしてカーターをつかまえた男です。彼なら、自分で発砲してからカーターの足許にピストルを投げ出し、彼が見つけてそれを手にとることも勘定に入れてことを仕組むことだって困難ではないのです。

私は、ハワード・レイクスの問題をよく考えました。レイクスはモーリイの死んだ朝、クイーン・シャーロット街にいました。彼はあなたの支持するもののすべてに、激しく敵対している男でした。だがまたレイクスはそれ以上の者でした、あなたの姪御さんと結婚したがっている男でした。そしてあなたが死ぬと姪御さんは、たとえあなたが用心して主要相続人から除いたにしても、とてもすばらしい財産を受け継ぐのです。

とどのつまり、事件はまったくの私的犯罪――個人利得のための、自己を満足させるための犯罪ではないでしょうか？　それではなぜ私は公的犯罪だと思ったのか？　なぜなら一度ならず、再々あの暗示が私に差し向けられ、おしつけカードよろしく私の方に突きだされたからだ……。

その考えが浮かんだ時にやっと、真理の光が射しこんだのでした。ちょうど、私が教会で讃美歌を歌っている時でした。その歌は縄で作った罠がある、というふうなものでした……。

罠？　私の前に？　そうだ、それはあり得ることだ……しかしその時閃いたのは誰が仕掛けたのか、でした。その罠を仕掛けることのできるのはたった一人しかない……しかしそれではまるで筋が通らない――いいや、それとも筋が通るかな？　私はさかさまにこの事件を見ていたのではなかろうか？　財産目当てではないんじゃないか？　そのとおり！　人命の無鉄砲な軽視は？　それもまたそのとおり。なぜならこの容疑者の賭けている金はじつに莫大なものだったからです……

しかし、ひとたび私の新しい奇妙な考えが正しいとすれば、すべてのことを説明できるわけなのです。例えばミス・セインズバリイ・シールの二重人格の説明、バックルつき靴の謎の解釈、また、次の問にも答えられるにちがいないのです。ミス・セインズバリイ・シールはどこにいるのか？

さて《エ・ビアン》——それが事件のすべてでした。ミス・セインズバリイ・シールこそ、この事件の始めであり、中心であり、終わりであったと気がつきました。メイベル・セインズバリイ・シールが二人いたように私に思われたのも当然のことでした。メイベル・セインズバリイ・シールは二人いたのです。一人は彼女の友人によって非常にはっきりと説明された、お人よしのおとなしい婦人で、いま一人は二つの殺人を入り組ませ嘘をつき、不可思議にも消え失せた婦人でした。

ご記憶になっているでしょう、キング・レオポールド・マンションのポーターが、ミス・セインズバリイ・シールは前にも来たことがあるといったのを……。

私が事件を再構成する場合、第一回に行ったときこそ大切な機会だったのだ。彼女はキング・レオポールド・マンションを二度と出てゆかなかった。いま一人のミス・セインズバリイ・シールが彼女の身代わりとなったのです。その第二のメイベル・セインズバリイ・シールは同じ型の洋服を着こみ、新しいバックルつきの靴をはき、なぜなら他の靴はみな大きすぎたからです。そして一番忙しい時間を選んでラッセル・スクエアのホテルにゆき、死んだ婦人の持物を荷造りして勘定を払うと出て行ったのです。そしてグレンゴリイ・コート・ホテルに行きました。それ以後、ミス・セインズバリイ・シールの本当の友人は誰一人彼女を見かけていないのです。おぼえておられますか？　彼女はそこで一週間にわたってミス・メイベル・セインズバリイ・シールの役を演じたのです。彼女はメイベル・セインズバリイ・シールの洋服を着こみメイベル・セインズバリイ・シールの声でしゃべったのです。しかしさすがの彼女も少し小さいイヴニング用の靴をもう一足買わねばなりませんでしたよ、それから——彼女は消えたのです。モーリイが殺された日の夕方、キング・レオポールド・マンションにもう一度あらわれたのを最後の姿として、ですね」

「つまり、あなたのおっしゃろうとすることは」とアリステア・ブラントはたずねた。「あのアパートにあったのが、結局のところ、メイベル・セインズバリイ・シールの死体だったということですね？」

「まさにそのとおり！　それは非常に巧妙な二重の欺瞞《ぎまん》だったのです——顔をめちゃめちゃにしたのは、その婦人が誰かという問題を投げるためだったのです！」

「しかし、歯科医の証明は？」

「ああ！　いま、私たちはそれを解こうとしているところです。証言したのは歯医者自身ではなかったのです。モーリイは死んでいました。彼が自分の仕事に関して証言するわけにゆかんのです。彼ならその死んだ婦人が誰かを知らせてくれたでしょう。証拠として提出されたのは、カルテだったのです――そしてそのカルテに仕掛けがあったのです。両方の婦人とも彼の患者だったことはご存じですね。ですからただカルテの名前を貼りかえるだけでよかったんです」

エルキュール・ポアロはいいそえた。

「さきほど、あなたが、その婦人は死んでいるのか生きているのかとたずねたとき、私は『あなた次第です』とお答えしましたが、その意味がおわかりになったでしょう。あなたが、ミス・セインズバリイ・シールとおっしゃったのは、どちらの婦人の意味でしょう？　グレンゴリイ・コート・ホテルから消えた婦人ですか、それとも本当のミス・セインズバリイ・シールのことですか？」

アリステア・ブラントは答えた。

「ポアロさん、あなたは大変な名声を得ていらっしゃる方だと承知しております。ですから、このすばらしい仮説になにか根拠をお持ちにちがいないと私は考えております――と申しますのもそれはまだ仮説で、それ以上のものではありませんから。だがどうも私にはすべてが幻想的な不可能事にしか見えませんな。あなたのおっしゃるところだと、こういうことですね、メイベル・セインズバリイ・シールの殺人はたくらまれたものであり、またモーリイは彼女の死体証明を妨げるために殺されたわけだ。しかしなぜに？

それを私は知りたいのです。ここに一人の婦人がいます――ぜんぜん人の怨みも買わぬ中年の女性――友だちはたくさんあるが明らかに敵はない。その場合、いったいぜんたいなぜそんな慎重なたくらみをやって彼女を抹殺しようとしたのでしょう?」

「なぜ? そう、それが問題です。なぜか? あなたがいうようにメイベル・セインズバリイ・シールは虫も殺せぬほど、安全無害な婦人でした! ではなぜ、故意に、残忍に殺されたのか? 私の考えるところをお話しましょう」

エルキュール・ポアロは身を少しかがめた。

「私の信ずるところではメイベル・セインズバリイ・シールは、たまたま、人の顔をあまりによく記憶するたちであったので殺されたのです」

「どういう意味です?」

エルキュール・ポアロはいった。

「私たちはさっき二つの性格を選り分けましたね、一方にはインドから来た無害な婦人がおり、他方にはインドからきた無害な婦人の役を演じる利口な女優がおります。しかし、この二人の主役の間にとびこんできた一つの出来事があります。すなわちモーリイ氏の家の戸口であなたに話しかけたのは、どちらのミス・セインズバリイ・シールであったか? おぼえていらっしゃるでしょうが、彼女は〝あなたの奥さんの親しい友だち〃だと公言しました。さてその公言は、彼女の友だちのいうところや、常識から解釈した結果、本当じゃないと判断されました。そこで私たちは、次のようなことがいえるのです。〃それは嘘だ。本当のミス・セインズバリイ・シールは嘘をつかない〃、そこでですね、それは例の身代わり女が自分のなにかの目的から、吐いた嘘だったということになります」

アリステア・ブラントはうなずいた。

「そう、その解釈は非常にはっきりしています。ただし、私には、その目的がわかりません」

ポアロはいった。

「ああ、失礼《パルドン》——けれどもこんどは、もう一方の方向からこの点を検討したらどうでしょう。すなわち本物のミス・セインズバリイ・シールの立場です。彼女は嘘をつかない。ですから、この話は本当にちがいない」

「それはですね、その方向からも考えることはできます——しかしどうもそれはありそうにも——」

「もちろんありそうではないです！　しかし第二の仮設を事実として取るとして——彼女の話は本当だとします。そうしますと、ミス・セインズバリイ・シールはあなたの奥さんを知っていた。彼女はよく知っていた、としますと——あなたの奥さんは、ミス・セインズバリイ・シールがよく知り合いになれるようなタイプの方にちがいありません。彼女の生涯のどこかで知り合える誰か。英印混血者か——伝道婦人か——あるいはもっと遡って——女優かです——とすれば、レベッカ・アーンホルトではない！

さて、ブラントさん、私が私的生活と公的生活の話をした意味がおわかりですか！ あなたは立派な銀行家です。しかし、同時にまた金持ちの奥さんと結婚した一人の男性でもあります。あなたはその商会の一助役にすぎなかった——オックスフォードを出て間もなくの——。

おわかりでしょう——私はこの事件を正しい方向から眺めはじめましたよ。費用に糸目をつけぬのはなぜか？　それもごく当然です——あなたにとってはね。人命など意に介さない——それもやはり同様、なぜなら、あなたは長いあいだ声望ある支配者であります。支配者にとっては、自分の生命がかけがえなく重要なものとなるし、他人のはそれほど大切ではなくなってくるからです」

アリステア・ブラントはいった。

「なにをいおうとしているのですか、ポアロさん？」

ポアロは静かにいった。

「私の中そうとしているのはブラントさん、あなたがレベッカ・アーンホルトと結婚なさった時、いいいいい、もうすでにあなたは結婚していいた、ということです。富にということよりも、むしろ権力に目がくらんで、あなたはその事実を押し隠して故意の二重結婚を行なったということです。あなたの本当の奥さんは、その影の地位に黙従した、ということ」

「ではその本当の妻というのは誰です？」

「アルバート・チャップマン夫人です、彼女はその名でキング・レオポールド・マンションにいました——ごく手近なところです、あなたのお住まいのあるチェルシイ・エムバンクメントから歩いて五分とかかりません。あなたは本物の情報部員の名を借用した、というのも彼女が自分の夫は情報勤務に従っていると近所に信じさせるのに、なにかの足しになるだろうと考えたからです。あなたの計画は完全に成功しました。なんら疑いいいいを起こさせなかったのです。にもかかわらず、事実は残っていました、あなたはレベッカ・アーンホルトと正式に結婚したのではないいこと、そして二重結婚の罪を犯していることです。あなたはこんな長い年月が過ぎた以上、もう危険などは夢にも考えなくなっていた。ところがそれは思いもかけぬところから降ってきました——二十年も経ったのに、まだ自分の友だちの夫として、あなたを覚えている中年女の姿をかりてです。彼女はたまたまこの国に帰ってきた、そしてまたクイーン・シャーロット街であなたと偶然に出会った――さらに姪御さんがあなたと一緒にいて、その婦人がなんといったか聞いていたのも偶然でした。さもなければ、まず、とても推理しえなかったでしょう」

「ポアロさん、私は、その出会いについては自分であなたにお話ししたはずですよ」

「いや、あれはあなたの姪御さんが私にいいはったことでした、そしてあなたはそれを止めようにもあまり反対できなかったのです。そんなことをすれば、かえって疑いを引き起こすことになりますからね。そしてこの出会いの後、もう一つ困った偶然が重なったのです。あなたの見方からすればですね。メイベル・セインズバリイ・シールはアムバライオティスと会って昼食を共にしながら、自分の友だちの夫に会ったことをしゃべってしまったのです――『本当に長いことお会いしなかったのよ。ずいぶん老けて見えましたけど、ほとんどお変わりありませんのよ』という具合に。それは、たしかに、まったく当て推量ですが、その出来事は信じています。メイベル・セインズバリイ・シールは自分の友人の結婚相手のブラント氏が、世界の経済界の黒幕であるとは少しも気づいていなかったと思います。なんといってもその名前はありきたりのさして変ったものではありませんからね。しかし、アムバライオティス、これはご存じでしょうがスパイ活動をやってるくせに、その上恐喝もこととしているやつでした。恐喝者というのは秘密については妙に鋭い鼻を持ってるもんです。アムバライオティスは疑惑の目を向けました。ブラント氏とはいったい誰のことなのかを発見するのはた易いことです。そして彼はあなたに手紙を書いた……あるいは電話をかけてよこした。まさにアムバライオティスにとってあなたは金鉱だったのです」

ポアロはちょっと息を切るとまたつづけた。

「本当に腕があって、経験をつんだ恐喝者と話し合いをつけるのに最も効果ある方法はただ一つです。つまり沈黙させるのです。

これは、私が間違えて考えていたごとき事件、すなわち〈ブラントを殺せ〉事件ではなく、反対に〈アムバライオティスを殺せ〉という事件だったのです。が答は同じでした！　あの男に近づくのに一番簡単な方法は護衛がはなれる時です。そして歯医者の椅子ほど適当な場所が他にあるでしょうか？」

ポアロはまた話を切った。かすかな笑みが口唇に浮かんだ。そして再びつづけた。

「この事件に関する真理はたいへん早くに述べられておりましたよ。ページ・ボーイのアルフレッドは『十一時四十五分の死』という犯罪小説を読んでおりました。私たちは、それを一つの啓示としてとりあげるべきでした。というのは、ちょうどこの時間こそ、モーリイ氏が殺された時間だったからです。あなたは部屋を出る前に彼を撃った。それからあなたはブザーを鳴らし、洗面台の蛇口をひねってから部屋を出ました。あなたは打ち合わせて、アルフレッドが偽のメイベル・セインズバリイ・シールをエレベーターの所に案内してくれる間に階段をおりた。実際にあなたは玄関のドアを開けた、多分、外に出さえした、しかしエレベーターのドアが閉まってあがって行くのを見るや、すぐ中にすべりこんで、また階段をあがってゆきました。

私は、自分が何度も訪問したので、アルフレッドが患者を上に連れていった時、どういうふうにするか、知っております。彼はドアをノックした。それを開け、すぐ身体をよけて患者を中に通した。中では水がジャアジャア流れている——まるで、モーリイがいつものように手を洗っているように。しかし、実際には、扉のかげでアルフレッドは彼の姿を見ることができないのです。

アルフレッドが再びエレベーターで下におりてゆくとすぐ、あなたは診療室にすべりこんだ。あなたと共犯者は一緒に死体を持ちあげて隣の事務室に運びました。それからいそいでカルテを探し出してから、チャップマン夫人とミス・セインズバリイ・シールの名を巧みに貼りかえた。あなたはリンネルの白衣を着こんだ。たぶん、あなたの奥さんが顔をつくってくれたのでしょう。しかし、それ以上のことは大して必要でなかった。アムバライオティスは、モーリイのところにはじめて治療にやってきたのだし、あなたに会ったこともまったくなかったから。あなたの写真はめったに新聞にのらない。その上、どうして彼が疑いを持つことなぞありましょう？　恐喝者は歯医者なんかを怖がりません。ミス・セインズバリイ・シールが下へおりてゆき、アルフレッドが外に送り出した。ブザーがなって、アムバライオティスが上に連れていかれる。彼は歯医者がいかにも物なれた様子でドアの後ろで手を洗っているのを見る。彼は椅子に導かれる。痛む歯を指し示す。あなたは決まり文句を口にする。歯肉を麻痺させるのが一番いいでしょうと説明する。プロカインとアドレナリンがそこに置いてある。それを致死量以上に注射する。それだけでは彼はあなたの歯科技術の未熟さに気づかないでしょう！　なに一つ疑いもせず、アムバライオティスは帰っていきます。あなたはモーリイの死体を運んできて、床の上にうまくあしらう、もっとも運ぶときは絨毯の上を少しばかり引きずった、なぜってこんどは自分だけでやらねばなりませんからね。ピストルを拭いて手に握らせ、指紋が残らぬようにドアの取っ手を拭く。使った道具は消毒器の中に入れられた。あなたは部屋を出て行き、階段をおり、適当な頃を見計らって、玄関から外にすべりでます。この時が、唯一つの危険な瞬間なのです。

みんなじつにいい具合にいきました！　あなたの安全をおびやかした二人の人は——ともに死にました。第三の人もあなたの観点から、やむを得なかったのです。かくしてすべての死はいとも容易に解釈されました。モーリイの自殺は、アムバライオティスへの調剤のあやまりのためと説明され、二つの死は片づけられたのです。じつに哀しむべき不慮の過失だった、として。

しかし、あなたにとってはお気の毒なことには、私という者がその場にいたのです。私は疑惑を持つ男です。妨害をやる男です。すべてはあなたの望んだようには滑らかにゆきそうもない。そこで第二の防御線がどうしても必要となる。必要とあれば、身代わり人さえ備えねばなりません。あなたはすでにモーリイの家族を詳しく調べていました。そして一人の男が浮かぶ——フランク・カーター、彼ならやりそうです。そこであなたの共犯者は怪しげな秘密結社員となって、彼を庭師に雇いこむように仕組む。もし、後になって、彼がこのばかばかしい話をしても誰も信じはしないでしょう。やがて、当然の結果として毛皮の箱の中の死体は明るみにでます。最初、それはミス・セインズバリイ・シールの死体だと思われる、そのあとで歯の証拠をとりあげさせる。ものすごいセンセーション！　それは無駄に事をからませるように見えるが、しかし必要だったのです。あなたはイギリスの警察力が失踪したアルバート・チャップマン夫人を探し出すのを好まなかったのです。いや、そういうよりも、チャップマン夫人は死んだこととし——警察にはどうしても見つかるはずのない、メイベル・セインズバリイ・シールを探させようとした。その上、あなたの権勢によって、この事件を打ち切らせる手配もできたのです。

あなたはそうしようとしたが、私がいったいなにをしているか知る必要があったので、私を迎え、自分のために行方不明の婦人を探してくれないか、と依頼した。そしてたえず私に、〈おしつけカード〉を送りつづけたのです。あなたの共犯者はドラマティックな警告を電話でいってよこしました——同じアイデア——です——密偵——公的事件。彼女は賢い女優です、あなたの、あの奥さんですね、しかし自分の声を隠そうとする場合、人はたいてい、誰か他人の声を真似するものなんですね。あなたの奥さんは、オリヴェイラ夫人の調子を真似しました。あれは、大いにといっていいくらい、私をまどわせました。

それから私をエクシャムに招待なさった、最後の公演の準備がととのっていたのです。装塡したピストルを月桂樹の間に仕掛け、月桂樹を刈っている男に、なんにも知らずに、それを発射させる——じつに簡単なる手配ですね。ピストルが彼の足許に落ちる。びっくりして彼はそれを拾いあげます。もうそれで充分、彼は現行犯として捕まります——しかも彼の弁明はばかくさいものですし、手にもったピストルはモーリイを撃ったものと一対なんですからね。

そして、これらはみな、エルキュール・ポアロの足許にしかけられた罠でした」

アリステア・ブラントはちょっと椅子の中で身動きした。彼の表情はきびしくちょっと悲しげだった。彼はいった。

「私を誤解なさっては困りますよ、ポアロさん。あなたはどの程度まで推量され、どの程度まで本当のことを知っているのですか?」

ポアロがいった。

「私は結婚証明書を所持しています——オックスフォードに近い登記所のもので——マーティン・アリステア・ブラントとガーダ・ブラントの二人のものです。フランク・カーターは、ちょうど十二時二十五分すぎに、モーリイの診察室から出てくる二人の男を見ました。はじめの肥った男がアムバライオティスです。あとのはもちろんあなたです。カーターはあなたとは気がつかなかった。彼は上から見ただけですからね」

「そういう点までおっしゃるとは、あなたもたいへん公平な方だ!」

「彼は診察室に入ると、モーリイの死体を発見しましたが、その手は冷たく、乾いた血が、傷口のまわりについていました。それはモーリイが死んでからある時間だけ経過したことを意味します。ですから、アムバライオティスを診療した歯科医はモーリイではなくして、モーリイの殺人者であったにちがいないのです」

「そのほかには?」

ポアロはいった。

「ええ、ヘレン・モントレザーは、今日の午後逮捕されました」

アリステア・ブラントはびくっと身を動かした。それから、じっと静かに座っていた。やがて彼はいった――

「それは――いささか悲しいですな」

エルキュール・ポアロは語をついだ。

「本当のヘレン・モントレザー、あなたの遠縁の従妹は、七年前カナダで亡くなりました。あなたは事実を隠し、これを利用したのです」

微笑がアリステア・ブラントの唇にのぼった。彼は一種の自然さと少年めいた楽しみとを示して口を開いた。

「ガーダがなんといってもつまずきのもとだった。あなたには理解してもらいたく思う。あなたはじつに鋭い人だ。私は肉親に知らせないで彼女と結婚しました。その頃彼女は劇場で舞台に立っていました。私の親類はやかましく、私も会社に入ろうとしていた矢先でしたのです。二人は内緒にしておくことに決めました。彼女は相変わらず舞台に出ておりました。メイベル・セインズバリイ・シールもまた同じ劇場にいたので、私たちのことを知っていました。それから彼女は巡業に加わって海外に出ました。インドからガーダに一、二度便りをよこしました。が、その後、便りが止まりました。メイベルは、あるインド人と結婚しました。いつもまぬけで、だまされやすい女でした。

私が、レベッカと会って結婚したこともあなたには理解していただきたいと思います。ガーダは承知しました。これをやる唯一の方法は、まるで王統を継ぐ時と同様なわけでした。私は女王と結婚して皇婿アルバート殿下の役に、いや皇帝の役にさえつける機会を得たのです。私はガーダとの結婚を、モオガナティック（貴人が身分の賤しい女をめとった時、妻は夫の地位相当の礼遇を受けず、また夫の位階・財産を継承しえない定めの結婚）だと見なしました。私はあれを愛しておりました。追い出したくなかったのです。そして事はすべて順調にいきました。私は、レベッカも大いに好きでした。彼女の経済的頭脳は第一級のものでしたし、私のそれもまた彼女に劣りませんでした。ともに仕事をするにはまったくよい組み合わせでした。この上なくすてきなものだった。彼女はじつにすぐれた協力者でしたよ、私はあの人を幸福にしてあげたと考えている。彼女が死んだとき、私は心からそれを惜しみました。おかしなことに、ガーダと私は、二人の秘密の出会いのスリルを楽しむようになっていた。私たちはいろいろと巧妙な芝居を演じた。彼女は、生まれつきの女優で、七つか八つの性格を演りわけましたよ——アルバート・チャップマン夫人もその一つ。パリに住んでいたときの彼女はアメリカの未亡人だった。私は事務上のことで出張したとき、そこで会いました。ノルウェーへは画家だと称して道具など持参でよく出かけました。すると私もそこへ魚釣りに行ったものでした。それから後になって、彼女を従妹、ヘレン・モントレザーとして世間の手前をとりつくろいました。それは私たち二人にとってなかなかおもしろいものでしたし、ロマンチックな気持ちを持ちつづけさせたようですよ。私たちは、レベッカの死後公式に結婚できたのですが、それを好みませんでした。ガーダは私の公的生活が厄介になるのに気づきましたし、過去のことからなにかほじくりだされるかもしれないと感じていたようです。しかし、われわれがまあ相変わらずといえるそんな暮らしをつづけたのも、本当の理由はといえば、われわれ二人がその秘密の暮らしを楽しんだからだといえましょう。その秘密を解消したら、かえって家庭的な退屈が生まれるにちがいなかったでしょうな」

ブラントは口を休めた。そしてまた語をついだが、その声は前と異なり強まっていた。

「すると、それから、あの大ばかな女が万事をめちゃくちゃにしてしまったのです。こんな長いこと過ぎた今になって！　しかも彼女はそれをアムバライオティスに話した。おわかりでしょう――おわかりになるにちがいない――なにか手を打たねばならなかった！　私だけの願いじゃない――たんにそれは利己的な見解からだけではなかったのです。もし私が破滅し、不名誉をこうむれば――国が、私の国が同様に大打撃をうけるのです。なぜなら、ポアロさん、私はイギリスのためにつくしてきた男だからです。私はこの国をしっかりと建て直し、負債を償却してきました。この国はそれゆえ、独裁政治――ファシズムやコミュニズムから解放されております。本当に、金のためだけに金をかせぐ苦労はしなかった。私はたしかに、権力を好む、支配することを好みます――しかし暴力政治は好まなかった。私たちイギリス人は、民主的です――真に民主的国民です。われわれは不平をいったり自分の考えを述べたりすることもできれば、政治家を嘲笑することもできます。わが国民は自由なのです。それこそ私の愛したものなのであり――その自由を保つために私は全力をそそぎました――それが私の生涯の仕事ですから。しかし、もし、私がいなくなったら――たぶん、なにか事が起こるにちがいないのがおわかりでしょう。ポアロさん、私は必要な男なのです。にくむべき、裏切者の、恐喝者のギリシャ人の悪意は、私の生涯の仕事を破壊しようとしました。どうにかしなければなりませんでした。ガーダもまた、そうと悟りました。セインズバリイ・シールには気ない、ガーダは彼女に会い、の毒だったのですが、やむを得なかったのです。私たちは彼女を黙らせておかねばならなかった。ところが、彼女の口は、軽くて、信用できなかった。ガーダは彼女に会い、お茶に招待した。こういったのです。チャップマン夫人という方を訪ねてきてください、その部屋に私たち住んでいますから、と。セインズバリイ・シールは少しも疑わずにやってきた。メディナル入りのお茶を、少しも気づかずにのみました、もっともこれは無痛で眠ったままさめないのです。あの顔の仕事はあとでやったことです――かんばしくないことでした。しかしそうせねばならぬと思えました。チャップマン夫人が無事に消え失せるためにはです。それよりも前に私は〈また従妹〉のヘレン用に、コテージを与えておきました。われわれは、しばらくしたら、結婚することに決めたわけです。しかし、第一に、まずアムバライオティスを抹殺せねばならなかったのです。それはじつにみごとにいった。彼は、私が偽医者であることを、露ほども疑わなかった。私は例の薬を手でかなり上手に塡めた。ドリルを使うなどという危険は冒さなかった。もちろん、注射した後もべつに彼は私のしたことを感じなかった。たぶんかえって気持ちよくなったくらいでしょう！」

ポアロはたずねた。

「ピストル二挺は？」

「本来、あれは私が以前アメリカで使っていた秘書のものなのです。彼はどこか外国でそれを買い入れたのです。そして会社を辞めるとき、彼は持ってゆくのを忘れたのです」

しばらく間をおいてから、アリステア・ブラントはたずねた。

「ほかになにかお知りになりたいことがありますか？」

エルキュール・ポアロはいった。

「モーリイ氏についてなにか？」

アリステア・ブラントは簡潔にいった。

「モーリイには気の毒でした」

エルキュール・ポアロはいった。

「ええ、それはわかりますが……」

長い沈黙がつづいた。とブラントがいった。

「それで、ポアロさん、なにかおっしゃることでも？」

「ヘレン・モントレザーはすでに逮捕されております」

「では私の番というわけ？」

「私の申そうとしたのはそのことでした」

ブラントは柔らかにいった。

「しかし、それはあなたもあまり気が進みませんでしょうね？」

「ええ、まったく、私は気が進みませんな」

アリステア・ブラントはいった。

「私は三人の人間を殺しました。それで当然、私は絞首刑になるべきところでした。しかし、あなたは私の弁解に耳を傾けてくださった」

「それは――別の言葉で申しますと?」

「すなわち、全霊にかけて信じておりますが、私という者はこの国の安寧と福祉を保つために必要な存在であるということです」

エルキュール・ポアロはそれを認めた。

「そうかもしれません――ええ」

「賛成ですね?」

「賛成です、ええ。あなたは私の心が大切と認めるすべてのものを強く守ろうとする方ですから。例えば健全さや平衡性や安全性や正直な交渉などを守る人ですからね」

アリステア・ブラントは静かにいった。

「ありがとう」そしてつけ加えた。「それで、なにかほかにまだ?」

「あなたは――あなたは私がこの事件から、手をひくようにといわれているわけで?」

「そうです」

「ではあなたの奥さんは?」

「私はたくさんの手づるがある。身元ちがいをいいたてます」

「もし私が拒否したら？」

「そうしたら」とアリステア・ブラントは簡潔にいった。「私はおしまいだ」

そして彼は語をついだ。

「ポアロさん、すべてはあなたの掌中にあります。あなた次第なのだ。これはたんなる自己保護の言葉ではありません。だが私はこう申したい――私は世界の必要とする者だ、ということです。そしてその理由は、と申せば、私が正直な人間だからです。また普通の良識を持ち合わせているからです――個人的な私欲から特別の権力を要求するといった男ではないからです」

ポアロはうなずいた、かなり奇妙なことだが、彼はその言葉のすべてを信じたのだった。彼はいった。

「さよう、それも一つの見方です。あなたは、適所におられる適材と申せます。あなたは健全で判断力と平静な心を持っている。しかしもう一つ、別の側面もあります――三人の人間が生命を失っております」

「そうです、しかし彼らのことを考えてごらんなさい！――メイベル・セインズバリイ・シール――あなた自身がいったように――あれはめん鶏ていどの頭脳を持った婦人！アムバライオティス――詐欺師で恐喝者！」

「モーリイ氏は？」

「前にもいいました。モーリイには気の毒に思っています。しかし煎じつめれば——彼は上品な人物でいい歯医者でした。が——他にも歯医者はいます、います」

「そう」とポアロはいった。「他にも歯医者はいます。ではフランク・カーターは？　あなたは後悔もせずに、彼を死なせるおつもりですね？」

ブラントはいった。

「彼には無用の憐れみなどかけません。彼はよくない。まったく腐った人間です」

ポアロはいった。

「しかし人間というものは……」

「ああ、そりゃ、われわれは全部人間ではありますがね……」

「そうなんです、われわれはみんな人間です。これをあなたは忘れていらっしゃる。あなたはおっしゃった、メイベル・セインズバリイ・シールはばかな人間で、アムバライオティスは悪魔のような人間、フランク・カーターは屑——そしてモーリイ——モーリイはたんに歯医者にすぎず、他にも歯医者はいると。そこがブラントさん、あなたと私の見地の一致せぬ点らしくみえます。私にとってはこの四人の人々の生命も、あなたの命とまったく同じほどに大切なものだったのです」

「あなたは間違っている」

「いや、間違っておりません。あなたは天来の廉潔公正な方です。あなたはただ一歩だけ脇道に踏みこんだのです――それで表面はまだその影響はなに一つあらわれておりません。公けの面では、あなたは以前と変わらずに働かれてきた――高潔であり、信頼しうる、正直な人物として。しかしあなたの内部には権力への執着がどうしようもない高さにまで成長しているのです。ですからあなたは四人の生命を犠牲にしたにもかかわらずそれを取るにたらぬものと考えたのです」

「全国民の安寧と幸福が一つに、この私の上にかかっているのをおわかりにならないんですか、ポアロさん？」

「私は国家のことなどに従っているのではありません。私のたずさわっているのは自分の命を他人から奪われない、という権利を持っている個々の人間に関することです」

彼は立ちあがった。

「そう、それがあなたの答ですね」とアリステア・ブラントはいった。

エルキュール・ポアロは疲れた声でいった。

「ええ――それが私の答です……」

彼はドアの所に行き、それを開いた。二人の男が入ってきた。

2

エルキュール・ポアロは一人の女性が待っているところに歩んでいった。

ジェイン・オリヴェイラは蒼白な緊張した顔でマントルピースを背に立っていた。そばには、ハワード・レイクスがいた。

彼女が話しかけた。

「いかが？」

ポアロは静かにいった。

「すっかり片づきましたよ」

レイクスがあらあらしくいった。

「どういう意味だ？」

ポアロは答えた。

「アリステア・ブラント氏は殺人犯として逮捕されました」

レイクスはいった。

「あなたは買収されるだろうとぼくは思ってた……」

ジェインがいった。

「いいえ、あたし、絶対にそんなこと考えなかったわ」

ポアロはため息をついていった。

「世界はいまやあなた方のものです。新しい天地。あなた方の新しい世界に、どうか自由と憐れみが残りますように……私のねがうことはそれだけですよ」

じゅうく、にじゅう、私のお皿はからっぽだ……

エルキュール・ポアロは人影のない街を、家に向かって歩いていった。

遠慮がちな一つの人影が彼に近寄ってきた。

「あの？」バーンズ氏は呼びかけた。

エルキュール・ポアロは肩をすくめて両手をひろげた。

バーンズ氏はいった。

「彼はどんな手を打ちました？」

「彼はすべてを認め、その正当化を試みました。この国は、彼を必要としているというのです」

「それはそうでしょうな」とバーンズ氏はいった。

一、二分して後、バーンズ氏はつけ加えた。「そうお思いにならんですかな？」

「ええ、そう思いますね」

「で——それでは——」

「私たちは間違っているかもしれません」とエルキュール・ポアロはいった。

「私はまるっきりその点を考えなかったが」とバーンズ氏はいった。「あるいはそうかもしれませんね」

彼らはさらに少し歩いていった。と、バーンズが物好きそうにたずねた。

「なにをあなたはお考えです、いま?」

「汝エホバの言を棄たるによりエホバもまた汝をすてて王たらざらしめたまふ」エルキュール・ポアロは聖書を引用した。

「ふむ――わかりました」とバーンズ氏はいった。「サウル――アマレクびとの後継ぎ。さよう、そのようにも考えることができますな」

二人はなおも少し歩いていった。それからバーンズが声をかけた。

「私はここで地下鉄にのります。ポアロさん、おやすみ」彼はちょっと間をおいて、それから少々おじけぎみにいい足した。

「その――一言お話ししたいことがあるが」

「なんでしょう?」

「私はおわびしたい。知らず知らずのうちにあなたを迷わせてしまって、例の、アルバート・チャップマン、Q・X912のことですな」

「え？」

「私がアルバート・チャップマンなのです。それで普通よりも私はひどく興味をひかれちまったわけです。私はですね、自分が妻を一度も持たなかったことをよく承知してましたんでね」

彼は足早に去っていった、くすくす笑いながら。

ポアロはステッキを立てたまま、立ちつくした。やがて目をむきだし、眉をつりあげた。

彼はひとり言をいった。

「じゅうく、じゅう、私のお皿はからっぽだ」

そして家に帰っていった。

解説

作家　小森健太朗

世の中にミステリを書いてみようと志す人は数多く、尊敬され模倣される作家も大勢います。ミステリのジャンルには多様な広がりがあり、さまざまな作風があるので、どこがその中心であるかは定めがたいものがありますが、それでも、世で読まれるミステリを総体として扱い中心座標を見定めようとすれば、アガサ・クリスティーはほぼその中心付近に位置することになるでしょう。総体からみた平均値の話になりますが、ミステリを志す人が、特定の嗜好や偏向は除外するとして、手本にすべき作家を一人だけ選ぶなら、このアガサ・クリスティーが最も適切だろうと筆者は考えます。とがった長所や特徴をもった作家はたくさんいますが、ミステリに求められる面白さを、最大公約数的に見定めれば、クリスティーは、その要素を、最もバランスよく備えた作家であると言えると思います。

海外にも日本にも大勢の推理作家がいる中で、その頂点に君臨しているとも言えるクリスティー作品の魅力とは何なのでしょうか。筆者は『本格ミステリこれがベストだ！2002』（創元推理文庫）にクリスティー論を寄稿した際（「誰がニュアンスを殺したか」）にもその一端を論じたつもりですが、到底その全容を論じきることは適いませんでした。その際に、原書と突き合わせてクリスティー作品を精読してみて、あらためて細部にまで神経と目配りの行き届いたクリスティーの筆の巧みさに感嘆したものです。日本でのクリスティー評価の高さの一因でもあり、日本におけるクリスティー観の形成に大きな影響を与えたものとして、江戸川乱歩によるクリスティー論があげられます。乱歩のクリスティーに対する評価は、概して公正で適切だったと言えますが、今日の観点からみて少々保留をつけたい面もあります。「クリスティーに脱帽」というエッセーの中で乱歩が、後期に力が落ちる推理作家が多い中で、クリスティーの作品がまったく落ちていないと評価しているのは妥当だと思います（その点については、むしろクイーンやカーの方が、乱歩に「後期は落ちている」と評価されたために損をした面がありますす）。そして、クリスティーの作品は、トリックにさほどの独創性はないが、組み合わせの妙があるというのが、乱歩のクリスティー評の要目です。

この評価を、もしクリスティー自身が聞いたらどう思ったでしょうか。少なくとも「我が意を得たり」とは思わなかっただろうことは確実で、的外れな評価に怪訝な顔をしたかもしれません。ミステリの中から、〈トリック〉というものを特化して取り出して論じるのは、日本のミステリ界にみられる特異な現象で、欧米では、密室ものの収集をする人はいても、ミステリのトリック集成が真剣な研究対象になっている例は見当たりません。この元をつくったのは、『類別トリック集成』を著した江戸川乱歩にあると言えますが、このせいで、日本ではトリックの独創性に挑戦する作家が後を絶ちません。トリックの独創性にこだわるあまり、欧米のミステリ観からみれば、変な、場合によっては畸形的とさえ言えるミステリが日本ではたくさん出現しています。

イギリスでは、ミステリの女王と称されたクリスティー以降も、実力派の女性ミステリ作家は陸続と活躍しています。手本にするにせよ、超克の対象にするにせよ、そういった作家たちに、クリスティーの作品が大きな影響を与えていることは疑いがありません。しかし、そういったクリスティーの後継者と目される作家たちの作品を読んで感じることは、多くの場合、それらの作品に、乱歩が言うところの〈トリック〉というものがあまり盛り込まれていないことです。それらの作品から窺えるのは、特にイギリスの女性の後継作家たちが、クリスティーの作品を、乱歩とはかなり違った仕方で読み、受け取っていたことです。後継作家たちは、クリスティーの作品の、物語作りの巧みさや、人物配置の妙を学び、受け継ぎましたが、乱歩の言う〈トリック〉はあまり受け継がれていない観があります。今のイギリスのミステリの基準からみれば、乱歩のクリスティー評は、やや的を外した、とんちんかんなものと受け取られそうです。

しかし、後継者の作家たちがクリスティーのようなトリック構築をあまりなしていないために、今日でもなお、クリスティーが、後継の作家たちを凌駕する地位を占めているとも言えます。乱歩が言うようなトリックの独創性は、クリスティー自身目指してはいなかったでしょうが、クリスティーの作品には、乱歩が言う意味でのトリックがたいてい盛り込まれています。トリックよりもストーリーを重視する姿勢において、クリスティーは、乱歩のトリック観とは重点の置きかたを異にしていますが、トリックを捨象した現代派の作家たちとも一線を画する、トリック重視の姿勢がクリスティーの作品には見られます。ストーリーにうまく流し込まれる形で、トリックが、クリスティーの作品では、ミステリを盛り上げるために常に重要な役割を果たしています。言ってみれば、〈トリック〉重視派と軽視派——このどちらにも与せず、両者の長所を兼ね備えたところにいることが、クリスティーを、他の多くのミステリ作家から抜きん出させている大きな要因だと思います。

この『愛国殺人』は、一九四〇年に刊行された、クリスティーの長篇では第二十八作、ポアロの登場する長篇作品としては第十九作目にあたります。中期の脂の乗り切った時期の作品で、名作目白押しのクリスティー作品の中にあっても、上位に位置する秀作と言えます。歯科医にかかるポアロという日常的な光景から物語は幕を開け、その歯科医が銃で撃たれて死亡するという事件が起きます。自殺かと疑われたその事件には、背後に驚くべきたくらみが隠れていました——。多くの人物たちを巧みに描きわけて、有機的な物語を構成する作者の手腕は堂に入ったものです。

本書でまず目を惹くのは、『愛国殺人』というタイトルの妙です。英国版での原題は見立て殺人にも使われているマザー・グースの童謡から付けられた *One, Two, Buckle My Shoe* でしたが、米国版ではこの日本語版タイトルの元になっている *The Patriotic Murders* にわざわざ付け替えられました。簡単なようでいて、作品の内容からすれば、真相の示唆とミスディレクションの両方の役割を果たしている、実に巧みな命名と言えます。この作品が書かれたのは、一九四〇年、第二次世界大戦が起こっている時期のことです。クリスティー自身の政治的立場は、英国保守主義の伝統に則ったものだったようで、愛国者であったことはその自伝やいくつかのスパイ小説などからも窺えます。しかしこの題名に使われた「愛国」は、決して一筋縄でとらえられるものではない、微妙で両義的なニュアンスを備えています。

第二次世界大戦の最中と言えば、諜報戦も盛んだった時期で、クリスティーの作品にも、ドイツとの諜報戦絡みの作品があります。クリスティーは、デビューしてしばらくの間は、ポアロの活躍する本格ものと、スパイ冒険ものを交互に書き続けていました。『ビッグ4』では、ポアロ自身が諜報絡みの冒険に乗り出していますが、こちらの作品は、ポアロはふさわしからぬ舞台にひっぱり出されたかのようで、いま一つ精彩がありません。ポアロは、やはり、自分が肉体的な危険にさらされる冒険世界よりは、じっくりと腰を据えて頭脳を使う方が向いています。その意味では、ポアロに似つかわしい舞台で、事件の背後に国際問題が絡んでくるこの『愛国殺人』は、ポアロの面目躍如たるものがあります。

灰色の脳細胞と異名をとる

〈名探偵ポアロ〉シリーズ

本名エルキュール・ポアロ。イギリスの私立探偵。元ベルギー警察の捜査員。卵形の顔とぴんとたった口髭が特徴の小柄なベルギー人で、「灰色の脳細胞」を駆使し、難事件に挑む。『スタイルズ荘の怪事件』（一九二〇）に初登場し、友人のヘイスティングズ大尉とともに事件を追う。フェアかアンフェアかとミステリ・ファンのあいだで議論が巻き起こった『アクロイド殺し』（一九二六）、イニシャルのＡＢＣ順に殺人事件が起きる奇怪なストーリーが話題をよんだ『ＡＢＣ殺人事件』（一九三六）、閉ざされた船上での殺人事件を巧みに描いた『ナイルに死す』（一九三七）など多くの作品で活躍し、最後の登場になる『カーテン』（一九七五）まで活躍した。イギリスだけでなく、イラク、フランス、イタリアなど各地で起きた事件にも挑んだ。

映像化作品では、アルバート・フィニー（映画《オリエント急行殺人事件》）、ピーター・ユスチノフ（映画《ナイル殺人事件》）、デビッド・スーシェ（ＴＶシリーズ）らがポアロを演じ、人気を博している。

1 スタイルズ荘の怪事件
2 ゴルフ場殺人事件
3 アクロイド殺し
4 ビッグ4
5 青列車の秘密
6 邪悪の家
7 エッジウェア卿の死
8 オリエント急行の殺人
9 三幕の殺人
10 雲をつかむ死
11 ABC殺人事件
12 メソポタミヤの殺人
13 ひらいたトランプ
14 もの言えぬ証人
15 ナイルに死す
16 死との約束
17 ポアロのクリスマス
18 杉の柩
19 愛国殺人
20 白昼の悪魔
21 五匹の子豚
22 ホロー荘の殺人
23 満潮に乗って
24 マギンティ夫人は死んだ
25 葬儀を終えて
26 ヒッコリー・ロードの殺人
27 死者のあやまち
28 鳩のなかの猫
29 複数の時計
30 第三の女
31 ハロウィーン・パーティ
32 象は忘れない
33 カーテン
34 ブラック・コーヒー〈小説版〉

好奇心旺盛な老婦人探偵

〈ミス・マープル〉シリーズ

本名ジェーン・マープル。イギリスの素人探偵。ロンドンから一時間ほどのところにあるセント・メアリ・ミードという村に住んでいる、色白で上品な雰囲気を漂わせる編み物好きの老婦人。村の人々を観察するのが好きで、そのうちに直感力と観察力が発達してしまい、警察も手をやくような難事件を解決するまでになった。新聞の情報に目をくばり、村のゴシップに聞き耳をたて、それらを総合して事件の謎を解いてゆく。家にいながら、あるいは椅子に座りながらゆったりと推理を繰り広げることが多いが、敵に襲われるのもいとわず、みずから危険に飛び込んでいく行動的な面ももつ。

長篇初登場は『牧師館の殺人』（一九三〇）。「殺人をお知らせ申し上げます」という衝撃的な文章が新聞にのり、ミス・マープルがその謎に挑む『予告殺人』（一九五〇）や、その他にも、連作短篇形式をとりミステリ・ファンに高い評価を得ている『火曜クラブ』（一九三二）、『カリブ海の秘密』（一九六四）とその続篇『復讐の女神』（一九七一）などに登場し、最終作『スリーピング・マーダー』（一九七六）まで、息長く活躍した。

35 牧師館の殺人
36 書斎の死体
37 動く指
38 予告殺人
39 魔術の殺人
40 ポケットにライ麦を
41 パディントン発4時50分
42 鏡は横にひび割れて
43 カリブ海の秘密
44 バートラム・ホテルにて
45 復讐の女神
46 スリーピング・マーダー

冒険心あふれるおしどり探偵

〈トミー&タペンス〉

本名トミー・ベレズフォードとタペンス・カウリイ。『秘密機関』（一九二二）で初登場。心優しい復員軍人のトミーと、牧師の娘で病室メイドだったタペンスのふたりは、もともと幼なじみだった。長らく会っていなかったが、第一次世界大戦後、ふたりはロンドンの地下鉄で偶然にもロマンチックな再会をはたす。お金に困っていたので、まもなく「青年冒険家商会」を結成した。この後、結婚したふたりはおしどり夫婦の「ベレズフォード夫妻」となり、共同で探偵社を経営。事務所の受付係アルバートとともに事務所を運営している。トミーとタペンスは素人探偵ではあるが、その探偵術は、数々の探偵小説を読破しているので、事件が起こるとそれら名探偵の探偵術を拝借して謎を解くというユニークなものであった。

『秘密機関』の時はふたりの年齢を合わせても四十五歳にもならなかったが、

最終作の『運命の裏木戸』（一九七三）ではともに七十五歳になっていた。青春時代から老年時代までの長い人生が描かれたキャラクターで、クリスティー自身も、三十一歳から八十三歳までのあいだでシリーズを書き上げている。ふたりの活躍は長篇以外にも連作短篇『おしどり探偵』（一九二九）で楽しむことができる。

ふたりを主人公にした作品が長らく書かれなかった時期には、世界各国の読者からクリスティーに「その後、トミーとタペンスはどうしました？　いまはなにをやってます？」と、執筆の要望が多く届いたという逸話も有名。

47　秘密機関
48　NかMか
49　親指のうずき
50　運命の裏木戸

名探偵の宝庫

〈短篇集〉

クリスティーは、処女短篇集『ポアロ登場』（一九二三）を発表以来、長篇だけでなく数々の名短篇も発表し、二十冊もの短篇集を発表した。ここでもエルキュール・ポアロとミス・マープルは名探偵ぶりを発揮する。ギリシャ神話を題材にとり、英雄ヘラクレスのごとく難事件に挑むポアロを描いた『ヘラクレスの冒険』（一九四七）や、毎週火曜日に様々な人が例会に集まり各人が体験した奇怪な事件を語り推理しあうという趣向のマープルものの『火曜クラブ』（一九三二）は有名。トミー&タペンスの『おしどり探偵』（一九二九）も多くのファンから愛されている作品。

また、クリスティー作品には、短篇にしか登場しない名探偵がいる。心の専門医の異名を持ち、大きな体、禿頭、度の強い眼鏡が特徴の身上相談探偵パーカー・パイン（『パーカー・パイン登場』一九三四、など）は、官庁で統計収集の事務を行なっていたため、その優れた分類能力で事件を追う。また同じく、ハーリ・クィンも短篇だけに登場する。心理的・幻想的な探偵譚を収めた『謎のクィン氏』（一九三〇）などで活躍する。その名は「道化役者」の意味で、まさに変幻自在、現われてはいつのまにか消え去る神秘的不可思議的な存在として描かれている。恋愛問題が絡んだ事件を得意とするというユニークな特徴をもっている。

ポアロものとミス・マープルものの両方が収められた『クリスマス・プディングの冒険』（一九六〇）や、いわゆる名探偵が登場しない『リスタデール卿の謎』（一九三四）や『死の猟犬』（一九三三）も高い評価を得ている。

51　ポアロ登場
52　おしどり探偵
53　謎のクィン氏
54　火曜クラブ
55　死の猟犬
56　リスタデール卿の謎
57　パーカー・パイン登場
58　死人の鏡
59　黄色いアイリス
60　ヘラクレスの冒険
61　愛の探偵たち
62　教会で死んだ男
63　クリスマス・プディングの冒険
64　マン島の黄金

訳者略歴　1923年生，1947年早稲田大学英文科卒，英米文学翻訳家　訳書『もの言えぬ証人』クリスティー，『クレアが死んでいる』マクベイン（以上早川書房刊）他多数

Agatha Christie

愛《あい》国《こく》殺《さつ》人《じん》

〈クリスティー文庫 19〉

二〇〇四年六月十五日　発行
二〇二五年五月十五日　十刷
（定価はカバーに表示してあります）

著者　アガサ・クリスティー
訳者　加《か》島《じま》祥《しょう》造《ぞう》
発行者　早川　浩
発行所　株式会社　早川書房

郵便番号　一〇一 - 〇〇四六
東京都千代田区神田多町二ノ二
電話　〇三 - 三二五二 - 三一一一
振替　〇〇一六〇 - 三 - 四七七九九
https://www.hayakawa-online.co.jp

乱丁・落丁本は小社制作部宛お送り下さい。
送料小社負担にてお取りかえいたします。

印刷・三松堂株式会社　製本・株式会社明光社
Printed and bound in Japan
ISBN978-4-15-130019-6 C0197

本書は活字が大きく読みやすい〈トールサイズ〉です。